ハヤカワ文庫FT
〈FT620〉

最後のユニコーン
〔新版〕

ピーター・S・ビーグル
鏡　明訳

早川書房

8974

THE LAST UNICORN

by

Peter S. Beagle

Translated by
Akira Kagami
Published 2023 in Japan by
HAYAKAWA PUBLISHING, INC.
This book is published in Japan by
direct arrangement with
BAROR INTERNATIONAL, INC.
Armonk, New York, U.S.A.

オルファート・ダッパー博士の想い出に。
博士は、一六七三年、
メインの森で野生のユニコーンを見た。
それから、ロバート・ネイサンに。
彼は、ロサンジェルスで、
一、二頭のユニコーンを見た。

最後のユニコーン〔新版〕

1

ユニコーンは、たったひとりで、ライラックの森に住んでいた。自分では気がついていなかったが、彼女はとても年をとっていた。もはや、無邪気な海の泡の色ではなく、言ってみれば、月の夜に降る雪の色に近かった。けれども、瞳はまだ澄みきっていたし、疲れの色もなかった。その動作も、まだ海面を走る影のようだった。

ユニコーンたちは、しばしば角を持った馬のように描かれてきたものだが、彼女の姿は、それとは似ても似つかなかった。馬よりは小柄であったし、ひづめも割れていた。一度たりとも、馬どもが持ち合わせたことのない太古の野生そのままの優美さが、彼女にはそなわっていた。鹿のそれは、おずおずとした薄っぺらなまがいものであったし、山羊のそれは、ぎくしゃくとした真似事でしかなかった。ユニコーンの首は、ほっそりと長く、おかげで、頭は小さく見えた。背中のほぼ中央のあたりにまでかかったたてがみは、たんぽぽの毛のように柔らかで絹雲のように美しかった。尖った耳と細い脚、くるぶしには羽毛のような白い毛。目の上の長い角は、真夜中でさえ、独得の貝殻色の光を放って輝いていた。ユニコーンは、その角で竜どもを屠《ほふ》り、毒のために口を開けたままの王の傷を癒《いや》し、小熊たちのためにたわわに実った栗の木を打ち倒してきた。

ユニコーンたちは不死であった。一つの土地に、ひとりぼっちで住むというのは、その生まれついての性質なのだ。ユニコーンたちの住み家は、自分の姿を映して見ることのできるほどに澄みきった泉のある森にあるのが普通だった。というのは、ユニコーンたちは、少々うぬぼれが強かったからだ。何しろ、自分たちが、世界で最も美しい生き物であることを知っていたし、その上、魔法も知っていたのだ。ユニコーンたちが、つがうことは滅多になかった。そしてユニコーンが生まれる土地ほどに魔法に満ちた土地はなかった。彼女が、自分以外のユニコーンに最後に出会ったのは、今も昔も彼女を探し求めてやってくる若い処女たちが、彼女に異国の言葉で呼びかけていた頃のことだった。けれども、彼女には、年月も、世紀も、それどころか季節の感覚さえもなかった。彼女の森は、いつも春だった。なぜなら、彼女がそこに住んでいるからだ。一日中、巨大なブナの木の間を、さまよい歩き、大地の中や、藪の下、巣や岩穴、大地や梢に住んでいる動物たちを見守っていた。何世代もの間、狼もうさぎも同じように、狩りをし、愛し合い、子供を産み、死んでいった。ユニコーンは、そのようなことを何一つしなかったから、動物たちの営みを見ることに飽くことはなかった。

ある日のこと、長い弓を携えた二人の男が、馬にまたがって、彼女の森に入り込んできた。鹿狩りに来たのだ。ユニコーンは、男たちのあとをつけた。馬たちさえ、彼女が近くにいることに気づかないほどに、彼女の動きは慎重なものだった。男たちの姿は、彼女を、恐怖とやさしさの混じり合ったなつかしくも、奇妙な、ゆるゆるとした感情で満たした。その気にならなければ、彼女は自分の姿を他人に見せることはなかった。そして彼女は、男たちが自分のそばを通り過ぎていくのを見、かれらが話すのを聞いている方を好んだ。

「この森の雰囲気は、気に入らないな」年上の狩人の一人が、つぶやくように言った。「ユニコーンの森に住んでいる獣たちは、遅かれ早かれ、自分たちなりの魔法を身につけるものだ。主に姿を隠すことに関するものだがな。ここでは獲物は、見つかるまい」

「ユニコーンたちは、ずっと昔に、いなくなってしまったよ」もう一人の狩人が言う。「もしも、本当に、そんなものがいたらの話だが。この森は、他と同じさ」

「では、どうしてここには落葉がないのだ？　あるいは雪が？　いいかね、世界中で、ただ一頭だけ残ったユニコーンがいるのだ。ひとりぼっちの年老いたものに、幸いあれ。そして、ユニコーンが、この森に住んでいるかぎり、一羽のヤマガラたりとも、狩りする者は家へ持ち帰れないものなのだ。さあ、行こう、行こう、おまえにもわかるさ。わたしには、ユニコーンたちのやり方がわかっているのだ」

「本に書いてあったんだろう」もう一人が言い返す。「書物や話や歌の中だけだ。三代の王の治世の間にも、この国や他の国でも、ユニコーンを見たという噂は、ささやかれたことすらないではないか。ユニコーンのことに関しては、あなただって、わたしより多くを知っているわけがない。わたしだって同じ本を読み、同じ話を聴き、同じように、一度たりとも真物を見たことがないのだから」

最初の狩人は、しばらく沈黙した。二人目の狩人は、気まずそうに、一人口笛を吹いた。やがて、最初の狩人が言った。「わたしの曾祖母が、かつてユニコーンを見た。幼なかった頃、よく話を聞かせてくれたものだ」

「何だって、本当に？　それで、黄金の馬銜《くつわ》で、捕まえたのか？」

「いや。彼女には、持ち合わせが、なかったのだ。ユニコーンを捕えるためには、黄金の馬銜など必要ない。それはおとぎ話の作り事だ。心を純潔に保つだけで良いのだ」

「わかった、わかった」年下の男は、舌打ちをした。「それでは、彼女は、そのユニコーンの背にまたがったのか？　鞍もなく、木の下で、まるで大昔のニンフたちのように？」

「わたしの曾祖母は、大きな動物をこわがっていた」最初の狩人が言う。「あの人は、ユニコーンにはまたがらなかったよ。そのかわりにじっと静かに大地にすわっていたのだ。そしてユニコーンは、あの人の膝の上に頭を乗せ、眠ってしまった。わたしの曾祖母は、ユニコーンが目覚めるまで、身じろぎ一つしなかった」

「そのユニコーンは、どんな姿をしていたのだ？　ローマのプリニウスは、ユニコーンはとても気が荒い生物だと書いている。胴は馬のそれと似ていて、頭部は鹿、脚は象、熊の尾を持っているという話だ。低い、吠えるような声、黒い角が一本、その長さは二キュービットほどだという。そして中国人は――」

「曾祖母は、ただユニコーンが良い匂いだったとしか言わなかった。あの人は、いかなる獣の匂いも、がまんができない人だった。野生の獣は、もちろんのこと、猫や牛の匂いも駄目だったのだ。それでも、ユニコーンの匂いは、好きだった。わたしにそのことを話しながら、泣き出したことさえあった。もちろん、その頃、あの人はとても年老いていたので、自分の若かった頃を思い出させることには、何でも、涙したものだったが」

「ここを出て、どこか他のところで、狩ることにしよう」もう一人の狩人が、突然、そう言った。二人が馬の向きを変えたとき、ユニコーンはそっと茂みの中に姿を隠した。そして、二人がはるか前方へ去ってしまってから、再び男たちのあとを追いはじめた。森のはずれに近づくまで、男たちは黙りこんだまま馬を進めた。それから、二人目の狩人が、そっと尋ねた。「どうして、ユニコーンたちはいなくなってしまったんだろう。どう思う？　もしも、本当に、そんなものがいたらの話だが」

「そんなこと、誰にわかる？　時代は変わっていく。この時代が、ユニコーンにとって良い時代と言えるかね？」

「いや。だが、われわれの前に生きていた者の中で、自分の時代が、ユニコーンにとって良いものだと考えていた者が、いただろうか。そんな話を聞いたことがあるようにも思う。だが、わたしは、酒に酔って夢うつつだったか、何か別のことを考えていたのだろう。ああ、そんなことはどうでもいい。急げば、まだ狩りには十分なほど明るい。さあ、行こう！」

　狩人たちは、馬を蹴りつけて駆足にさせると、森から走り出た。そして駆け去っていった。けれども、かれらが視界から消え去る前に、最初の狩人が肩越しに振り返った。まるでユニコーンが影のうちに潜んでいるのが見えたかのように、呼ばわった。「そこにとどまっているんだ、哀れな生き物よ。今の世界はおまえには向かぬ。自分の森にとどまっていろ。木々を緑に保ち、友たちを長生きさせるのだ。若い娘たちに、気を引かれるんじゃないぞ。彼女たちの成れの果ては、おろかな老女となるに決まっているのだから。幸運を祈っているぞ」

ユニコーンは、森のはずれで、静かに立っていた。そして声をあげて言った。「わたしがただひとり生き残ったユニコーンですって」それは百年以上の間で、独言まで含めて、彼女がしゃべったはじめての言葉だった。

そんなことが、ありうるわけがない。彼女は考えた。自分がひとりであることを気にかけたことなどなかった。仲間のユニコーンを見たことがないのも、気にかけたことがなかった。いつだって、どこかに自分と同じものたちがいることを知っていたからだ。そしてユニコーンは、それ以上に、仲間を必要としないものなのだ。「もしも、他の仲間がいなくなってしまったのなら、わたしがそれを知らないわけがない。わたしもまた去っていたはず。わたしの身に起こらなかったことが、仲間に起こるわけがない」

自分自身の声に、彼女はおびえ、逃げ出したくなった。ユニコーンは、自分の森の暗い通り道を抜けていった。素早く、光を放って、緑の草で目が眩むほどに輝き、あるいは柔らかな影でおおわれた空地を駆け抜けた。くるぶしをこすっていく雑草から、木の葉を吹き上げる風に乗った青と銀の虫がもたらすきらめきに至るまで、ユニコーンは、自分のまわりのすべてを見てとっていた。「ああ、このすべてを置き去りにするなんて、できやしない。わたしが本当に、世界でただひとりのユニコーンではないのなら、そんなことは、できやしない。どのようにしてここで生きていけばよいのか、わたしはよく知っているのだし、このすべてがどのように匂い、どのような味がするのか、どのようなものなのか、よく知っている。ここ以外、この世界で探さねばならぬものなど、あるのだろうか？」

やがて、ユニコーンは駆けるのをやめ、立ちどまった。頭上のカラスの声とリスたちの争いに耳を傾けていた。そして考え込んでいた。仲間たちが、みんないっしょに、どこか遠くへ駆け去っていったとしたら、どうだろう？　みんな身を隠し、わたしのことを待っているのだとしたら、どうだろう？

その疑惑の最初の瞬間から、安息が失われてしまった。はじめて自分の森から出ていくことを想像したときから、どこか別のところであったらと願うことなく、一ヵ所に立ちどまっていることができなくなった。泉のそばを昇ったり、降りたり、落ち着くことなく、幸せな気持ちになることもなかった。ユニコーンたちは、何かを選択するようには、できていないものだ。駄目、いや、いく、そしてまた駄目、夜も昼も、彼女はそう言い続けた。生まれてはじめて、自分の肉体の上を、時が芋虫のように這いずり回っていくのを感じた。

「わたしは、いかない。ほんのしばらくの間、人間たちがユニコーンを見かけないからといって、本当にみんなが姿を消したことを意味するわけではないのだから。たとえ、それが本当だったとしても、わたしはいかない。ここで暮す」

けれども、ある暖かな夜のさなかに、ついに彼女は目を覚ました。そして言った。「いこう。今すぐに」ユニコーンは、自分の森を大急ぎで抜けていった。何も見ようとせず、何も嗅ごうとせず、割れたひづめの下の大地の感触を感じまいとつとめていた。フクロウ、キツネ、鹿たち、闇の中で動く動物たちが、駆け過ぎていくユニコーンに、頭をもたげた。だが、彼女は、かれらを見ようとはしなかった。急いでいかねばならない。彼女は考えた。できるだけ早く帰ってこよう。たぶん、そんなに遠くまでいかずにすむだろう。でも、仲間を見つけられようと、見つけられまいと、急いで帰ってこよう。できるだけ早く。

彼女の森のはずれから続いている道は、月に照らされて、まるで河のように輝いていた。けれども、木並から離れて、一歩、脚を踏み出したとき、ユニコーンは、それがどれほど固いものであるかを思い知り、どれほど長いものであるかを知った。そのとき、ほとんど引き返しそうになったものだ。だが彼女は、そうするかわりに、まだ身体のまわりにただよっていた森の空気を深々と吸い込んだ。できるだけ長い間それを口の中に含み続けた。まるで花でもくわえるように。

長い道は、いずことも知れぬ土地に向かい、果てしがなかった。道は、村を通り抜け、小さな街を通り抜け、平野を、山々を、石だらけの荒地を、岩の間に出現した牧草地を通り抜けていた。それでも、道は、そのどれにも属しているわけではなかった。それが落ち着くところは、どこにもないのだ。道は、ユニコーンを押し流した。波のように彼女の脚を引き、彼女にたわむれかかる。かつてのように、落ち着き、空気中の音に耳を澄ます余裕を与えなかった。いつも彼女の目は土埃りでいっぱいにされ、たてがみは、泥でこわばり、重くなった。

自分の森の中では、時はいつも彼女の脇を通り過ぎていった。けれども、旅をしていると、時を通り過ぎていくのは、彼女の方であった。木々の色は変わり、途中で出会う獣たちは、重苦しい毛皮を育てては、失っていくのだ。雲も、変わっていく風の前では、低くたちこめるかと思えば、急いで去っていく。太陽の光にピンクに染まり、黄金に輝き、あるいは嵐のときには、土気色になった。

彼女は行く先々で、仲間を探し求めた。だが、その痕跡すら発見できなかった。道のかたわらで語られているすべての言葉に耳を傾けてみても、ユニコーンに関する言葉は、もはや一言たりともなかったのだ。

ある朝早く、眠りにつくために、道からはずれようとしたユニコーンは、菜園で鍬《くわ》をふるっている男の姿を見た。身を隠したほうが良いことはわかっていたが、そのかわりに、彼女は立ちどまって、男が働くさまを見つめた。やがて男は、身を伸ばし、彼女を見た。

男は太っていた。一歩、踏み出すたびに、頬の肉が激しく揺れた。「おお、なんてきれいなんだ」男は言った。

男が、腰の帯を引き抜き、輪をつくって、不格好な足取りで近づいてきたとき、ユニコーンは、おびえるよりも、喜んだものだ。この男は、わたしが何であるのか、知っている。自分自身が、何をすべきなのか、知っているのだ。蕪を耕し、何か輝くものを、自分よりも速く駆けるものを追うことを知っている。ユニコーンは、男の最初の突進を、脇にどいて避けた。あたかも、相手の勢いがもたらした風が、彼女を手の届かないところまで、吹き飛ばしてしまったかのようだった。「わたしの時代には、鈴と旗で狩られたものだった」ユニコーンは、男に向かって言った。「人間たちは、わたしを狩るただ一つの方法は、わたしが好奇心を起こすほどに素晴らしい狩りを催すことだということを知っていたものだった。そのときでさえ、わたしは、捕まったことがない」

「足がすべっちまったんだ」男は言った。「さあ、動くなよ、可愛い子や」

「わたしにはわからなかった」男が、身体を起こそうとするのを、面白そうに見つめながら、ユニコーンが言った。「わたしを捕えて、いったいどうしようとおまえたちが夢見ているのか、わからなかった」男は、再び飛びかかってきた。ユニコーンは、まるで雨のように男の手から、すり抜けた。

「おまえたちが、自分のことを理解しているとは、思えない」彼女は言った。

「さあ、じっとして、じっとして、ほら、動くなよ」汗にまみれた男の顔には、泥が筋をつくっていた。息をおさえておくこともできない。「きれいだ」あえぎながら言う。「このきれいな牝馬め」

「牝馬だって？」ユニコーンが、その言葉を、あまりにもきつく発したために、男は彼女を追うのをやめ、両手で耳をおさえたほどであった。「牝馬だって？」ユニコーンは、きびしく質した。「馬？　わたしが？　おまえは、わたしがそんなものだと思っていたのか。おまえが見ていたのは、そんなものだったのか？」

「すげえ馬だ」太った男は、息を切らしている。柵によりかかり、顔を拭う。「くしで磨き上げ、洗ってやれば、おまえはどこにもいないほどにきれいな年増の牝馬になるんだぞ」彼は、再び、帯をさし出した。「競り市に出してやるぞ」男は言った。「さあ、こい、お馬ちゃん」

「馬だって」ユニコーンは言った。「おまえが捕えようとしていたのは、馬だったのか。もつれあわさったたてがみの白い牝馬だったのか」男が近づいてくると、ユニコーンは、自分の角を男の帯の輪の中にさし込み、頭を振るってそれを男の手からもぎとった。そして道の向こうの一団のひなぎくの中に放り込んだ。「馬だって、このわたしが？」彼女は鼻を鳴らした。「馬だって、まったく！」

一瞬、男は彼女のすぐそばにまで近づいていた。ユニコーンの大きな目が、男の目をのぞき込んだ。それは小さく、疲れきり、驚いていた。それから、ユニコーンは、身を翻し、道を駆けていった。それはあまりにも速かったので、彼女を見かけた者たちは、こう叫んだものだった。

「ほら、馬が行く。あれが、本当の馬ってものだ！」ある老人は、妻に向かって、静かに言ってのけた。「あれがアイラブ産の馬じゃ。昔、アイラブ馬といっしょの船に乗ったことがあった」

それ以来、ユニコーンは、街を避けるようになった。そこを避けて通る道がないかぎり、夜でさえ、街に近づこうとしなかった。それでも、彼女を追いかけようとする者たちが、何人かいた。だが、いつでも、自分たちは白い牝の迷い馬を追っているのだと信じ込んでいた。ユニコーンを捕えるのにふさわしい陽気で恭々しいやり方で、追う者は、一人としていなかった。かれらは、ロープを持ち出し、綱を持ち出し、餌の砂糖の固まりを持ってやってきた。口笛を吹き鳴らし、ベスや、ネリーやと声をかけてくるのだった。時には、追手たちの馬が彼女の匂いを嗅げるほどに、速度をゆるめてやることもあった。そして馬たちが棹立ちになり、驚き、おびえた騎手たちを乗せたまま身を翻して、駆け去っていくのを見送るのだった。馬たちは、いつでも、彼女のことを知っていた。

「こんなことがあるのだろうか？」ユニコーンは不思議に思った。「もしも人間たちが、単にユニコーンのことを忘れ去ってしまったというのなら、わたしにもわかる。あるいは、かれらが変わってしまって、今ではすべてのユニコーンを憎むようになり、その姿を見かけたら、殺してしまおうとするようになったというのなら、まだわかる。けれども、ユニコーンをまったく見ようとせずに、わたしたちを見ながらも、別のものを見てしまうというのは、わたしにはわからない。それでは、人間たちには、お互いが、どのように見えているというのだろうか？　いったいかれらには、木はどう見えているのだろう、あるいは家は、本当の馬は、あるいは自分自身の子供たちは？」

時には、こうも思うのだった。「もしも、人間たちが、もはや自分の見ているものが何なのか、わからなくなっているのだとしたら、まだこの世の中には、ユニコーンたちは残っているのかもしれない。誰にも気づかれず、喜びながら」けれども、希望や虚栄心からではなく、彼女にはわかっていたのだ。人間と、かれらの世界が変わってしまったのは、ユニコーンたちがいなくなってしまったからだということが。それでも、彼女は固い道を進んでいった。毎日、少しずつ、森から出なければよかったという思いを増しながら。

やがて、ある午後のこと、そよ風の中から、蝶がひらひらと姿を現わし、彼女の角の尖端にとまった。かれは、なにからなにまでビロード造りのようであった。黒く、粉を吹いている。羽の上には、いくつか黄金の点がついていた。そして花びらのように、かれは薄かった。角にまとわりつくように舞いながら、蝶は、くるくると巻いた触角で、ユニコーンにあいさつをした。「おいら、あてど定めぬギャンブラー。ごきげんいかがかな」

ユニコーンは、笑い声をあげた。旅に出てから、はじめてのことだった。「蝶よ、こんな風の強い日に、いったい何しに出てきたの？」彼女は尋ねた。「風邪をひいて、寿命を縮めてしまうかもしれないのに」

「佳人薄命」蝶が言った。「憎まれっ子、世にはばかる。風よ、吹け、頬のお肌に、ひび入れろ。ぼくは生命の火で手を暖め、四方の安息を得る」かれはたそがれの光のひとひらのように、ユニコーンの角の上で輝いた。

「わたしが、何だか、わかる？」ユニコーンは、希望にあふれて、そう尋ね、蝶が答えた。

「よくわかってるさ、きみは魚屋。きみはわがすべて、きみはわが太陽、年老い、たそがれ、眠りこけ、きみこそわが梅干しばあさん、メリー・ジェーンの吸い過ぎさ」蝶はそこで言葉を切り、風に逆らって羽をはばたいた。そして会話を続けた。「きみの名は、ぼくの心の黄金の鈴。きみの名を呼んだら、ぼくの身体は散りぢりに裂けちまう」

「それでは、わたしの名を言って」ユニコーンは、蝶に頼み込んだ。「わたしの名を知っているなら、言ってごらん」

「ランペルスティルトスキン！」蝶は楽しそうに答えた。「大当り！　ごほうびはありません」かれは、歌いながら、ユニコーンの角の上で、はね回り、踊り回った。「家においでよ、ビル・ベイリー、家においでよ、出入り禁止の家に。がんばれ、ウィンソッキ、流れ星を摑もうよ。粘土は動かずとも、血は騒ぐ。だからおれは、教区の皆から、殺人鬼と呼ばれているのさ」ユニコーンの角の光の中で、かれの眼は真紅に輝いた。

　ユニコーンはため息をもらし、足を進めた。楽しくもあり、がっかりもしていた。蝶は蝶らしく勤めているのだ。彼女は自分に言いきかせた。自分の名を知っていることを、蝶に期待する方が悪いというものだ。かれらの知っていることと言えば、歌と詩と自分たちの耳にしたことすべてだ。かれらに悪気はない。だが物事をきちんとやっていくことができないのだ。なぜ？　かれらはあまりに早く死んでいくからだ。

　蝶は歌いながら、ユニコーンの眼の前をひらひらと飛んでいた。「ワン、トゥ、スリ！　オレアリー」弧を描きながら歌う。「安息の死よ、ぼくは見たくない、あのさびしい道を見たくない。時間というやつが、ほれきっている心に、疑いを忍び込ませるから。急げ、笑え、汝、わが指揮する強烈な思いの軍勢を連れ来たれよ。それは、この三日の間、夏のバーゲン価格で大売出しされます。愛しているよ、愛している、おお、恐るべきことだ、恐るべきこと、去れ、魔女よ、去れ、まったく、本当に、片足を失うにはまずい場所を選んだものだ、柳、柳、柳」ユニコーンの頭の中で、かれの声が、まるで銀貨が落ちていくように涼やかに響いた。

　蝶はその暮れていく一日の残りを、ユニコーンと共に旅をした。けれども、陽が落ち、空がバラ色の雲に満たされたとき、かれはユニコーンの角から飛び立ち、彼女の前ではばたいた。「ぼくはA列車で行かなきゃならないんです」蝶はていねいに言った。雲を背にしたかれのビロードの羽に繊細な血管が走っているのが、見てとれた。

「さようなら」ユニコーンは言った。「もっとたくさん、歌が聞けるようにね」彼女には、それが蝶に別れを告げる最も良い言い方だと思えたのだ。けれども、彼女のもとを去るかわりに、かれはユニコーンの頭の回りを飛び回った。夕暮の澄みきった大気の中で、突然、勢いを弱め、少々神経質になったように思えた。「行きなさい」ユニコーンは、強く言った。「おまえには、寒すぎる」だが、蝶は依然として、一人でハミングしながら、行こうとはしなかった。「マケドニアと呼ばれた馬を、かれらは駆る」心ここにあらずという様子で、蝶は歌う。それから、突然、はっきりと、「ユニコーン。フランス古語では、ユニコルネ。ラテン語では、ウニコルニス。文字どおり角が一つ。ウナス、つまり一つ、コルヌ、つまり角。一角の馬によく似た有名な獣。おお、ぼくはコックで勇敢な船長。ナンシーの船橋の乗組員。誰かケリィに会ったかい？」蝶は楽しそうに空中に舞い上がった。最初の蛍たちが、不思議そうに、おそるおそる疑い深そうに、そのまわりで点滅をはじめた。ついに自分の名前が語られたので、ユニコーンはすっかり驚き、すっかり喜んでしまった。おかげで、馬になぞらえた部分のことには、気づかなかったほどだ。「まあ、わたしのことを知っていたのですね！」大声で叫んだ。そして彼女の喜んだ鼻息で、蝶は二十フィートほども吹き飛ばされてしまった。蝶がふらふらと舞い戻ってくると、ユニコーンは願い請うた。「蝶や、おまえが本当にわたしのことを知っているのなら、わたしと似た者たちを見たことがあるかどうか、教えておくれ。みんなを見つけるために、どちらへ行ったらいいか、教えておくれ。みんなは、どこへ行ってしまったのですか？」

「蝶よ、蝶よ、どこに隠れよう」薄れゆく光の中で、蝶は歌った。「甘くも苦いおろか者が、今にも、現われようぞ。おお、わが愛は、わが腕の中、ぼくはまたベッドの中」再び、ユニコーンの角にとまった。蝶の震えているのが、感じとれた。

「お願いだから。わたしの知りたいことは、この世界のどこかに、仲間のユニコーンたちがいるということだけ。蝶よ、わたしに似た者たちが、まだ残っていると言っておくれ。そうしたら、わたしは、おまえの言葉を信じて、自分の森に戻るのだから。もうずいぶん留守にしてしまった。早く戻ると言ったのに」

「月の山の彼方」蝶ははじめた。「影の谷の中へ、進め、進め、勇ましく」突然、そこで言葉を切った。そして奇妙な声で言った。「いや、いや、聴いてくれ、いや、聴くな、聴くんだ。もしもあなたに勇気があれば、お仲間を見つけることができる。はるか昔に、みんな、すべての道をおちのびていった。赤い牡牛が、そのすぐあとを追い、ユニコーンたちの足跡を消してしまった。がっかりしてはいけない。けれども、中途半端に安心してはならない」蝶の羽がユニコーンの肌にふれた。

「赤い牡牛？」ユニコーンは尋ねた。「赤い牡牛って、何？」

蝶は歌いはじめた。「ついておいでよ、ついておいで。ついておいでよ、ついておいで」そこで、強く頭を振ると、暗唱するように言った。「その初児は帝王、その角は野牛の角。それの力で、かれはユニコーンたちを追いやった、世界の果てまで。聴くんだ、聴くんだ、急いで、聴くんだ」

「聴いている」ユニコーンは叫んだ。「わたしの仲間たちは、どこにいるの？　赤い牡牛とは何者？」

けれども、蝶は、彼女の耳もとにふわりと近寄ると、笑った。「大地を這いずり回ってる悪魔を見たんだ」蝶は歌う。「小犬たち、トレイ、ブランシュ、スウ、やつらがおいらを吠えたてる。小蛇たち、やつらがぼくにしゅうしゅういうんだ。乞食たちが街にやってくる。それからついにはまぐりたちがやってくる」

しばしの間、彼女の前の薄暮の中で、蝶は踊った。それから、道の横の紫色の影の中に、ひらひらと去っていった。挑発するように声高に歌いながら。「蛾よ、おまえか、ぼくか！　手に手をとって、手に手に手に手に……」ユニコーンが見た蝶の最後の姿は、木々の間をすべるように飛んでいく小さな点であった。目の錯覚だったかもしれない。なぜなら、今や、夜はその翼をすっかり広げていたのだから。

それでも、かれはわたしのことを知っていたのだ。ユニコーンはさびしく考えた。それは大事なことだ。けれども、彼女は自分でそれに答えた。いや、それは何も意味していない。誰かが、ユニコーンについての歌、あるいは詩を、つくったことがあったということを意味するだけだ。でも、赤い牡牛。それで蝶は、何を意味しようとしたのだろうか？　別の歌、なのかもしれない。

ユニコーンはゆっくりと歩を進めた。夜がひしひしと彼女を包みはじめた。空は低く、厚い雲の背後で、月が進んでいることを示す黄ばんだ銀色の部分を除いて、ほとんど真黒だった。ユニコーンは小さな声で歌いはじめた。ずいぶん昔に、彼女の森の中で、一人の若い娘が歌っていた歌だった。

わたしがあなたと暮せるなら、
すずめと猫が、わたしの靴で暮すだろう。
あなたが戻ってくるのなら、
魚が海から出てくるだろう。

その言葉の意味は、彼女にはわからなかった。けれどもその歌は、故郷のことを思い出させるのだった。彼女が、道へ足を踏み出したそのときに、秋がブナの木を揺るがせはじめたのを聴いたように思えたのだ。

ついに、ユニコーンは、冷たい草の中に身を横たえ、眠りに落ちていった。ユニコーンというものは、すべての野生の獣の中で、最も用心深い。けれども、眠るときには、ぐっすりと眠る。とはいうものの、もしも故郷のことを夢見ていなかったとしたら、彼女は夜の中から近づいてくる車のきしみと鈴の音にきっと目覚めたことだろう。たとえ車輪がぼろ布で音がせぬように包まれ、小さな鈴が毛で包まれていたとしても。けれども、彼女は、遠くへ、遠くへ行っていたのだ。かすかな鈴の音が達することのできぬほど遠くへ。そして彼女は目覚めなかった。

馬車が九台。いずれも黒い布でおおわれ、いずれもやせこけた黒い馬に引かれていた。

そして風が黒いおおいを吹き上げると、そのいずれもが、まるで歯のように檻の棒で仕切られているのがわかった。先頭の馬車は、ずんぐりとした老婆がたづなを取っていた。垂れ下がった布の横に文字がしるしてあった。大きな文字で〈フォーチュナおばさんのミッドナイト・カーニヴァル〉。そしてその下に、小さな文字で、〝明るみに出た夜の獣たち〟、としてあった。

先頭の馬車が、ユニコーンの眠っているところまで、ゆるゆると近づいてくると、老婆は、突然、たづなを引いて、黒馬を止まらせた。残りの馬車も、同じように止まる。そして、老婆が無気味な優雅さを見せて地面に飛び降りるのを、静かに待っていた。そっと近寄ると、老婆はユニコーンを長い間、じっと見つめた。それから言った。「よし、よし、うまいぞ。最後の一頭を、ここで見つけたようじゃ」彼女の声は、周囲の大気に、蜜と火薬の香りをまいた。

「もしも、やつが知ったなら」老婆はほほえんだ。小石のような歯が見えた。「やつには教えまい」彼女は、黒い馬車の一隊を振り返り、指を二度鳴らした。二台目と三台目の御者が馬車を降り、老婆の方にやってきた。一人は、老婆自身と同じように、背が低く、色が黒く、無表情だった。もう一人は、背が高く、やせこけ、いつも当惑したような雰囲気をまとっていた。この男は、古ぼけた黒い外套をまとい、目は緑色だった。

「何が見えるかね？」老婆が背の低い方の男に向かって尋ねた。「ルク、ここに横たわっているのは、何だと思う？」

「死んだ馬だ」男は答えた。「いや、死んではいない。マンティコアか竜の餌にしよう」かれの舌打ちする音が、まるでマッチをする音のように響いた。

「馬鹿だね、おまえは」フォーチュナ婆さんは言った。それから、もう一人の男に、「あんたはどうだね、魔術師、占い師、魔法使いさんや？　あんたの魔法の目で見たら、なにが見えるかね？」ルクがきしむような笑い声をあげ、老婆もそれに加わった。だが、背の高い男が、依然としてユニコーンをじっと見つめているのに気づいて、笑いを止めた。

「お答え！　この手品師め！」老婆はうなり声をあげた。けれども、背の高い男は、じっと見おろしたまま、頭を動かそうともしなかった。そこで老婆は、男の顎をぐいと引っ張ってやろうと、カニのような手を伸ばし、頭を動かしてやった。老婆の黄色い目に出会い、男は目を落とした。

「馬です」男はつぶやいた。「白い牝馬」

フォーチュナ婆さんは、しばらく男の顔を見つめていた。「あんたも馬鹿だね、魔術師や」ようやく、忍び笑いをもらしながら言った。「だけども、ルクよりもっと悪い。もっと危険な馬鹿者だね。ルクは、ただ強欲だから、嘘をついた。けれど、あんたは、恐れから嘘をついた。それとも、親切心からと言うべきかね？」男は何も言わず、フォーチュナ婆さんは、一人、笑い声をあげた。

「よし、よし」老婆は言った。「これは白い牝馬さね。あたしのカーニヴァル一座に、加えてやりたい。九番檻が空いているね」

「ロープがいるな」ルクが言って、取りにいこうとしたが、老婆はとめた。

「彼女を、つなぎとめておけるロープは、ただ一つしかない」老婆はルクに言った。「それは、大昔の神々がフェンリル狼をつなぎとめるのにつかった綱だよ。魚の息、鳥の唾、女の顎ひげ、猫の鳴き声、熊の力強さ、それにもう一つ、今思い出すからね、山々の根っこ、それを合わせてつくられた綱が必要だね。このどれ一つとして持ち合わせがないし、綱をよってくれる小人たちもいないのだから、鉄の棒で、できるかぎりのことをしとくよりしようがない。わたしが、彼女を眠らせておくからね」フォーチュナ婆さんが、咽喉《のど》の奥で無気味な言葉をつぶやく間に、両の手が夜の大気を織りなしていった。老婆が呪文をかけ終えると、ユニコーンのまわりに稲妻のような匂いがたちこめた。

「さあ、檻に入れるんだ」彼女は、二人の男に言った。「おまえたちが、どんなに騒ぎたてようとも、陽が出るまでは、眠っているはず。おまえたちの習性となったおろかさ故に、手で彼女にふれないかぎりはね。九番檻をばらばらにして、彼女のまわりに建てるんだ。

だが、いいかね、彼女のたてがみにふれた途端、おまえたちの手はロバのひづめになっちまうからね。おまえたちの本性どおりになっちまうというわけさ」老婆は、また背の高いやせた男を見つめた。「あんたのお粗末な手品も、そうなっちまったら、今よりいっそうやりにくくなるというものだよ、魔術師さんや」息をぜいぜいさせながら、言った。「さあ、仕事に取りかかりな。もう闇はそんなに残っていない」

あたかも、時を告げるためだけに出てきたかのように、老婆が自分の馬車の影の中にすべり込み、声の届く範囲から遠去かっていったとき、ルクという名の男が唾を吐き、好奇心に駆られて言った。「あの婆さん、いったい、何を心配してるんだ。この獣に、手をふれたからといって、どうなるってんだ？」

魔術師は、ほとんど聴き取れないほどの声で答えた。「人間の手がふれたら、彼女は目覚めてしまうんだ。悪魔その人の魔法によるほどに深い眠りであっても、ね。そしてフォーチュナ婆さんは、その悪魔ですらない」

「婆さんは、おれたちに、そう思わせようとしてるがな」色の黒い男が、にたりと笑った。「ロバのひづめだって！　馬鹿な！」だが、かれは、自分の両手をポケットの中に深く入れていた。「どうして、呪文が破れるっていうんだ？　こいつはただの年老いた白い馬じゃないか」

だが、魔術師は、黒い馬車の列の最後尾に向かって歩いていた。「急ごう」肩越しに叫んだ。「じきに、朝になるから」

九番檻の鉄棒と床と天井を降ろし、それから眠りこけているユニコーンの周囲にそれを組み立てるために、残った夜の時間のすべてが必要だった。東の灰色の木々が、がっとわきたち、ユニコーンが目をあけたときには、ルクが、しっかりと鍵がかかっているかどうか檻の入口を引いてためしているところだった。二人の男は、急いで、そこから立ち去った。けれども、背の高い魔術師は振り返り、ユニコーンが立ち上がって、鉄の棒を見つめているところを、見ることができた。低く下げたユニコーンの頭は、まるで年老いた白い牝馬の頭のように、揺れていた。

2

ミッドナイト・カーニヴァルの九台の黒い馬車は、陽の光の下では小さく、ちっとも無気味なようには見えなかった。それどころか、枯葉のようにはかなく、取るに足らぬもののように見えた。掛け布が取り払われ、毛布から切り取られたくすんだ黒い旗と、そよ風にはためいている寸づまりの黒いリボンで飾られていた。

九台の馬車は、灌木の茂みの中に、奇妙な形に並べられていた。檻でつくった五芒線形が、三角形の檻を取り囲み、その中心にフォーチュナ婆さんの馬車が置かれていた。その檻だけは黒い掛け布がかけられ、中に何が入っているかわからないようにされていた。フォーチュナ婆さんの姿は、どこにも見当らなかった。

ルクが、もみあっている田舎の人々の群れを、あの檻からこの檻へとゆっくりと案内しながら、ぼそぼそと中の獣の説明をしていた。「こちらが、マンティコアでございます。人間の頭に、獅子の胴、尻尾はさそりの尾とござい。自分の吐息をかぐわしくせんと、真夜中に人狼をば食らっているところを、捕えられたのであります。闇の生き物、陽のもとにさらされたというしだいでございます。こちらは竜でござい。たまさか吐くは炎の息――自分を突っつく人に向かって吐くことになっておりますぞ、え、坊ちゃんや。腹の中は焦炎地獄、ところが、皮ときたらひりつくほどの冷たさとござい。この竜は、片言ではございますが、十七ヵ国語を話し、痛風に悩まされております。さて、さて、サチュロスでございます。御婦人方は、さがった、さがった。これぞ真物の罪作り。実に興味深い状況で捕えられたものでございますが、殿方だけにお教え致しましょう。このショウのあと、別料金で。えー、闇の獣とござい」ユニコーンの檻は、内側の三つの檻の一つだった。背の高い魔術師は、その檻の横に立って、外の五芒線形の周囲を巡っていく行列を眺めていた。「ここに来てはいけないんだけれど」かれはユニコーンに言った。「婆さんが、あなたには近づくなと言っていたんだ」かれは楽しそうにくすくす笑った。「あの婆さん、ぼくが仲間に加わった日から、ぼくを馬鹿扱いしようとしているんだが、いつもぼくは彼女をいらだたせているんだよ」

　ユニコーンは、かれの言うことをほとんど聴いていなかった。自分の牢獄の中を、ぐるぐる回っていた。まわりを取り囲んでいる鉄の檻にふれると身を縮めた。人間の夜に棲む獣で、冷たい鉄が好きなものはいない。ユニコーンは、その鉄の存在に耐えることはできたが、その凄まじい匂いは骨を砂に、血を雨に変えてしまうかと思えた。ユニコーンの檻の鉄棒には、何か呪文がかけてあるにちがいない。鉄棒たちは、お互いにささくれだった声でぺらぺらと、意地悪く語り合うのをやめなかったからだ。がっしりとした鍵は、狂った猿のように、くつくつ笑ったり、鼻声を出したりしていた。

「何が見えるかね？」魔術師は、先ほど、フォーチュナ婆さんが言ったのと同じ言葉を口にした。「あなたのお仲間の伝説上の獣たちを眺めて、何が見えるか、言ってごらん」

ルクの鉄のような声が、蒼ざめた午後の中を、がらんと抜けていった。「黄泉の国の門番でございます。ごらんのとおり三つの頭、毒蛇のつややかな皮。最後に地上でこの姿を見られたのは、ヘラクレスの時代でありました。ヘラクレスは、こやつを小脇に抱えこんで、引きずり出してきたのであります。わたしどもは、これにより良い生活を約束して、再び陽光の下におびき出したのであります。ケルベロスとござい。このずるそうな赤い六つの目をごらん下さい。いつの日にか、もう一度、皆さんもこの目をのぞきこむことになるやもしれませんぞ。ミッドガルドの大蛇は、こちら。こちらでござい」

　ユニコーンは鉄棒越しに、檻の中の獣を見つめた。信じられないとでもいうように、その目は大きく見開かれた。「ただの犬」ユニコーンはささやいた。「おなかをすかせたただの哀れな犬。頭もたった一つしかないし、毛もほとんど抜け落ちている。かわいそうに。

どうしてあれがケルベロスに見えるというの？　みんな目が見えないのかしら？」

「もう一度、見てごらん」魔術師は言った。

「サチュロスは」ユニコーンは続けた。「サチュロスは猿。片足がねじれた年老いた猿。竜はワニ。炎の息というよりも、魚の息といったほうがお似合い。そして偉大なマンティコアはライオン。まさに立派なライオンよ。でも、他の獣と同様、怪物などではない。わたしにはわからない」

「全世界をそのとぐろの中に巻き込んでいるのであります」ルクのものうげな声が聞こえた。再び、魔術師が言った。「もう一度見てごらん」

そのとき、目が闇に慣れてきたかのように、ユニコーンは、それぞれの檻に、もう一つの姿があるのを感じはじめた。それらのものは、ミッドナイト・カーニヴァルの虜囚たちに重なって、ぼうっと巨大に浮かび上がっていた。そしてそれらの姿は、獣たちと一体になっているのだった。一握りの事実から、湧きおこる荒々しい夢のように。それ故、そこにはマンティコアがいた。飢えた目、涎れをたらした口、うなり声、恐るべき尻尾は背中越しにはね上げられ、その猛毒を持った針は、耳の上でゆらりと動いている。同時に、そこにはライオンもまた存在しているのだ。比較にならぬほど小さく、馬鹿げてはいたが、それでもこの二つは、同じ生き物なのだった。ユニコーンは驚きのあまり、足を踏み鳴らした。

他の檻もすべて同じだった。そこではまさに影の竜が口を開き、しゅうしゅうと害のない炎を吐き、唖然と口をあけている人々に息を呑ませ、すくみ上がらせていた。その間にも毒蛇のうろこをまとった地獄の番犬が、自分を裏切った者たちがおちいる三乗の定めと惨状のありさまを吠えたてていたし、サチュロスは片足をひきずりながら、鉄棒の彼方に色目をつかい、公然と、若い娘たちをそのこの世のものならぬ悦楽へとさしまねいていた。ワニと猿とあわれな犬はといえば、この驚くべき幻の前に、しだいにその姿を消しつつあった。ユニコーンの曇りのない眼にも、かれら自身の方が影であるかのように見えてくるのだ。「奇妙な魔法だこと」ユニコーンは、そっと言った。

「これには、魔法以上の、何かのわけがある」

喜び、ほっとして、魔術師は笑った。「よく言ってくれた。本当によく言ってくれたよ。婆さんの安っぽい魔術がもたらす古めかしいこけおどしが、あなたの目をくらませるとは、思っていなかったよ」魔術師の声が、きつく、秘密めかしたものになった。「あの婆さん、これで三つ目のまちがいをしでかした。たった二つでも、彼女のように老い疲れたペテン師には多すぎるというのに。時がせまってきた」

「時がせまっております」ルクが、まるで魔術師の言葉を耳にしたかのように、言った。

「ラグナロク、神々が墜ちるその日に、このミッドガルドの大蛇は、偉大なトールにその毒の嵐を吹きつけるのであります。そしてトールは、殺虫剤を吹きかけられたハエのようにのたうち、倒れるのであります。それ故、この大蛇はこうして審判の日を待ち望み、自らの役割を夢見ているのであります。そうなるや否や、何とも申しかねますな。陽の目を見た、闇の生き物とござい」

　その檻には、蛇がつめこまれていた。頭もなければ、尻尾もない。檻の一方の端から、もう一方まで、ごろごろと転がっている鈍い暗黒の波しか見えなかった。蛇自身の雷鳴のような吐息以外、何一つ入る余地はなかった。ユニコーンだけが、隅でとぐろを巻いている毒蛇を見ていた。おそらくは、ミッドナイト・カーニヴァルにおける自らの審判について、考え込んでいるのだろう。けれども大蛇の影の中にあっては、まるで虫けらの幽霊のように、影が薄く、ちっぽけに見えた。

　不思議に思った気のきかぬ観客の一人が、手を上げ、ルクを問いつめた。「もしもこのでかい蛇が、あんたの言うように、世界のまわりにとぐろを巻いているとしたら、どうやってこの切れっ端をワゴンの中に入れることができたんだね？　それに、こいつが体を伸ばしただけで、海をぶちこわすことができるのなら、こいつがあんたのこの見世物全体を、ちょうど首飾りみたいに引っかけて這っていっちまう。それをどうやって、とめているんだね？」その意見に同意するつぶやきが起きた。その何人かは、用心深く、後ずさりしはじめた。

「そいつを尋ねてくれたとは、有難いことですな」ルクは、苦虫を噛みつぶしたような顔でいった。「ミッドガルドの大蛇は、そうですな、あたしどもとは異なった空間に住んでいると、こういうわけなんですよ。異次元とでも申しますか。それでありますから、普通なら、目には見えない。ところが、わたしどもの世界に引きずりこまれますと、かつてトールがそうやったものですが、まるで稲妻のようにはっきりと見えるのであります。稲妻もまた、どこか別の世界からやってくるのであります。そこでは、稲妻もまったく異なったものとして見えるでありましょうが。もちろん、この大蛇は、自分のたるんだ腹の一部が、毎日、毎日曜日に、フォーチュナ婆さんのミッドナイト・カーニヴァルで見世物にされていることを知ったら、怒るでありましょうな。けれども、やつは御存知ない。やつには、自分のヘソがどうなっておるかなどということよりも、もっと他に考えることがある。そこでわたしどもは、皆さんも同様ですがな、やつの心の平安が続くという成行きにまかせておるわけです」

　ルクが、最後の言葉を生パンのように、ねっとり引き伸ばし、こね回したので、聴いていた人々は、用心しいしい笑った。

「まやかしの呪文」ユニコーンは言った。「彼女には、物を造ることができない」

「本当に姿を変えさせてしまうこともね」魔術師が付け加えた。「彼女のみすぼらしい技は、見せかけによっているものだ。それに、その手慣れた方法でさえ、何でもたやすく信じ込んでしまうあのお人好しども、あのカモたちの熱心に信じ込む気持ちがなければ、馬脚をあらわしてしまう。あの婆さんは、クリームをバターに変えることもできやしない。それでも、ライオンにマンティコアの姿を与えることはできるというわけさ、そこにマンティコアの姿を見たいと思っている人間たちの目には。真物のマンティコアをライオンに、竜をとかげに、ミッドガルドの大蛇を地震と見てしまうような目には、ね。かれらは、ユニコーンを白い牝馬と見てしまうんだ」

檻の中を、ゆっくりと、絶望的に歩み回っていたユニコーンは、足を止めた。はじめて、魔術師が、自分の言葉を理解していることに気づいたのだ。魔術師は微笑んだ。ユニコーンはかれの顔が、成人した男のものにしては、ぞっとするほどに若々しいのを見てとった。時もその上を旅せず、悲しみも、賢明さも訪れていない。「あなたのことを知っているよ」かれが言った。

二人の間で、檻の鉄棒がよこしまにささやいた。今や、ルクは、内側の檻に見物客たちを案内してくるところだった。ユニコーンはその背の高い男に尋ねた。「あなたは誰？」

「ぼくは魔術師のシュメンドリックと呼ばれている」かれは答えた。「ぼくのことを聞いたことはないだろうね」

いかなる魔術師の名も、今まで聞いたことなどないのだと、ユニコーンはほとんど言いかけたが、かれの声の中にある何か悲愴な、英雄的なものが、彼女をとどめた。魔術師は言った。「ぼくは、この見世物を見に集まってくる見物客を、楽しませる。ちょっとした手品、小手先の技でね。花を旗に変え、旗を魚に変える。全部にもっともらしいおしゃべりと、もしもぼくがその気になれば、もっと凄まじい奇跡をやってのけることができるという暗示を添えて、ね。たいした仕事じゃないさ。でも、もっとひどい仕事をしたこともあるし、いつの日にか、もっといいのにありつけるだろう。これが最後ってわけじゃない」

けれども、魔術師の声の響きは、あたかも彼女が永遠に罠にかけられてしまったかのような感じをユニコーンに与えた。再び、ユニコーンは、檻の中を歩き回りはじめた。そうでもしていないと、閉じ込められているという恐怖で、心臓が張り裂けてしまいそうだったのだ。ルクは、鉄棒の間につつましやかな巣を張っている小さな茶色のクモ以外、何も入っていない檻の前に立っていた。「リディアのアラクネでございます」客の群れに言う。「世界で最高の折紙付きの機織《はたお》りでござい。彼女の運命がその証明。機織りのコンテストで、女神のアテネを打ち負かしてしまうという不運を引きあててしまったのであります。アテネは往生際の悪い敗者でありました。そこで、アラクネは今やクモの身の上、特別契約で、フォーチュナ婆さんのミッドナイト・カーニヴァルのためだけに、かように機を織っているのであります。雪の縦糸、炎の横糸、同じものはまたとない。アラクネとござい」

鉄棒の織機《はた》にひっかかったその巣は、とても単純で、ほとんど無色だった。時々、クモが糸を整えようとして、ちょこちょこと走り回ったときに、虹色にチラチラと揺れるくらいのものだ。だが、それは見物客たちの目を――同じくユニコーンの目を――引きつけ、ゆらゆらと揺れながら、どんどん深みへ、ついには世界の大いなる深淵を見降ろしているようにさえ思わせた。その黒い裂け目は、ぞっとするほどの広がりを持っていたが、アラクネの糸が世界をつなぎとめている限り、砕け散ってしまうことはあるまい。ユニコーンは、ため息をもらして、身震いをし、再び本物のクモの巣を見た。それはとても単純で、ほとんど無色。

「他のものとちがう」ユニコーンは言った。

「そうだ」シュメンドリックは、しぶしぶ、それを認めた。「とは言っても、フォーチュナ婆さんの手柄というわけじゃない。ほら、あのクモは信じ込んでいるんだよ。自分でもあのあやとりを見ていて、それが自分の造ったものだと思っているんだ。あの婆さんの魔術のようなものには、信じるということが大きな役割をもっている。もしもあのおりこうさんの一団が、驚きを引っこめてごらん、婆さんの魔法はみんな消え失せてしまう。でも、クモのすすり泣く声だけは残るだろうよ。誰もそれには耳をかさないだろうがね」

ユニコーンは、もうクモの巣をのぞき込もうとはしなかった。彼女は自分に一番近い檻に目をやった。突然、体の中で、息が冷たい鉄に変わってしまうのを感じた。その檻の中には、オーク材にとまった大きな青銅の鳥の身体とみにくい老婆の顔をした生き物がいたのだ。その顔は、とまり木を摑んでいる爪にも似て、歯を食いしばり、恐ろしげだった。耳は、むくむくとした毛でおおわれた丸っこい熊の耳。けれども、彼女のうろこにおおわれた肩のあたりには、その輝くナイフのような羽にまじって、月の光のような色の髪の毛が垂れ下がっていた。その毛は、彼女の憎悪に満ちた人間の顔をふさふさと取り囲んでいた。彼女は輝いていた。けれども、彼女を見ることは、空から洩れ出てくる光を見るようなものだった。ユニコーンの姿を見ると、彼女はしゅうしゅうという音とくすくす笑いをいっしょにしたような奇妙な音を発した。

ユニコーンは、声をひそめて言った。「これは真物ですね。ハーピイのセラエノ」

シュメンドリックの顔がオートミール色になった。「あの婆さんが偶然、つかまえたんだよ」ささやくように言った。「あなたの場合と同じように、眠っているところを。でも、それは不運なことさ。双方とも、そのことを知っている。フォーチュナ婆さんの術は、怪物をとらえておくことなら十分にできる。けれども、その存在だけで、彼女の魔力のすべてがすりへってしまうんだ。あまりにすりへっていくものだから、もうすぐ、あの婆さんは、いり卵をつくるだけの力もなくなってしまうだろう。あんなことは絶対にすべきではなかったんだよ。真物のハーピイや、真物のユニコーンに手を出すなんて、すべきではない。真実は、彼女の魔術を溶かしてしまう。いつだって、そうさ。それでも、あの婆さん、魔術を思いどおり使わなくてはいられないんだ。でも、今度という今度は——」

「虹の妹でございます。信じようと、信じまいと」二人は、ルクが、おびえている見物客に向かって、いななくのを聞いた。「彼女の名は〝暗黒の精〟という意味でございます。嵐の前に、その翼で空を暗くさせる者というわけであります。彼女とその麗しの二人の姉妹は、ピネウス王をあやうく餓死させるところでありました。王が食べようとすると、その食べ物をひったくり、汚したりしたのであります。しかし北風の息子たちが、それを止めさせてしまったのであります。そうだったな、お嬢さんや？」ハーピイは黙りこくっていた。ルクは、檻のように、にやりと笑った。

「彼女は、他の二人を合わせたよりも、もっと凄まじく戦ったのであります」ルクは続けた。「まるで、地獄のすべてを、一本の髪の毛でひっくくるようなものでした。しかしながら、フォーチュナ婆さんの力は、十分それに太刀打ちできるほどに、偉大であったのであります。ついに陽の目を見た、闇の生き物とござい。ポリーちゃん、クラッカーが欲しいのかい？」観客の何人かが笑った。とまり木が悲鳴をあげるまで、ハーピイの爪は、ぎゅっと握り締められた。

「あれが自由になったら、きみも自由になる必要があるな」魔術師は言った。「檻に入れられたまま、あれに摑まるようなことがあってはいけない」

「わたしには、とても鉄にはさわれない」ユニコーンが応えた。「角で、鍵を開けることはできる。でも、鍵まで届かせることができない。出ていくことなんて、できません」ユニコーンは、ハーピイの恐怖に、身震いしたが、声はとてもおだやかだった。

　魔術師シュメンドリックは、ユニコーンが思ったよりも何インチかよけいに背伸びして、身を寄せた。「こわがることはないよ」雄々しく言った。「こんな謎めいた姿だけれど、ぼくには思いやりの心がある」けれども、ルクと客たちが、近づいてきたために、かれの言葉はそこで中断された。かれらは、マンティコアのところで、くすくす笑っていた薄汚ない群衆よりも、よほど静かになっていた。魔術師はあわてて立ち去りながら、ユニコーンにそっと呼びかけた。「こわがらないで。シュメンドリックがついている。ぼくが合図するまで、なにもしないでいておくれ！」その声は、ユニコーンのところまでただよってきた。あまりにもかすかで弱々しいものであったから、それが本当に聴こえてきたのか、それとも自分をかすめていくのを感じただけなのか、ユニコーン自身にもはっきりしなかった。

暗くなってきた。人々は、ユニコーンの檻の前に立ち止まり、妙に恥かしげにのぞき込んだ。「ユニコーンとござい」ルクはそう言って、脇へどいた。

ユニコーンは、人々の心臓が跳ね上がる音、湧きあがる涙、息を呑み込む音を聴いた。しかし誰一人として言葉を発しなかった。人々の顔に、悲しみ、喪失感、やさしさといったものが浮かんでいた。そのおかげで、ユニコーンは人々が自分を認めたことを知った。ユニコーンは、人々の心の飢えを、自分に対する尊敬と受けとった。彼女は、あの狩人のひいおばあさんのことを思い、年をとることや、泣くということが、どんなものなのだろうか、と考えた。

「普通の見世物は」しばらくしてルクが言った。「ここらで終わるもの。正真正銘のユニコーンの後で、いったい何をお見せできましょうか？　ところが、フォーチュナ婆さんのミッドナイト・カーニヴァルでは、さらにまたもう一つの神秘を用意しておるのでございます。竜よりも破壊的、マンティコアよりも怪物的、ハーピイよりもおぞましく、ユニコーンよりもよく知られた悪魔でございʼ」ルクは最後の檻に向かって、手を振った。黒い垂れ幕が、引く者もいないのに、もぞもぞと開きはじめた。「さあ、ごらんあれ！」ルクが叫んだ。「これぞ、最後の最後、これぞ真打ち、エリをごろうじろ！」

　檻の中は、夜よりも暗く、鉄棒の背後では、まるで生き物のように冷気がうごめいていた。その冷気の中に、何かが動いていた。そしてユニコーンは、エリを見たのだった。年老い、やせこけ、ぼろをまとった女が、檻の中で身体を揺り動かし、暖まろうと存在せぬ火の前にうずくまっている。彼女はあまりにはかなく、闇の重さに圧しつぶされそうに見えた。あまりに頼りなく、さみしそうなので、見る者は、哀れみに駆られて、走り寄り、彼女を自由にしてやりたくなるほどであった。けれども、人々は、そうするかわりに、声もたてずにあとずさりしはじめた。というのは、まるでエリが自分たちの方に忍び寄ってくるかと思えたからだ。けれども、彼女は、そんな人々の方を見てもいなかった。闇の中にすわり、木に食い込んでいくのこぎりにも似たきしみ声で、ひとり、歌を歌っていた。

　摘みとられしものは、再び育つ。
　殺められしものは、生き続け、
その木は今にも倒れそう。

盗まれしものは、残り――

去りしものは、去る。

「それほどのものとは思えません、でしょうが？」ルクは尋ねる。「ところが、彼女にあえば、いかな英雄といえども、太刀打ちできないのであります。いかなる神も、彼女を組み伏せることはできず、いかなる魔術師も、彼女を外にとどめおくこと、もちろん中にとどめおくことも、できないのであります。というのも、彼女は、わたしどもの囚われ人ではないわけであります。わたしどもが、こうして彼女の姿をお見せする間にも、彼女は皆様方の間を歩き回り、さわり、奪っているのでございます。それといいますのは、エリは老齢そのものだからであります」

檻の冷気が、ユニコーンに届いた。それが、どこにふれようとも、ユニコーンの身体は力を失い、満足に動かなくなるのだった。身体がしなび、たるみ、息をするたびに美しさが去っていくのが感じられた。みにくさが、たてがみからゆらりとたちのぼり、頭をひきずりおとし、尾をむしりとり、体から肉をはぎとり、毛皮をかじりとった。そして、かつての姿を思い出させることによって、心までも攻めたてるのだった。どこか近くで、ハーピイがしきりに低い声をあげていた。だが、この最後の悪魔から身を隠すことができるのなら、ハーピイの青銅の翼の影にだって、喜んで、入るだろう。エリの歌が、のこぎりのようにユニコーンの心に食い込んできた。

海に生まれしものは、陸に死に、
やさしきものは、踏みにじられる。
与えられしものは、手を灼き——
去りしものは、去る。

見世物は終わった。人々は、足を忍ばせて去っていった。一人で帰る者はいなかった。ある者は二人で、ある者は数人で、ある者は何人もかたまって、見知らぬ者同士が、見知らぬ者の手を握って、エリが追いかけてくるのではないかと、何度も振り返りながら去っていった。ルクが、哀れっぽい調子で、呼ばわっていた。「残って、サテュロスの話をお聞きになる殿方は、いらっしゃいませんか?」そしてゆっくり逃げていく人々に、追い打ちをかけるように、うなり声ともつかぬふてくされた笑い声を浴びせるのだった。「陽の目を見た闇の生き物とござい!」人々は、固まってしまったような空気をかきわけて歩み、ユニコーンの檻の前を通り過ぎていった。ルクの笑い声が、かれらを追いたて、依然としてエリは歌い続けていた。

これは幻、ユニコーンは、そう自分に言いきかせた。これは幻——ユニコーンは、最後の檻の暗闇の中をのぞき込むために、死がのしかかっている頭を、何とか持ち上げた。そしてそこに老齢の精がいるのではなく、フォーチュナ婆さんその人がいるのを見てとった。老婆は、その年月を経た無気味な身のこなしで、楽々と、手足を伸ばし、忍び笑いをもらしながら、地面に降りてきた。そしてそのときになってユニコーンは、自分が死すべき存在となったわけでも、みにくくなったわけでもないことに気づいた。けれども、二度と、自分が美しいと感じる気にはなれなかった。これもまた幻なのだ、弱々しく、ユニコーンはそう考えた。

「楽しませてもらったよ」フォーチュナ婆さんは、ルクに言った。「いつだって、そうだがね。心底から、あたしは舞台生活にあこがれてるんだねえ」

「あの忌々しいハーピイには、気をつけた方がいいですぜ」とルク。「今度ばかりは、あいつが逃げようとしてるのが、よくわかったんでさ。言ってみりゃ、おれはあいつを縛っている縄なんだが、その縄を、あいつ、ほどこうとしてるってところでさね」ルクは身を震わせ、声を低めた。「あいつを追い出しちまいましょう」声がしわがれていた。「あいつが、おれたちを血まみれの雲みたいに空にまきちらしてしまう前に。あいつは、いつもそればかり考えてるんですぜ。そう考えてるってことが、おれにはわかるんだ」

「馬鹿、お黙り！」魔女自身の声も、恐怖で、荒々しくなっていた。「もしも、あれが逃げ出したとしても、あたしはあれを風にも、あるいは雪にも、音楽の七音階にも変えてしまえるんだからね。でも、あたしはあれを手元に置いとくことに決めたんだ。世界中で、ハーピイをとりこにしてる魔女なんて、どこにもいないし、これからだっていやしないだろう。たとえ、毎日、おまえの生肝を一片ずつ与えなければ、あれを飼っておけないとしても、あたしはあれを手元に置いとくつもりだね」

「それはまた、素敵なことで」ルクは言った。老婆のそばからそっとさがる。「もし、あいつがあんたの生肝しか欲しがらなかったら、どうするつもりで？」ルクが詰問するように言った。「そのときには、どうするつもりですかね？」

「どちらにしろ、おまえの生肝をやるさね」フォーチュナ婆さんは言った。「あれには、そのちがいなんてわかりゃしない。ハーピイってものは、お利巧じゃないからね」

　月明りの中を一人きりで、老婆は檻から檻へとすべるように回っていった。あたかも主婦が、市場でメロンを品定めしているかのように、彼女は鍵をがちゃつかせ、自分の魔力を喚び起こしていくのだった。ハーピイの檻のところまでやってくると、その怪物は、槍のように鋭い金切り声をあげ、凄まじくも輝く翼を、光を広げた。その瞬間、ユニコーンには檻の鉄格子が雨のように、震え、逃げ出そうとするかのように見えた。けれどもフォーチュナ婆さんが、その小枝のような指をぱちりと鳴らすと、鉄格子はまた鉄に戻った。ハーピイは、とまり木にうずくまり、待った。

「まだだよ」魔女が言った。「まだだよ」かれらは、互いに見つめ合った。その目は、同じもののようだった。フォーチュナ婆さんが言った。「おまえは、あたしのものだよ。あたしを殺しても、おまえはあたしのもの」ハーピイは身じろぎもしなかった。けれども、月に雲がさした。

「まださね」フォーチュナ婆さんは言った。そしてユニコーンの檻に向いた。「さて、さて」やさしく、くぐもった声。「ちょっとの間、おまえさんをこわがらせちまったね？」泥の中を急ぐ蛇のような声で笑った。ゆるゆると近寄ってくる。

「おまえさんのお友だちの魔術師が何を言ったか知らないけれど」彼女は話し続けた。「結局、あたしがちょいとした魔力を持っているのは、まちがいないようだね。ユニコーンに自分が年老い、みにくいと思い込ませるなんてのは——言わせてもらうなら、ちょいとした技術がいるってものさ。あの暗黒の精をとりこにするってのは、安っぽいまじないかね？　あたしがやるまで、他の誰も——」

ユニコーンが答えた。「大口を叩かないことですね、おばあさん。あなたの死神が、あそこの檻にすわりこみ、あなたの言葉を聞いている」

「そうさ」フォーチュナ婆さんが、おだやかに言った。「だけど、少なくともあたしはそいつの居場所を知っているわけさね。あんたは自分の死神を求めて、道をやってきたんだよ」再び、老婆は笑った。「あんたのそれがどこにいるか、それもあたしにはわかっている。でも、おまえが自分で見つけるように、とっておいてあげよう。感謝してほしいね」

　自分がどこにいるかも忘れて、ユニコーンは鉄格子に身体を押しつけた。それは彼女を傷つけたが、ユニコーンは身を引こうとはしなかった。「赤い牡牛」ユニコーンは言った。「どこに行けば、赤い牡牛を見つけられるのですか？」

　フォーチュナ婆さんは、間近まで檻に歩み寄った。「ハガード王の赤い牡牛」彼女はつぶやいた。「それでは、あんたはあの牡牛のことを知ってるんだね」老婆は、歯を二本見せた。「でもね、あいつが、あんたを捕えることはないよ。あんたは、あたしのものだからね」

　ユニコーンは頭を振った。「そのようなことぐらいわかってるでしょうに」ユニコーンは、淑《しと》やかに答えた。「ハーピイを放しなさい、まだ間に合ううちに。そしてあたしも自由にしなさい。そうしたいのなら、あなたのあのみじめな影は、とっとくがいい。でも、わたしたちは、自由にさせるのです」

魔女のよどんだ目が燃え上がった。それはあまりにも凄まじく輝いたので、離れたところで夜の宴に浮かれていた一団の蛾たちが、まっすぐ飛んできた。そして音をたてて焼かれ、雪のような灰になってしまった。

「そんなことするくらいなら、この見世物をやめちまうね」老婆はうなるように言った。

「手造りの恐怖を引きずって、永遠の時の中をとぼとぼと歩いていく――そんなものが、あたしの夢だったとでも思ってるのかい？　あたしが若く、邪悪だった頃からの。このみすぼらしい魔術を、この馬鹿げたびっくり箱をあたしが選んだのは、真物の魔法を知らないからだ、そんな風に思っているのかい？　草にさわることができないから、犬や猿をつかって目眩しをやるのさ。でも、そのちがいはわかってる。それを今になって、おまえの姿、おまえの力の存在を、このあたしにあきらめろと言うんだね。もし必要なら、ルクの生肝をハーピイの餌にするだろうって、ルクに言ってやったよ。もちろん本当にそうするさ。おまえを手元に置いとくためなら、おまえのお友だちのシュメンドリックを連れてきて、それから――」

彼女はわけのわからぬことをわめきたて、ひとりで猛り狂った。そして黙り込んだ。

「生肝のことだけど」ユニコーンは言った。「真物の魔術は、他人の生肝をさし出したって、決してできはしないもの。あなたは、自分のものを取り出さなきゃならないし、それを返してもらおうなんて期待しないことね。本当の魔女なら、よく知っていること」

　ユニコーンを見つめているフォーチュナ婆さんの頬を、僅かな砂粒が、さらさらと音をたてて落ちていった。魔女というものは、みんなこうして泣くものだ。老婆は、背を向けると、自分の馬車に向かって急ぎ足で去っていった。突然、また振り返る。鬼がわらのような笑みを、にやりと浮かべた。「どっちにしろ、あたしはあんたを二度ひっかけたんだからね」彼女は言った。「あんたは、あの馬鹿どもが、本当にあんたをあんたと認めたと思ってるのかい、このあたしの助けなしで？　そうじゃないんだよ。あいつらにもわかるような姿を与え、あいつらにも見えるような角をあんたにつけてやらなきゃならなかったのさ。今日び、お客に真物のユニコーンを見せるには、安っぽい見世物小屋の魔女が必要なんだ。あんたは、あたしといっしょにいて、仮の姿でいた方がずっといい。この世界で、あんたを見たときに、あんたとわかるってのは、あの赤い牡牛しかいないんだから」老婆は馬車の中に姿を消した。そしてハーピイは、もう一度、月を出した。

3

夜明けの少し前に、シュメンドリックは戻ってきた。流れるように、音をたてず、檻の間をすり抜けてやってきた。かれが通り過ぎたとき、ハーピイだけが音をたてた。「これ以上、早くは来れなかったんだ」かれはユニコーンに言った。「あの婆さん、ルクにぼくを見張らせてたんだ。そしてあいつは、ほとんど眠らないときている。だけど、あいつに謎々を出してやったのさ。あいつときたら、謎々を解くのに、いつだって一晩かかるんだ。この次は、冗談を言ってやるつもりさ。そうすれば、一週間はそれにかかりっきりになってるだろう」

ユニコーンは血の気を失い、静かにしていた。「わたしに魔法がかかっている」彼女は言った。「どうして、そう言ってくれなかったの？」

「あなたは知ってると思ったんだ」魔術師がやさしく言った。「それじゃ、かれらがどうしてあなたをあなたと認めたのか、不思議に思ってなかったんだね？」そこでかれは微笑んだ。そうすると、かれは少し大人びて見えた。「いや、もちろん、そうだ。あなたは、そんなこと、思ったりしないだろうな」

「これまで魔法をかけられたことなど、一度もなかった」ユニコーンは言った。長い間、しみじみと身を震わせた。「わたしが知られていない世界などなかった」

「どんな気持ちか、ぼくにはよくわかる」シュメンドリックは、熱を込めて言った。ユニコーンは、黒い、底知れぬ瞳で、魔術師を見つめた。かれは落ち着かなげに微笑み、自分の手を見た。「自分の真実の姿をそのまま認められている人間は、まれだ。この世の中は、まちがいだらけさ。でも、はじめてあなたと会ったときに、ぼくはあなたがユニコーンであることがわかったし、自分があなたの友だちであることもわかっている。それでも、あなたはぼくのことを道化だとか、あるいは阿呆、裏切者だとか思ってるんだ。もしもあなたにそう見えるなら、ぼくはそういうものであるのにちがいない。あなたにかけられた魔法は、ただの魔法さ。あなたが自由になれば、すぐ消えてしまうだろう。でもあなたがぼくにかけたあやまりの魔法は、あなたの目に映るぼくが永遠にまとっていなければならないものなんだ。ぼくたちは、いつも見かけどおりとは限らないし、自分で夢見ているようなものになれることなんてほとんどない。それでも、時がまだ年を経ていない頃には、ユニコーンはその二つのちがい、偽物の輝きと真物、口先だけの笑いと心の嘆きとのちがいを告げることができたんだということを、ぼくは読んだり、歌われているのを聞いたものだ」空が明るくなるにつれて、シュメンドリックの静かな声が高まっていった。一瞬、ユニコーンは、鉄格子が発している哀れな泣き声も、ハーピイの翼がかすかに鳴る音も聞こえなかった。

「あなたは、友だちだと思う」ユニコーンは言った。「わたしを助けてくれる？」

「助けずにおくものか」魔術師は答えた。「あなたこそぼくの最後の望みなんだ」

一匹、また一匹とミッドナイト・カーニヴァルの哀れな獣たちが、くんくんと泣き声をあげ、くしゃみをし、身を震わせながら目覚めはじめた。あるものは岩と昆虫と柔らかな木の葉の夢を見ていた。またあるものは、高く茂った熱い草の中で跳ねまわる夢を、三匹目のものは泥と血の夢、そしてあるものは自分の耳のうしろをひっかいてくれる手の夢を見ていた。ただハーピイだけは一睡もしなかった。そして今、まばたきもせずに太陽を見つめてすわっているのだった。シュメンドリックが言った。「もしもあいつが先に自分で自由になったら、ぼくたちは負けだ」

ルクの声が近くでした。かれの声は、いつだってすぐ近くで響きわたるのだ。呼んでいる。

「シュメンドリック！　おい、シュメンドリック、わかったぞ！　コーヒーポットだ、そうだろ?」魔術師はゆっくりと逃げ出しはじめた。「今夜だ」ユニコーンにつぶやいた。「夜明けまで、ぼくを信じていてくれ」そして、緊張し、あわてて去っていった。前のときと同じように、自分の一部を残していったように見えた。そのすぐあとに、ルクが大股で檻のそばに歩いてきた。間一髪だった。フォーチュナ婆さんは、自分の黒いワゴンの中に身を潜め、エリの歌を一人でつぶやき歌っていた。

　こちらはあちら、高いは低い
すべては為されることもない。
真実を知る者は、二人といない——
　去りしものは、去る。

　じきに、新たな見物客たちの第一陣が、見世物を見ようとぶらぶらやってきた。ルクは鉄製のオウムのように「闇の生き物とござい」と呼ばわりながら、呼び込みをやっていた。シュメンドリックは、箱の上に立って、手品をしていた。ユニコーンは、熱心に、シュメンドリックを見つめていたが、だんだんと不安になってきた。かれの心に対してではない、かれの技術に対して、である。かれはひょうたんから駒を出していた。お説教を非難に変えていた。コップ一杯の水を片手一杯の水に、スペードの五をスペードの十二に、うさぎを溺れた金魚に変えた。そうした混乱を生み出すたびに、かれはちらっとユニコーンに視線を投げた。その目はこう言っていた。「それでも、あなたには、ぼくが本当は何をしているのか、わかってしまうんだ」一度など、かれは枯れたバラを種子に変えてしまった。ユニコーンは、その手品が気に入った。たとえそれがラディッシュの種でしかなかったとしても。

ショウがまたはじまった。またもや、ルクは、人々を次から次へとフォーチュナ婆さんのみじめなまがいものに案内していった。竜は火を吐き、ケルベロスは地獄にむかって助けを求めて吠えたてた。サチュロスは、女たちが泣きはじめるまで、誘惑した。人々は、檻をのぞき込み、マンティコアの黄色い歯牙とふくれた毒針を指さした。ミッドガルドの大蛇の考えていることに思いを馳せ、沈黙し、アラクネの新たな織物に驚くのだった。それはまるで水のしたたっている月をとらえた漁師の網のようだった。見物客の誰もが、それを真物のアラクネの織物だと思っていた。ただクモだけが、それが真物の月をとらえているのだと信じていた。

今回、ルクはピネウス王とアルゴ船の勇者たちの話をしなかった。それどころか、ルクは、人々をせきたて、できるだけ早くハーピイの檻の前を通り過ぎさせた。彼女の名とその意味するところを、早口に述べただけだった。ハーピイはほくそ笑んだ。ユニコーンの他には、ハーピイのその笑みを見た者はいなかった。そしてユニコーンも、そのとき、どこか他を見ていればよかったのに、そう思った。

人々が、ユニコーンの檻の前に立ち、黙りこくって自分をじっと見つめたとき、ユニコーンは苦いものを感じた。この人たちは、ひどく悲しそうな目をしている。もしもわたしを見誤らせている魔力が解けて、自分たちが何の変哲もない白い牝馬を見せられているということになったら、この人たちはどんなに悲しく感じるだろう？　あの魔女は正しいのだ――わたしをわかる者などいやしない。けれどもそのときやさしい声が、というより魔術師シュメンドリックに似た声が、彼女の内側で言った。でも、かれらはおそろしく悲しそうな目をしている、と。

ルクが、「真打ちをごろうじろ！」と叫び、黒い垂れ幕がするすると引かれ、冷気と闇の中でつぶやいているエリの姿が現われた。すると、ユニコーンは、ただのフォーチュナ婆さんだとわかっていても、前と同じ絶望的な恐怖、人々を逃げ腰にさせる老いることへの恐怖を感じたのだった。あの魔女は、自分でわかっていると知っていること以上のことを知っている。ユニコーンは思った。

すみやかに夜がやってきた。おそらくは、ハーピイが急がせたからだろう。海に小石が沈むように、太陽は汚れた雲の中に沈んでいった。再び昇ってくる可能性も、小石のそれといい勝負だろう。月もなかったし、星もなかった。フォーチュナ婆さんはすべるように檻を回って見ている。彼女が近寄っても、ハーピイは身動きもしなかった。それが老婆を立ち止まらせた。そして彼女はハーピイを長い間、見つめた。
「まだだよ」ようやく、老婆はつぶやいた。「まだだよ」けれどもその声は弱々しく、確信に欠けていた。魔女は、ほんの少しの間、ユニコーンを見つめた。その目は、ねっとりとした薄闇の中で、黄色の渦巻のようだった。「そうだね、もう一日だよ」老婆はひび割れたようなため息をもらした。そしてまた去っていった。

　老婆が立ち去ると、カーニヴァルは静まりかえった。巣を織っているクモと、待っているハーピイは別にして、他の獣たちは皆、眠りについていた。それでも夜は、ひしひしと押し寄せ、凝縮していった。それがぱっくりと割れてしまうのではないか、ユニコーンにはそう思えるほどだった。空の縫い目を引き裂いて、そこから——もっとたくさんの鉄格子が現われるのだ、とユニコーンは思った。魔術師はどこにいるの？

　ようやく、静けさの中を、影につまずいたりしながら魔術師が急ぎ足でやってきた。寒気の中に置き去りにされた猫のように回ったり、踊ったりしながらやってきた。ユニコーンの檻にたどりつくと、楽しそうに、彼女におじぎをして、誇らしげに言った。「シュメンドリック、参上いたしました」

一番近い檻の中で、青銅がとげとげしい音をたててふるえているのが聴こえた。

「もうほとんど時間がなさそうね」ユニコーンは言った。「本当に、わたしを自由にできる?」

背の高い魔術師は、微笑んだ。その青白い、実直な手の指さえも、楽しそうに見えた。

「あの魔女の婆さんが、三つの大きなまちがいを犯したって、言いましたね。あなたを捕えたことが三つ目。ハーピイをつかまえたことが二つ目。なぜなら、あなたたちは、真物なんだからね。そしてフォーチュナ婆さんは、冬を一日でも延ばすことができないのと同様に、あなたを自分のものにしておくこともはや、できない。それから、このぼくを、自分と同じようなイカサマ師と思い込んでしまったのは——彼女の最初にして、最悪のまちがいだったんだ。ぼくも真物なんだ。ぼくは魔術師のシュメンドリック、正真正銘の導《スワ》師《ーミ》の最後の生き残り。見かけより、年もとっている」

「他の人たちは、どこ?」ユニコーンが尋ねた。

シュメンドリックは、袖をたくし上げた。「ルクのことは気にしないで。また別の謎々を与えてやったから。答のないやつをね。やつは、二度と動けないでしょうよ」

シュメンドリックは、ごつごつした言葉を三語発し、指を鳴らした。檻が消えた。ユニコーンは、自分が林の中に立っていることに気づいた。オレンジにレモン、ナシにザクロ、アーモンドにアカシアの木。足の下には柔らかで弾力のある大地、頭上には空が広がっていた。ユニコーンの心は、煙のように軽やかになった。そして、その甘やかな夜の中に跳び出そうと、全身の力を集めた。だが、彼女は、その跳躍の力が自分の外に流れ出していくがままにさせた。跳ぼうとはしなかった。なぜなら、目には見えなかったにもかかわらず、ユニコーンは依然として鉄格子がそこにあることを知っていたのだ。知らずにいるには年をとりすぎていた。

「ごめん」暗闇の中から、シュメンドリックが言った。「今の呪文が、あなたを自由にするものであってほしかったんだ」

次に、かれは冷たく、低い声で、何かを歌った。そして奇妙な木々は、たんぽぽの綿毛のように吹き飛んでいった。「これは特別な呪文なんだ」シュメンドリックは言った。「鉄格子は、今や古いチーズのようにもろくなってる。こいつをぼくが、崩して、吹き飛ばしてしまうわけ、そら」かれは、息をのみ、両手を離した。その長い指からは、血が滴っていた。

「どうもアクセントをまちがえてしまったにちがいないな」かすれた声で言った。両手を外套の中に隠すと、つとめて声を明るくしようとした。「世の中、ままならぬもの」

今度は、火打石を打つような言葉。シュメンドリックの血まみれの手が、宙を舞った。灰色で、笑みを浮かべたものが、熊に似た、しかし熊よりも大きいもの、くすくすと無気味な笑い声をあげたものが、片足をひきずりながら、どこからともなく出現した。その爪のはえた手で、檻を木の実のように砕いて、中のユニコーンの肉をつまみ取ろうとした。シュメンドリックは、その怪物に夜の中に戻れと命令したが、去ろうとはしない。

ユニコーンは、檻の片隅に身を寄せ、頭を下げた。けれども、ハーピイは、檻の中でゆっくりと動き回っていた。鈴のような音がする。灰色のものは、おそらくは頭と思われるものを、ハーピイの方に向け、彼女を見た。それはぼんやりとしたわけのわからぬ恐怖の声をあげると、姿を消した。

魔術師は、ののしり声をあげ、身を震わせた。「ずいぶん昔、一度だけ、あいつを呼び出したことがある。そのときも、ぼくの手には負えなかった。今、ぼくたちはハーピイに生命を救われたわけだ。だがそれでも、陽の出までに、彼女は、ぼくたちの生命を望んでやってくるだろう」傷ついた指をからみ合わせながら、魔術師は黙りこくって立っていた。ユニコーンが話すのを待っている。「もう一度、やってみよう」ようやく魔術師は言った。「もう一度、やってもいいかい？」

ユニコーンには、先ほどまであの灰色のものがいたあたりの夜の闇が、わきたっているのがまだ見えるように思えた。「どうぞ」ユニコーンは言った。

シュメンドリックは深呼吸をし、唾を三度吐いた。そして海中で鳴る鈴のように聞こえる言葉をとなえ、唾の上にひとつかみの粉をまき散らした。そこから音もなく緑色の閃光が燃え上がり、シュメンドリックは勝ち誇った微笑みを浮かべた。光が消えると、また三つの言葉をとなえた。もしも月に蜂がいたら、そこでたてると思われる音のように、その言葉はブーンと響いた。

檻が小さくなりはじめた。ユニコーンには、鉄格子が動いていくのは見えなかった。けれどもシュメンドリックが、「ああ、まずい」と言うたびに、立っている余地が少なくなってくるのだ。もう向きを変えることもできなくなった。鉄格子は、潮の満干や夜明けのように情容赦なくせまってくる。そして彼女の身体に食い込み、ついには心臓を取り囲んでしまうだろう。そうすることによって、鉄格子は囚人を永遠に閉じ込めてしまうのだ。先ほど、シュメンドリックが呼び出した怪物が歯をむき出してやってきたときにも、ユニコーンは悲鳴をあげなかった。けれども、今度ばかりは声を発した。それは小さく、絶望的なものであった。だがまだすべてをあきらめたわけではなかった。

シュメンドリックが鉄格子を止めた。彼女にはどうやって止めたのか、わからなかった。かれが魔術をとなえたのだとしても、彼女には聞こえなかった。けれども檻は、紙一重のところで、身体にふれずに縮まるのを止めていた。前と同じように、鉄格子の一本一本が、小さな冷たい風のように感じられ、お腹を空かせて泣き声をあげているのがわかった。けれども、彼女の肌にふれることはできないのだ。

魔術師の両腕が脇にだらりと下がった。「もうこれまでさ」重い口調で言った。「もう次には、何にも——」みじめにも、かれの声の語尾は消え入るようだった。目は、両手と同じように打ちひしがれていた。「ぼくに関しては、あの魔女はまちがってはいなかったんだ」

「もう一度、やってみて」ユニコーンは言った。「あなたはわたしの友だちよ。さあ、もう一度」

けれども、苦笑いを浮かべながら、シュメンドリックはポケットの中で、何かカチャカチャ音をたてるものを手探りしていた。「こんなことになるとわかってたんだ」かれはつぶやいた。「ちがう風に夢見てはいたけれど、ぼくにはわかってたんだ」かれは、いくつかの錆びついた鍵がぶら下がっている鍵輪を取り出した。「あなたは偉大な魔術師に救出される方がふさわしい」ユニコーンに言った。「でも、申しわけないが、二流のスリ風情の助けで喜んでもらわなきゃならないようだね。ユニコーンというものは、いかなる欲望も、恥辱も、疑惑も、借りも知らないものだ。だけども、死ななきゃならない者たちは、あなたも気づいただろうけど、手に入れることのできるものなら、手に入れておくんだ。それに、ルクときたら、一度にひとつのことしか集中できやしないんだよ」

突然、ユニコーンはミッドナイト・カーニヴァルの獣たちが皆、目を覚まし、声こそたてないが、じっと自分を見つめているのに気づいた。隣りの檻では、ハーピイがゆっくりと足踏みしはじめていた。「急いで」ユニコーンは言った。「急いで」

すでにシュメンドリックは、音をたてている錠前に鍵をさし込んでいた。最初の試みは失敗だったが、そのときは錠前も黙っていた。けれども、もう一つの鍵をためそうとすると、大声で呼ばわった。「おおい、おおい、魔術師野郎だ。魔術師野郎だ」それはフォーチュナ婆さんの声で叫んだ。

「ああ、真青だ」魔術師はぼそぼそと言った。けれどもユニコーンには、かれが顔を赤らめているのが感じとれた。魔術師が、鍵をひねると、錠前は、馬鹿にしたように、最後に一度鼻を鳴らし、音をたてて開いた。シュメンドリックは、檻の扉を大きく開けると、やさしく言った。「降りて下さい。あなたは自由」

ユニコーンは、軽やかに大地に足をおろした。すると魔術師シュメンドリックは、思いがけぬ驚きに見舞われて、あとじさった。「おお」かすかな声で言った。「ぼくたちの間に鉄格子があったときと、まるでちがう。あなたは小さく見えるし、とてもユニコーンには——ああ、何てことだ」

自分の森の中で、ユニコーンはくつろいでいた。長く留守にしていたために、黒ずみ、湿り、荒廃していた。遠くで、誰かが彼女に呼びかけていた。けれども、彼女は故郷にいるのだった。木々を暖め、草を蘇らせていた。

それから、ルクの声が聞こえた。まるで小石をこすった小舟の船底のような声。「おおい、シュメンドリック。まいったよ。なぜ大ガラスは、書き机と似ているんだ?」

ユニコーンは、最も濃い影の中に身を移した。ルクが見たのは、魔術師と、小さくなった空っぽの檻だけだった。かれの手は、大あわてで、ポケットの中に跳び込み、また外に出てきた。「どういうこった、このやせこけた盗人め」かれは言った。歯をむきだした鋼鉄のようだ。「あの婆さんは、おまえをバラ線でしばりつけて、ハーピイのネックレスにしちまうだろうよ」それから、向きを変えると、まっすぐフォーチュナ婆さんの馬車に向かった。

「逃げろ」魔術師は言った。かれは、狂ったように、無鉄砲に、飛ぶようにして跳躍すると、ルクの背に体当りを食らわせた。色の浅黒い男の耳と口を、その長い両腕でふさいだ。二人はもつれあって倒れたが、まずシュメンドリックが、身を起こした。かれの両腕が、ルクの両肩を地面に釘づけにした。「この石頭め。この能なしめ、このくず野郎。目から飛び出すまで、おまえの中に不幸を詰め込んでやる。心臓を緑の草に変えてやるぞ。おまえの愛するものは、みんな羊にしてやる。夢ばっかりのへっぽこ詩人に変えてやる。足の爪が全部、内側に生えるようにしてやるからな。このおせっかいめ」

ルクは頭を振ると、起き上がった。シュメンドリックは、十フィートほども放り投げられた。「何を言ってやがる」かれは、笑った。「クリームをバターに変えることもできないくせに」魔術師は立ち上がろうとした。だが、ルクはかれを押し倒し、上にすわり込んだ。「ずっと気に入らねえやつだと思ってたんだ」楽しそうに言った。「格好をつけやがって。たいして強くもねえしな」夜ほどに重く、ルクの両手が魔術師の咽喉もとにかかった。

ユニコーンは見ていなかった。彼女は一番遠い檻のところにいたのだ。そこではマンティコアが、うなり、鼻を鳴らし、ぐったりと腹這いになっていた。角の先で錠前にふれると、ユニコーンは、後も見ずに竜の檻に向かった。一つ、また一つと、ユニコーンはすべての生き物を解放した。サチュロスも、ケルベロスも、ミッドガルドの大蛇も。生き物たちが自由になったことを感じ取ると、かれらにかけられた魔法は消え失せていくのだった。そして獣たちは、再びライオン、猿、蛇、ワニ、楽しげな犬に戻り、跳びはね、音をたてて歩き、身体をくねらせして、夜の内へと去っていった。誰も、ユニコーンには感謝しようともせず、ユニコーンもまたかれらが去っていくのを見ようともしなかった。
ただクモだけは、ユニコーンが開かれた扉ごしにやさしく呼びかけても、何の関心も示さなかった。アラクネは、織物に没頭していた。彼女には、それがあたかも雪のように銀河が降り注ぎはじめたかの如くに見えていたのだ。ユニコーンはささやきかけた。「織女や。自由の方が素晴らしい。もっと素晴らしいのですよ」けれども、クモは、耳もかさずに、自分の鉄の織機を、上へ下へと飛び回っていた。ユニコーンが叫んだときですら、止まろうとはしなかったのだ。「アラクネや、それは本当に素敵。でも、それは芸術とは言わないのです」新たなクモの巣は雪のように鉄格子をただよい落ちていった。

　そのとき、風が吹きはじめた。クモの巣は、ユニコーンの目の前を吹き飛ばされ、消えていった。ハーピイが、力を集めようと、その翼を打ち合わせはじめたのだ。渦巻く波が、轟音と共に、浜辺から砂と水を引き寄せるのに似ていた。血走った月が、雲を突き破って姿を現わした。そしてユニコーンは、ハーピイを見た。黄金色にふくれ上がり、流れるような髪は燃え輝き、冷たく、ゆっくりと羽ばたく翼は、檻を震わせている。ハーピイは笑っているのだった。

　ユニコーンの檻の影では、ルクとシュメンドリックがひざまずいていた。魔術師は、重い鍵輪をしっかりと握りしめ、ルクは頭をなでながら、目をしばたたかせていた。立ち上がり出したハーピイを見て、二人の顔は凄まじい恐怖におおわれた。二人とも、風に身体をあずけた。風が二人を吹き寄せ、骨と骨とがぶつかって音をたてた。

ユニコーンは、ハーピイの檻に向かって、歩みはじめた。すっかり小さくなり、青ざめた魔術師、シュメンドリックは、ユニコーンに向かって、何度も口をぱくぱくさせた。ユニコーンには、かれの言っていることは聴こえなかったが、何を叫んでいるのかはわかっていた。「あいつは、あなたを殺しちまう。あなたを殺すんだ。逃げろ、馬鹿め、まだ檻にいる間に逃げるんだ！　もしも自由にしてやったら、あいつはあなたを殺しちまうぞ！」しかしユニコーンは、角の明りを頼りに歩んでいくと、闇の精、セラエノの前に立った。

一瞬、氷のような翼が空中で静止した。まるで雲のように。そしてハーピイの年老いた黄色の目が、ユニコーンの心に食い込み、ひきずり寄せた。「あたしを自由にしてくれたら、おまえを殺してやるよ」その目が言っていた。「自由にしとくれ」

ユニコーンは、角がハーピイの檻の錠前にふれるまで、頭を下げていった。扉が大きく開くわけでもなかった。鉄格子が星あかりの中に溶け込むわけでもなかった。ハーピイが翼をもたげると、檻の四方が、夜に咲く大輪の花の花びらのように、ゆっくりと倒れていったのだ。その残骸の中から、ハーピイが飛び出した。凄まじく、解放され、叫び声をあげ、その髪を、剣のように振り回しながら。月はしぼみ、姿を消した。ユニコーンは自分が叫んでいるのに気がついた。それは恐怖からではなく、驚きからだった。「ああ、おまえはわたしと似ている！」ユニコーンは、ハーピイの攻撃を迎え撃とうと、楽しげに後脚で立ち上がった。彼女の角が、邪悪な風の中へ突き上げられた。ハーピイは打ちかかったが、的をはずし、飛びすさった。翼がガランガランと音を立て、吐息は生暖かく、息がつまりそうだ。彼女の姿は、頭上で燃え盛り、ユニコーンは自分の姿がハーピイの青銅の胸に映っているのを見た。そしてこの怪物も、自分自身が輝いているのを感じた。そして彼女たちは、連星のように、互いに相手のまわりをまわった。迫ってくる空の下で、現実のものは、彼女たちだけしかなかった。ハーピイは、大喜びで笑い声を上げ、その目も蜂蜜色に変わってしまった。ユニコーンには、相手がもう一度、襲いかかってくるのがわかった。

　ハーピイは翼をたたむと、星のように落下してきた。ユニコーンに向かってではない、ユニコーンの向こう側に向かって、だ。けれども、あまりに近くを通過したために、羽毛の一枚がユニコーンの肩を傷つけ、血が流れ出たほどだ。ハーピイの輝く爪は、フォーチュナ婆さんの心臓めがけて伸ばされたのだった。老婆の骨張った両の手は、あたかもハーピイを家に迎え入れるかのように、大きく広げられていた。「一人でやったら駄目なのさ！」魔女は勝ち誇って、両方に向かって吠えたてた。「自分一人で、自由になんてなれっこないのさ！　おまえたちは、あたしが捕えているのだからね！」

そのとき、ハーピイが、彼女のところに到達した。老婆は、枯枝のように折れ、倒れた。ハーピイは老婆の身体の上に屈み込み、まわりから見えないように隠した。青銅の翼が赤く染まった。

ユニコーンは、目をそむけた。すぐ近くで、子供の声が、逃げろ、逃げろと自分に言っているのが聞こえた。魔術師だった。かれの目は大きく見開かれ、空ろだった。その顔は、いつも若過ぎていたが、ユニコーンの目の前で、幼児へと逆行していくのだった。「いけない」ユニコーンは言った。「わたしといっしょに来なさい」

ハーピイのたてるこもったような幸せそうな音が、魔術師の膝をぐにゃぐにゃにしてしまった。けれども、ユニコーンはもう一度言った。「わたしといっしょに来なさい」二人は、共にミッドナイト・カーニヴァルを後にした。月は姿を消していたけれど、魔術師にとってはユニコーンが月だった。冷たく、白く、ひどく年老い、かれの道を照らし、安全へと導いてくれる、あるいは狂気へと導いてくれるのかもしれない。ユニコーンのあとについていきながら、魔術師は一度も振り返らなかった。重い足が絶望的にもがき、足をすべらせる音、青銅の翼がゴウゴウ鳴る音、そしてルクの悲鳴が途中でとぎれるのを聞いたときでさえも。「あの男は、走ったのです」ユニコーンは言った。「不死のものを相手に、走ってはいけない。走ったら、相手の注意を引いてしまうから」その声はやさしかったが、同情の響きはなかった。「決して、走らないこと」ユニコーンは言った。「ゆっくりと歩きなさい。何か他のことを考えているふりをなさいな。歌を歌ってもいい、詩を口ずさむのもいい、手品をやるのもいい。とにかく、ゆっくり歩けば、彼女は追ってこない。ゆっくり、本当にゆっくりと歩きなさい、魔術師さん」

こうして、黒衣をまとった背の高い男と、角のある白い獣は、一歩、また一歩と夜の中を横切っていっしょに逃げ去った。魔術師は、できるかぎり、ユニコーンの角の灯にすり寄っていった。その光の範囲の外では、飢えた影の群れがうごめいていたからだ。ハーピイが、もうほとんど打ちこわすものが残っていないミッドナイト・カーニヴァルの名残りを破壊している音のもたらす影だった。けれども、それらの音が消え去ってしばらくしてからも、何か別の音が、ユニコーンたちに追いすがってきた。奇妙な道を、朝になってもなお、追ってくるのだった。それはクモがすすり泣いているかすかな、乾いた音だった。

4

口がきけるようになるまでに、魔術師はまるで生まれたばかりの子供のように長い間、泣き続けた。「かわいそうな婆さん」ようやく、つぶやいた。ユニコーンは、何も言わなかった。シュメンドリックは、頭を上げ、奇妙な目付きでユニコーンを見つめた。灰色の朝の雨が降り出していた。そしてユニコーンは、その雨の中で、イルカのように輝いていた。「そんなことはない」ユニコーンは、かれのまなざしに答えて言った。「わたしは、後悔することができない」

シュメンドリックは黙っていた。雨の路傍にうずくまり、ぐっしょりと濡れた外套をしっかりと身体に巻きつけていた。おかげで、骨の折れた黒い傘のように見えた。ユニコーンは待った。雨で、自分の人生の日々が洗い落とされていくのを感じていた。「悲しむことはできる」やさしく、なだめるように言った。「でも、それは同じことではないのです」

再びシュメンドリックがユニコーンを見たとき、かれはもう少しで自分の顔を取り戻すことができそうだった。だが、それは依然として、かれから逃げ出そうともがいているのだった。「これから、どこへ行くつもりですか？　あの婆さんに捕えられたとき、あなたは、どこへ行くつもりだったんです？」

「わたしの仲間を探していたのです」ユニコーンは言った。「魔術師さん、仲間を見かけたこと、ないかしら？　彼女たちは野生のままで、海のように白い。ちょうどわたしのように」

シュメンドリックは、落胆して、頭を振った。「あなたと似たものを、見たことなんてない。少なくとも、目を覚ましている間は。ぼくが子供だった頃、数頭のユニコーンが残っていると思われていた。でも、ユニコーンを見た人間で、ぼくの知っているのは、たった一人だけだ。本当に、みんな去ってしまったんだ、あなたを除いて、みんなね。あなたが歩むと、ユニコーンたちがかつて存在していた土地に谺を生むんだ」

「ちがう」ユニコーンは言った。「他の人間たちもユニコーンを見ているのだから」魔術師の子供時代の、つい最近までユニコーンが生きていたという話を聴いて、ユニコーンは喜んだ。

「蝶が、赤い牡牛のことを話してくれました。あの魔女がハガード王のことを話してくれました。だからわたしは、かれらがどこにいようとも、かれらを訪ね、どんなことを知っているのか、それを確かめようと思う。あなたは、ハガードがどこの王だか、知っている？」

魔術師の表情は、あやうく逃げ出してしまうところだった。けれども、かれはそれをおさえつけ、とてもゆっくりと微笑みはじめた。まるで、口が鉄になってしまったかのようだった。ようやくの思いで、魔術師は唇を笑みにふさわしい形にねじまげた。だが、それは鉄の微笑だった。

「こんな詩なら、知ってます」かれは言った。

　丘が小刀のように鋭く、
　何も育たず、葉も生命も育たない
　人の心も、煮たてたビール
　酢っぱい――
　ハガードは、そんな土地の領主。

「そこに着いたら、すぐわかるということですね」魔術師が自分をからかっているのではないかと考えながら、ユニコーンは言った。「赤い牡牛についての詩は、知らなくって?」

「そんな詩はないんです」シュメンドリックは答えた。立ち上がった。顔は青ざめ、微笑んでいる。「ハガード王についても、話に聞いたことしか知りません。十一月の終わりのように冷酷で、海に面した不毛の土地を治めている老人。噂では、ハガードがやってくる前は、その土地も緑に満ち、柔らかだったということです。でも、かれがそこにふれた途端、土地は萎えてしまったのです。農民たちの間には、こんな言い伝えもあります。焼けてしまったり、イナゴに襲われたり、嵐で駄目になってしまった畑を見ると、〝ハガードの心のように、荒れ果てちまった〟というわけです。あるいはまた、かれの城には火もなければ、光もない、あるいは、窓から、ニワトリを盗み、ベッドのシーツやパイを盗むために、部下をやっているなんて、噂もあります。ハガード王が最後に笑ったのは――」

ユニコーンは、脚を踏み鳴らした。シュメンドリックは言った。「赤い牡牛のことに関しては、噂よりも僅かなことしか知りません。なにしろ、ぼくはいろいろな噂を山ほど聞かされたし、そのどれもが互いに矛盾しているんです。牡牛は真物だ、牡牛は幻だ。太陽が沈むと、牡牛はハガード王その人になる。牡牛は、ハガードがやってくる前から、その土地にいたとか、いや、いっしょにやってきたのだとか、ハガードのところにやってきたというわけです。牡牛が、盗賊や反乱者たちから、ハガードを守っているおかげでかれは部下たちを武装させる費用を払わずに済んでいるというものから、牡牛がハガードを城に閉じ込めている。あるいは、牡牛は悪魔で、ハガードはそれに魂を売ったのだ。あるいは牡牛を手に入れるために、かれは魂を売った。牡牛はハガードのものだ。いや、ハガードが牡牛のものだというものまで、あるのです」

ユニコーンは、自分の中で、確信が広がっていくのを覚えた。身体の中心から、まるでさざ波のように震えが広がっていった。心の中で、またあの蝶がかん高い声で言っていた。

「はるか昔に、みんな、すべての道からおちのびていった。赤い牡牛がそのすぐあとを追い、ユニコーンたちの足跡を消してしまった」

彼女は、強い風にあおられて飛んでいく白いものを見た。黄色い触覚が震えている。

「わたしはそこに行きます」ユニコーンは言った。「魔術師さん、あなたには借りがある。わたしを自由にしてくれたのだから。わかれる前に、わたしにして欲しいことがありますか？」

シュメンドリックの遠くを見つめるような瞳は、陽光を浴びた木の葉のように輝いた。

「いっしょに連れていって下さい」

ユニコーンは立ち去ろうとした。冷たく、踊るような足取りだった。何も答えようとしない。魔術師は言った。「ぼくは役に立つはずです。ハガードの国へ通じる道を知っているし、こことあそこの間の国の言葉もよく知っています」粘っこい霧の中に、ユニコーンはほとんど姿を消そうとしていた。シュメンドリックは、あわてて続けた。「それに、魔法使いの道連れとしては、放浪者というのは決して悪いものじゃないんですよ。たとえ、それがユニコーンであっても。大魔法使いのニコスの話を思い出して下さい。昔、森の中で、牡のユニコーンがくすくす笑っている処女の膝の上に頭を載せているところを、ニコスは見つけたのです。そこに、ユニコーンの角を目当てにかれを殺そうと、三人の狩人たちが弓を引き絞って近寄ってきました。危険を知らせる時間はありません。一言、呪文を唱え、手を一振りすると、ニコスは、そのユニコーンを美しい若者に変えてしまったのです。若者は目を覚ますと、驚きのあまり呆然としている射手たちを見つけ、かれらに襲いかかって、殺してしまったというわけです。若者の剣は、ねじれ、先細りに尖った形をしていました。男たちが、みんな死んでしまうと、若者はかれらの死体を踏みにじったのです」

「娘は？」ユニコーンは尋ねた。「その若者は娘を殺してしまったの？」

「いや、かれはその娘と結婚しました。かれは娘にこう言ったのです。おまえはただの何の目的も持たない、自分の家族に対して怒っているだけの子供でしかない。必要なのは良い男だけなのだ、と。そしてそれこそが、かれ自身のことだったのです。そのときも、それからも変わることなく。なぜなら、ニコスですら、若者に元のユニコーンの姿を返してやることはできなかったほどだからです。若者は、長生きをし、人々から尊敬されて死にました。ある者は、スミレの摂り過ぎが死因だと言ったものです。かれは、満足できるほどにスミレを手に入れたことがなかったのです。かれらには子供はありませんでした」

その話は、ユニコーンの吐息の中で、落ち着く先を得た。「その魔法使いは、ユニコーンに奉仕したわけではない。それどころか、ひどいことをしたものだと思います」ユニコーンは、静かに言った。「もしもわたしの仲間たちがみんな、善意に満ちた魔術師たちによって、人間に変えられてしまったのだとしたら、こんなに悲惨なことはありません。島流しにされ燃え落ちる家に閉じ込められたようなもの。赤い牡牛が、みんなを殺してしまったということを、じきに見つけ出すことになりそうですね」

「あなたがこれから行こうとしているところでは」シュメンドリックは答えた。「あなたにとって邪悪でないことを意味するものは、ほんの僅かです。そして、いつの日にか、たとえそれがおろかであっても、友情ある心は、水のように歓迎されることがあるでしょうに。いっしょに連れていって下さい。笑うために、幸運のために、未知なるもののために。いっしょに連れていって下さい」

シュメンドリックが語るにつれて、雨が小降りになり、空が明るくなりはじめた。濡れた草が、貝殻の内側のように光っていた。ユニコーンは、遠くに目をやった。王たちの霧の中から、一人の王を見出そうとし、城と宮殿の雪のようなきらめきの中から、牡牛の肩の上に建てられた城を見つけ出そうとした。「わたしと共に旅をしたものは、一人としていません」ユニコーンは言った。「けれども、これまでは、わたしを檻に入れたものもいなかったし、わたしを白い牝馬と見誤ったものも、わたしをわたし自身に化けさせたものもいませんでした。生まれてはじめて、様々な事柄が、わたしの身の上に降りかかることになってしまったようです。あなたを伴なっていくということは、何もその中で最も奇妙なことというわけでもないでしょうし、それが最後というわけでもない。だから、もしもそうしたいのなら、いっしょに来てもかまいはしません。けれども、わたしにすれば、あなたが別の報酬を願ってくれれば良かったのにと、思います」

シュメンドリックは、悲しそうに微笑んだ。「ぼくもそのことは考えてみました」自分の指を見つめた。ユニコーンは、檻の鉄格子が噛みついたところに、半月形に跡が残っているのを見てとった。「でも、あなたが、ぼくの本当の願いを許してくれることなんて、決してないでしょうね」

そうなのだ。ユニコーンは考えた。皮膚の内側に、はじめての悲しみがそっとふれてくるのがわかった。死すべき者と旅をすることは、そういうことなのだ。いつだって変わりはしない。「駄目」ユニコーンは、答えた。「あなたを、あなた以外のものに変えることなんて、わたしにはできません。あの魔女ほどにもできないのです。あなたを、真の魔術師に変えることは、わたしにはできません」

「そうは思えません」シュメンドリックは言った。「でも、かまわないんです。気にしないで下さい」

「気になんて、してはいません」ユニコーンは言った。

ユニコーンたちの旅の最初の日のこと、一羽の青カケスが、二人の頭上低く飛んできた。「何てことだ、おれは井の中の蛙、いや草の中のひなどりだったかもしれない」そう言って、妻にそのことを告げようと、巣へまっしぐらに飛んでいった。カケスの妻は、巣の上にすわり込み、子供たちに物憂げに歌を歌っていた。

クモにゾウリムシ、カブト虫にコオロギ、
バラからナメクジとれた、ヤブからダニとれた、
バッタにカタツムリ、ウズラの卵が一つ、二つ——

　みんなみんな、おまえたちのために取ってきたもの。
　おねむり、おねむり、悪だくみにインチキ、
　飛ぶなんて、見かけほど楽しいものとは大ちがい。

「今日、ユニコーンを見たぞ」巣にとまると、青カケスが言った。

「夕ごはんは見なかったようだね」妻が冷たく答えた。「口を空《から》にしたまましゃべる男なんて、あたしは大嫌いだね」

「おまえ、ユニコーンなんだぞ！」カケスは、それまでの冷静さをすっかり忘れて、枝の上をあっちこっち、飛びはねた。「あのとき以来、あの生き物の仲間を見たのは、はじめて――」

「一度も見たことないくせに」妻カケスが言った。「あたしと話してるんだよ、わかってるのかい？　これまであんたの見たことあるもののことは、みんな知ってるよ。そして見たことのないもののこともね」

　カケスは、それにまったく注意を払おうとはしなかった。「彼女といっしょに、黒い服の変な道連れがいたんだ」カケスは、けたたましくさえずった。「あいつらは、猫山を越えようとしてたのさ。ハガードの国へ行こうとしてるんじゃないかと思うんだがな」

カケスは頭を微妙な角度に傾けた。その角度で妻の心を射とめたのだ。「老いぼれハガードの朝食には、うってつけの光景だ」カケスは、感嘆した。「ユニコーンが、勇敢にも、かれの無気味な扉を叩くためにやってきたわけだ、トトトントンてなもんさ。そいつを見ることができるなら、もう何も――」

「あんたたち二人が、この一日中、ユニコーンを見て過ごしていたとは、思えないね」妻カケスが、クチバシをかたかた言わせて、夫をさえぎった。「少なくとも、あの女が、時間を過ごすってことにかけちゃかなり空想力豊かであることは、よくわかったわ」彼女は夫につめ寄ると、怒りのため首のまわりの羽を逆立てた。

「お、おまえ、おれはあの女の顔さえ見ちゃいない――」青カケスは言おうとした。妻カケスも、夫が女に会っていたのではないことを知っていたし、そんな勇気がないことも知っていた。だが、おかまいなしに、彼女は夫を一打ちした。ほんの僅かな精神的な優位を、いかに活用すべきか、彼女はそのことを良く知っている女の一人なのだ。

ユニコーンと魔術師は、春の中を歩いていた。柔らかな猫山を越え、リンゴの木の生えている紫の谷に分け入った。谷の向こうは、低い丘陵だった。まるで羊のようにころころと太り、従順だった。自分たちの間を進んでいくユニコーンを不思議に思って、頭を下げ、その匂いをかごうとしていた。これらを抜けると、ゆっくりと高まっていく夏が訪れ、キャンディのように輝く空気がたちこめる灼熱の平原が現われた。ユニコーンとシュメンドリックの二人は、河の浅瀬を渡り、イバラだらけの土手や切り立った岸壁をよじ昇り、下った。ユニコーンに故郷を思い出させる森の中をさまよった。もっとも、それが故郷の森とそっくりということはありえなかったが、昔なじみの時間を過ごすことができた。わたしの森も、今はこうなってしまっただろう。ユニコーンは思った。だが、それはどうでもいいことだ。ユニコーンは自分に言いきかせた。自分が戻れば、みんな元と同じようになるのだ。

夜になると、シュメンドリックが飢え、足の痛む魔術師の夢を見ている頃、ユニコーンはうずくまって、月から巨大な赤い牡牛の姿が突進してくるのを起きて待っていた。時々、たしかに牡牛の匂いだと思えるものを感じることがあった。夜の中から、よこしまな悪臭が、彼女を探し出そうと、そろりそろりと忍び出てくるのだった。すると、彼女は、待ちかまえていたとばかりに、ぞっとするような叫び声をあげて、跳び起きるのだった。そして目に入るものといったら、敬意をこめて距離を置きながら、彼女を見つめている二、三四の鹿だけ。鹿たちは、ユニコーンを愛すると同時にうらやんでもいるのだ。一度などは、二度目の夏をむかえた若鹿が、くすくす笑う仲間の鹿たちに押されて、すぐそばまでやってきた。かれは、目を合わさぬようにして、ぼそぼそと言ったものだ。「あなたは美しい。ぼくたちの母さんが言ったとおり、本当に美しい」

ユニコーンは、何も言わずに若鹿を見返した。相手が返事など期待していないことは、わかっていたのだ。仲間の鹿たちが、くすくす笑い、ささやきかけた。「やれ、やれよ」すると、若鹿は頭を上げ、早口に、楽しそうに大声をあげた。「でもぼくは、あなたよりもっと美しいものを知っているんだ！」かれは身を翻すと、月明りの中を、駆け去っていった。かれの友人たちも、そのあとを追っていった。ユニコーンは、再び、うずくまった。

その旅の間に、時々は、二人は村に足を踏み入れた。そこでは、シュメンドリックは自分が放浪の魔術師であると自己紹介をし、いつも街中でやるように、こう叫ぶのだった。「夕食を得るために歌います。御迷惑はかけません。お寝みの邪魔はいたしません。通りかかっただけなのです」かれの連れている美しい白い牝馬と夜を過ごすために、馬小屋に招かれることのない町は、ほとんどなかった。そして子供たちが眠りにつく前に、シュメンドリックは、ランタンの灯がともる市場の広場で、魔術を披露するのだった。かれは、一度たりとも、真の魔術をやってみようとはしなかった。人形にしゃべらせたり、石けんをお菓子に変えるのが関の山。しかもそんな小手先の魔術でさえ、しばしば、かれの手には余るのだった。けれども、子供たちはシュメンドリックを好いていたし、夕食を御馳走してくれるかれらの親たちも親切だった。そしてまた夏の宵はしなやかで、柔らかだった。何年か経ってからも、ユニコーンは馬小屋の奇妙なチョコレートのような匂いを、依然として思い出したものだ。ちらつく光の中で、壁や扉、暖炉の上を踊っているシュメンドリックの影を思い出したものだ。

　朝がやってくると、二人は出発した。シュメンドリックのポケットは、パンとチーズとオレンジではちきれんばかりになっていた。そしてユニコーンは、かれと歩調を合わせて歩んだ。陽光の下では海の白さに、森の暗がりでは、海の青さに。シュメンドリックの魔術は、かれの姿が見えなくなるよりも早く、忘れ去られてしまった。けれどもかれの白い牝馬は、少なからぬ数の村人たちの眠りを妨げた。その姿を夢見、涙を流しながら目覚める女たちがいた。

　ある宵のこと、ユニコーンたちは、居心地の良さそうな裕福な村を通りかかった。そこでは乞食さえも、顎がたるみ、ネズミさえもよたよたと歩いていた。シュメンドリックは、早速、村長や丸々とした村会議員たちから夕食に招待された。ユニコーンは、いつものように、人々の目をひくこともなく、まるでミルクのように甘やかな草の牧場に放されていた。夕食会は、屋外、中央広場に設けられたテーブルで催された。夜は暖かだったし、村長は自分の客を見せびらかすのが好きだったからだ。素敵な夕食会だった。

食事の間というもの、シュメンドリックは、これまでの自分の人生の話を、武者修行物語のように飾って話した。王様と竜と高貴な女性たちで満ち満ちた話に仕立て上げた。嘘をついたわけではない。物事をより目立つようにと構成しなおしただけ。それ故、かれの話は、世知にたけた議員たちにさえ、本当らしく味つけされていたのだ。かれらばかりではない。そこを通りかかった人々はみんな、もしも正しく使われたら、すべての鍵を開ける力を持った呪文の性質を理解しようと、身を乗り出してくるのだった。魔術師の指の傷跡を見て、息を呑まなかった人間は、一人もいなかった。「ハーピイと出会ったときのかたみです」シュメンドリックは、物静かに説明した。「やつらは噛みつくんです」

「あなたが、恐がることは、なくって?」若い娘が、そっと尋ねた。村長は、しっと、声をあげた。けれども、シュメンドリックは葉巻きに火をつけると、その煙をすかして、娘に微笑みかけた。「恐怖と飢えが、わたしの若さの秘密です」かれは答えた。シュメンドリックは、呆然として、がやがや言っている村会議員たちの輪を見回し、大胆にも娘に向かってウインクをしてのけた。

村長は怒りもしなかった。「そのとおりだ」組んだ指で腹の中の夕食を愛撫しながら、ため息をついた。「わたしたちは、ここで素晴らしい生活を送っている。もしもそうでなかったとしても、わたしはそのことにまったく気がつかないだろう。ほんの少々の恐怖、ほんの少々の飢えが、わたしたちには必要なのではないかと思うことがある。言ってみれば、それはわたしどもの魂を鋭ぎすましてくれるのではなかろうか。それこそが、わたしどもが、話を語り、歌を歌ってくれる他所《よそ》の土地の人々をいつも歓迎する理由なのだ。それらの人たちは、わたしたちの外聞を広げてくれるし、自分たちを内省させてくれるのだ……」かれはあくびをし、咽喉を鳴らしながら、大きく伸びをした。

突然、議員の一人が叫んだ。「何てことだ、牧場を見ろ！」前に垂れかかっていた首の上で重い頭が向きを変えた。そして人々は村の牛や羊、馬たちが、草原の一番すみに群がって、魔術師の白い牝馬を見つめているのに気がついた。白い牝馬は、落ちついて、冷たい草を食べている。獣たちの中で、声をたてるものは一匹たりともいなかった。豚やガチョウたちすら、まるで亡霊のように、黙りこくっていた。遠くでカラスが一度だけ鳴いた。その鳴き声は、夕焼けの中を、一本のわらしべのようにただよっていった。

「驚くべきことだ」村長はもぐもぐと言った。「何とも驚くべきことだ」

「まさに素晴らしい馬でしょう?」魔術師は言った。「あれのおかげで、わたしに寄せられた申し出のいくつかのことを、お話ししましょうかね――」

「興味深いことは」最初に口を切った議員が、言った。「動物どもは、あの馬をこわがっていないように見えることですな。畏れているように見える。まるで崇拝しているようだ」

「獣たちは、あなた方が見る方法を忘れてしまったものを見ているのですよ」シュメンドリックは、自分の赤ワインを呑みほした。さきほどの娘は、ユニコーンの目よりも甘く、底の浅い目でかれを見つめた。シュメンドリックはグラスをとんとテーブルの上に置くと、微笑みを浮かべている村長に向かって言った。「あれは、あなたが夢に見ることもできないほどに貴重な生き物なのです。あれは神話、想い出、夢見る想い、夢の涙。想い出すことがあれば、あれに焦がれたことがあれば――」

かれの言葉は、ひづめの音と子供たちの喧騒の中に消えていった。枯葉色の服をまとった十二人の騎手たちが、大声をあげ、笑い声をあげながら、おはじきの石のように村人たちを蹴散らして、村の広場に馬を乗り入れてきた。かれらは一列になって、広場の中を駆け回り、自分たちの前にあるものは、みんな蹴倒し、誰かれかまわずに口々に悪口や挑発的な言葉をわめきたてた。騎手の一人が鞍の上で立ち上がり、弓をいっぱいに引いた。そして教会の尖塔の風見鶏を射落とした。もう一人はシュメンドリックの帽子をつかみ取ると、自分でひっかぶり、わめきながら馬を駆けさせた。またある者は、悲鳴をあげる子供たちを鞍の前に引きずり上げていた。また他の者たちは、ワインの皮袋やサンドウィッチにかぶりついていた。髭面の中で、男たちの目は狂ったように輝き、かれらの笑い声は、太鼓のように響きわたった。

　丸々とした村長は、その襲撃者たちの首領の目をとらえるまで、じっと立っていた。それから片方の眉を上げた。相手の男は、指を鳴らした。すると、あっという間に、馬は止まり、ぼろをまとった男たちは、ユニコーンを前にした村の家畜たちと同じように、静まり返った。かれらは、子供たちをそっと地面におろし、ワインの皮袋をほとんど全部、元に戻した。

「ジャック・ジングリイ、よろしかったら、こっちに来てもらえんかね」村長は、静かに言った。

　騎手たちの首領は馬から降りると、議員たちとかれらの客が食事をしていたテーブルに、ゆっくりと歩み寄った。かれは大きな男だった。七フィートはあろうかと思えた。そして一歩歩むごとに、ジャラン、ガランと音がした。かれのつぎはぎだらけの上衣に縫いつけられた鈴やベルや腕輪のせいだ。「今晩は、村長さん」笑みを含んだしわがれ声で言った。

「まずは商売の話を済ませちまおうかね」村長は言った。「まともな文明人と同じように、どうしておまえさん方が、おだやかに馬に乗ってやってこれないのか、わたしにはわからんね」

「やつらには悪気なんてないんでさあ。村長さん」大男はうなるように言った。根は良い男のようだ。「一日中、森の中に閉じ込められているもんで、ちょっとばかり息抜きが、カタルシスみたいなもんが、やつらには必要ってことなんでさあね。まあ、いいってもんじゃありませんか」ため息まじりに、男は、腰からしなびたコインの袋を取り出すと、村長の手の平の上に乗せた。「お取りになっておくんなさい、村長さん」ジャック・ジングリイは言った。「多いってわけじゃありませんがね、おれたちにゃ、それ以上は無理だったんで」

村長はコインを手の平の上に出すと、太った指でそれをおさえつけ、うなり声をあげた。「確かに、多くはないな」文句を言う。「先月よりも、少ないくらいじゃないかね。あれでさえ、お話にもならない程度のものだ。まったくもって、おまえさん方は、おそるべき山賊どもだよ」

「不景気でね」ジャック・ジングリイは、暗い口調で答えた。「旅人たちが、おれたちと同じほどに少ししか金を持っていないからといって、おれたちが文句言われる筋合いはねえってもんですよ。球根から血を絞り取るなんて、できっこないでしょうが」

「わたしにはできるね」村長は言った。かれは荒々しく顔をしかめると、大きな無法者にむかってこぶしを振り上げた。「もしも、おまえさん方が、出すべきものを出さないとしたら」大声でわめいた。「もしも、おまえさん方が、わたしの金で自分のポケットをふくらまそうとでもしたら、おまえさんたちを、ぎゅうぎゅういう目にあわせてやるからね。ぐしゃぐしゃになるまで締めつけて、風の中に吹き飛ばしてやるからね。さあ、もう出ていけ。おまえさんたちの刺青の親分に、よく言っといてくれ。とっとと、行っちまえ、悪人ども！」

ぶつぶつ言いながら、ジャック・ジングリイが、背を向けたとき、シュメンドリックはせきばらいすると、おそるおそる言った。「よろしかったら、わたしの帽子を返してもらいたいんですがね」

大男は、何も言わずに、血走った野牛のような目で、かれを見つめた。「わたしの帽子を」シュメンドリックは、前よりもしっかりとした声で言いつのった。「あんたたちの一人が、わたしの帽子を持っていっちまったんですよ。そいつを返した方が、賢いってものですがね」

「賢い？」ようやく、ジャック・ジングリイが、すごい声を発した。「そういうおめえは何者だね？ 賢いということがどういうことか知ってるなんて」

ワインが、依然としてシュメンドリックの目の中で跳びはねていた。「わたしは魔術師のシュメンドリック。敵にまわすと恐ろしい人間ですよ」かれは堂々とそう言ってのけた。「見かけよりもずっと年をくっているのだし、見かけよりもきつい性格なんだ。わたしの帽子を」

ジャック・ジングリイは、シュメンドリックをちょっぴり長めに見つめた。それから、馬に歩み寄ると、あぶみに足をかけて、鞍の上にまたがった。かれは待っているシュメンドリックすれすれのところまで馬を進めた。髪の毛一本入らないほどの間しかない。「そんじゃあな」とどろくような声で言った。「もしも、おめえが魔法使いだっていうんなら、何か術を使ってみるがいいや。おいらの鼻を緑にしてみろよ、おいらの鞍袋を雪でいっぱいにしてみろよ、おいらの髭を消してみろよ。おいらに何か術を見せてみるんだな。さもなきゃ、尻まくって、逃げやがれ」大男はベルトから錆びた短刀を引き抜くと、憎々しげに口笛を吹きながら、その尖端を持って、目の前でぶらぶらさせてみせた。

「その魔術師さんは、わたしたちの客人なんだ」村長が警告するように言った。だが、シュメンドリックは、重々しく言ってのけたものだ。「よろしい。帽子よ、汝の頭に来れ」目の片隅で、先ほどの若い娘が自分を見つめていることを確かめながら、シュメンドリックは、首領のうしろでにやついているかかしのような男たちを指さし、何事か詩のようなものを口ずさんだ。その途端、かれの黒い帽子は、それを摑んでいた男の指から離れ、暗くなりはじめた空気の中をふわりふわりと飛びはじめた。まるでフクロウのように、音もなく。女が二人、気を失った。村長はペタリと腰をおろした。無法者たちは、子供じみた悲鳴をあげた。

広場のはずれにむかって帽子は飛んでいった。馬のかいば桶のところまで達すると、高度を下げ、水をいっぱい汲み上げた。それから、影の中で、ほとんど見えなくなったが、再びふわふわと戻ってきた。明らかに、ジャック・ジングリィの洗髪したことのない頭を目がけているようだった。ジャックは、両手で頭を抱え、呻いた。「お、おい、あいつをどっかへやってくれ」かれの手下たちさえ、次に起こるであろうことへの期待で、くすくすと笑い声をあげた。シュメンドリックも、勝ち誇って微笑みを浮かべ、帽子の速度を早めようと指を鳴らした。

けれども、無法者の首領に近づくにつれて、帽子は曲がりはじめた。はじめはゆっくりとだったが、やがて、村のお偉ら方たちのテーブルに向かうにつれて、いっそう鋭く方向を変えはじめた。帽子が居心地良さそうに自分の頭の上に落ち着くまでに、村長ときたら、大あわてで立ち上がるのがやっとだった。シュメンドリックは身をかわすのに間に合ったが、すぐそばにいた三人のお偉ら方は、水しぶきのあおりをくってしまった。（人によって異なってはいたが）笑い声がまきおこる間に、ジャック・ジングリィは馬から身を乗り出すと、魔術師を引きずり上げた。かれは、テーブル・クロスで、ずぶ濡れの村長の身体を拭こうと必死だったのだ。

「おめえが、アンコールを望まれるとは、思えねえからな」大男は、シュメンドリックの耳元で怒鳴った。「おいらたちといっしょに来たほうが、ましだぜ」かれはシュメンドリックをうつぶせに鞍の前に放り出すと、馬を走らせはじめた。そのあとに、みすぼらしい一団が続いた。かれらの鼻を鳴らす音と、げっぷと、馬鹿笑いの声は、ひづめの音が聴こえなくなってからしばらくしても、広場の中に残っていた。

　魔術師を救うために追いかけたものかどうか、尋ねようと、人々は村長のところに駆け寄った。けれども、村長はびしょ濡れの頭を左右に振って言ったものだ。「それが必要とは思えないな。もしも、わたしたちのあの客人が、自分で言っているとおりの人間ならば、立派に自分の面倒を見ることができるにちがいない。もしも、かれの言ったとおりの人間ではないとしたら――そのときは、わたしたちの好意を利用したペテン師には、わたしたちに助けを求める口実なんて、ないことになるのではないかね。あの男のことなど、心配することはない」

　小川が、かれの垂れ下がった顎を流れ落ち、首のせせらぎに流れ込み、シャツの前の本流に合流していった。それにかまわず、村長は、闇の中で輝いている魔術師の白い牝馬がいる牧場の方へ、おだやかな目を向けた。その牝馬は、音もたてずに、柵の前を、早足で行ったり来たりしているのだった。村長は静かに言った。「あの立ち去っていったわたしたちの友人の乗物をよく世話してやった方がいいだろうな。かれは、彼女を実に高く買っていたのだから」村長は、二人の男を牧場に向かわせた。男たちには、あの牝馬に縄をかけ、自分の馬小屋の中で一番しっかりした小屋に入れるようにと、言い渡してあった。けれども、男たちが牧場の入口に達する前に、その白い牝馬は、柵を飛び越え、流れ星のように夜の中へと消えてしまった。

二人の男は、しばらくの間、その場に立ち尽くしていた。戻ってこいという村長の命令にも耳をかさなかった。そして二人は、自分がなぜあんなにも長い間、魔術師の牝馬のあとを見つめていたのか、誰にも、相手の男にさえ、話そうとはしなかった。けれども、その後、二人の男は、まじめな事柄の最中に、驚いたように笑い出すことが、しばしばあった。そのために、二人は不まじめな人間と思われるようになった。

5

あとになって、無法者との荒っぽい遠乗りのことで、シュメンドリックが思い出すことのできるものといったら、風と、鞍の角、それにガラガラいう大男の笑い声だけだった。それ以上のことを気づくには、かれは自分の帽子の魔法の結末のことを思い悩むのに忙しすぎたのだ。ちょいとひねりすぎたのだ。自分にそう言いきかせてみた。いいところを見せてやろうとしすぎたのか。けれどもかれは頭を振った。そのときのかれの立場では難かしい仕草だった。小川を横切って馬が疾駆するのにつれて、はずみながら、考えていた。魔法というものは自分でやりたいことを知っているものだ。けれども、ぼくはそれが何を知っているのか、わかったことがなかったのだ。どちらにしろ、そうあらねばならぬときには、わかったことがなかった。魔法に手紙を書いてやりたいものだ。それがどこに住んでいるかわかるなら。

藪と小枝が、かれの顔に溝を掘り、フクロウが耳に鳴き声を吹き込んだ。馬たちは、跑足に速度をゆるめ、やがて、歩きはじめた。かん高い震え声が、大声で呼ばわった。「とまれ！　合い言葉を！」

「畜生、来やがったぞ」ジャック・ジングリィはつぶやいた。のこぎりを引くような音をたてて、頭をかきむしると、大声で答えた。「太く短い人生を。この麗しの緑の森に、陽気な仲間が力を合わせ、勝利のために誓いを結び――」

「自由だ」か細い声が、誤りを正した。「自由のために誓いを結び、だ。一言で、みんなちがってしまうぞ」

「ありがとうよ。自由のために誓いを結び、仲間が力を合わせ、いや、いや、こいつはもう言っちまった。太く短い人生を、陽気な仲間が――あれ、こいつもちがう」またもやジャック・ジングリィは、頭をかきむしった。呻き声をあげる。「自由のために誓いを結び――ヒントをもらえないかね？」

「一人のために全員が、全員のために一人が」親切にも、声はそう言った。「あとは自分でやれるかね？」

「一人のために全員が、全員のために一人が――じれったい！」大男はわめいた。「一人のために全員が、全員のために一人が。力を合わせれば、生き長らえ、離れれば、おしまいだ」かれは、馬を一蹴りすると、再び進もうとした。

一本の矢が、闇の中から、空気を切り裂いて飛来すると、かれの耳から肉をこそぎ落とし、すぐうしろについていた男の馬を傷つけ、コウモリのように音をたてて飛び去っていった。無法者たちは、木のうしろに身を隠そうと、散らばった。ジャック・ジングリイは、怒りに燃えてわめいた。「どこに目をつけてやがる！　合い言葉を、もう十度以上も言ってるんだぞ！　てめえをひっつかまえたら――」

「おまえが出かけている間に、合い言葉は変わったのさ、ジャック」見張りの声が響いた。「あの合い言葉は、おぼえるのが難かしすぎる」

「ああ、そうかい、合い言葉を変えたんだな」ジャック・ジングリイは、シュメンドリックの外套のひだで、血を吹いている耳をおさえた。「それじゃあ、どうしておいらがそのことを知ってるっていうんだい、この脳なし、能なし、肝なし野郎め！」

「怒るなよ、ジャック」見張りは、なだめるように言った。「いいかい、おまえが新らしい合い言葉を知らなくても、まったくかまやしないのさ。なにしろ、そいつは実に簡単なものだから。キリンのように叫べばいいんだ。親分自身が考えたことなんだよ」

「キリンみたいに叫ぶ？」大男は、次から次へとののしった。とうとう、馬たちさえも、恥かしさのあまり、もじもじはじめるほど、それは続いた。「このとんま野郎。キリンは、声なんか、出しゃしないじゃないか。親分は、おれたちに、魚のようにとか、蝶々のようにとか、叫ばせればよかったんだ」

「わかってるさ。でもこうすれば、誰も合い言葉を忘れるなんてことは、できなくなるだろう、おまえでさえね。親分は、頭がいいと思わないか？」

「あの人には、限界てものが、ねえのかね」ジャック・ジングリイは、感嘆したように言った。「でも、いいかね、おめえが声をかけるときにだな、キリンのような声を出すってだけで、どうやって森の警備隊のやつや、王の家来たちを見分けるってんだ？」

「は」見張りは、舌打ちした。「そこが、巧妙さの巧妙たるところなのさ。おれたちは三度叫ばなきゃならないんだよ。長いのを二度と、短いのを一度さ」

　ジャック・ジングリイは、黙って、鞍の上にすわっていた。耳をこすっている。「長いのを二度と、短いのを一度か」かれは、ようやく、ため息をもらした。「なるほどな。こいつは、あの人が、合い言葉をなくしちまって、呼びかけに答えたやつを射殺しちまえというようになるのと、大差ないほど、馬鹿げてらあ。長いのを二度と、短いのを一度か、わかったよ」かれは、木々の間を抜けて馬を進めた。

　どこか、前方で、ぶつぶついう声がした。蜜を盗まれた蜂のように、陰気にきこえた。近寄るにつれて、シュメンドリックは、その中に女が混じっているのを聴きわけたように思えた。そのとき、かれの頬に火の明りがふれたのを感じ、目を上げた。かれらは、小さな空地にとまっていた。そこでは十二、三人の男たちが、たき火のまわりに腰をおろし、いらだたしげに、ひそひそと話をしていた。大気は焦げた豆の匂いがした。

他の男たちよりも、どことなくまともなボロをまとった赤毛のそばかすだらけの男が、シュメンドリックたちを迎えて、歩み出てきた。「よう、ジャック」かれは叫んだ。「おまえが連れてきたのは何者だ？ 同志か？ それとも人質か？」肩越しに、誰かに向かって声をかけた。「スープに水をたしておけよ、人数が増えたぞ」

「おいらにも、こいつが何者か、わからねえんだがね」ジャック・ジングリイも声を張り上げた。村長と帽子の話をしはじめた。だが、村を襲撃するくだりにくるかこないかのうちに、男たちの輪を破ってやってきた女のちょっかいで、話をさえぎられてしまった。彼女は金切り声で叫んだのだ。「そんなことできやしないよ、カリー！ 今だって、スープは汗ほどにも濃くないんだからね！」青白い、骨ばった顔、黄褐色のきびしい目、枯れ草の色の髪。

「で、このひょろ長い田舎者は、誰なんだね？」まるでシュメンドリックが自分の靴の裏にこびりついたものであるかのように、かれを見回しながら、彼女は尋ねた。「村の男じゃないね。顔つきが気に入らないよ。このマホウ野郎を切り裂いちまいな」

彼女は単に「マヌケ」あるいは、「アホウ野郎」と言おうとしたのだ。そしてその両方を言ってしまったのだが、その偶然の一致は、まるで濡れた海草のように、シュメンドリックの背筋をすべりおちていった。かれは、ジャック・ジングリイの馬から、すべりおりると、無法者たちの親方の前に立った。「わたしは魔術師のシュメンドリック」かれは両手で外套を振り回しながら、そう告げた。外套は、かすかに風をはらんで、ふくらんだ。「あなたは本当にあの有名な緑の森のキャプテン・カリー殿ですかな？　勇者の中の勇者、自由人の中の自由人の」

何人かの無法者が忍び笑いをもらし、女は呻いた。「こんなことだと思ったよ」彼女は叫んだ。

「腸《はらわた》を引きずり出しておやり。エラから腹まで、カリー。この間のやつみたいなことをやらないうちに」けれども親方は、誇らしげに頭を下げた。頭頂の薄くなった渦が見えた。そしてかれは答えた。「そのとおり、わたしのことだ。わたしの首を追い求める者は、手ごわい敵を相手にすることになる。だが、友人としてわたしを求める者は、良き友を得ることになる。して、あなたは、どちらかな？」

「誓って」シュメンドリックは言った。「思いもかけぬことでありましたが、他でもありません。友好を求めてまいりました。あなたの愛する方は、お疑いのようですが」シュメンドリックは、やせこけた女に向かってうなずき、そう付け加えた。彼女は大地に唾を吐いた。

キャプテン・カリーは、にやりとすると、女の尖った肩に用心しながら腕をかけた。「ああ、モリー・グルーときたら、いつもそうなんですよ」かれは言った。「こいつは、わたし自身よりも、立派にわたしを守ってくれておるのです。わたしは寛大だし、気のいい人間です。ま、たぶん、法外なほどでしょうな——暴君からの逃亡者に愛の手を、これがわたしのモットーでしてな。モリーが、疑い深く、やつれ、気むずかしく、早熟の気味があり、少々暴君の気味さえあるようになってしまうというのも、理の当然というもの。鮮かな風船も、端っこには結び目が必要というわけなんですな、そうだろ、モリー？　だが、こいつには良い心がある。良い心が」女は肩をすくめ、男から身を離した。だがキャプテンは、そちらに顔を向けようともしなかった。「あんたを歓迎しますよ、魔術師殿」シュメンドリックに、そう声をかけた。「火のそばにいらっしゃい。あんたの話を聞かせて下さい。あんたの国では、わたしの評判はどんなものですかな？　大胆なキャプテン・カリーと自由な者の一団のことについて、どんなことを聞いておられますかな？　食いねえ、飲みねえ」

シュメンドリックは、火のそばの席を受け入れ、氷のように冷たい食物を丁重に辞退した。そして答えた。「あなたが、弱きを助け、強きをくじく者ということは、聞いていました。それから、あなたとあなたの陽気な配下たちが、富んだ者から盗み、貧しい者たちに恵んで、森の中で楽しい日々を送っているということも。あなたとジャック・ジングリイが、どのようにして六尺棒で互いの頭を割り合い、それ以後義兄弟になったのか、その話も知っていますよ。それに、父親に押しつけられた金持ちの老人との結婚から、モリーをどうやってあなたが救い出したか、それも知ってます」実際のところは、この夕方までは、キャプテン・カリーのことなど、シュメンドリックはまったく聞いたことがなかった。だが、かれはアングロ・サクソンの民間伝承は熟知していたし、その物語の型のこともよく知っていた。「それに、もちろんのこと」シュメンドリックは、危険を犯して、もう一押しした。「例のよこしまな王がいましたな――」

「ハガードめ、やつに破滅あれ！」カリーはわめいた。「そうだ、あのハガード王の老いぼれにひどい目に会ったことのないやつなど、ここには一人もいないのだ。正当な自分の土地から追い払われ、地位と地代を強奪され、先祖伝来の財産をはぎとられたやつらばかりだ。こいつらは、皆、ただ復讐のためだけに生きているのだ――いいかね、魔術師殿――いつの日にか、ハガードはその勘定を精算することになるのだ――」

みすぼらしい影の一団が、それに同意して、金切り声をあげた。けれども、モリー・グルーの笑い声が、あられのように降り注いだ。耳ざわりな音をたて、心を突き刺した。

「たぶん、たぶんね」嘲るように言う。「けれども、かれが精算する相手は、こんなおしゃべりの臆病者たちに対してではないでしょうよ。かれの城は、日に日に、朽ち果て、こぼれ落ちていく。かれの兵士たちは、武具をつけて立ち上がることのできぬほどに老いていく。でも、かれの治世は永遠に続くんだよ、キャプテン・カリーがどれほどはむかったとしてもね」

シュメンドリックは、片眉を上げ、カリーは赤だいこんのように顔を赤らめた。「わかっているだろう」カリーはつぶやいた。「ハガード王には、あの赤い牡牛がいる――」

「そうよ、赤い牡牛、赤い牡牛！」モリーは、嘲るようにわめいた。「いいかい、カリー、あんたといっしょにこの森で暮してきて、あたしのたどりついた結論を、あんたに話してやるわ。その牡牛ってやつはね、あんたが自分の臆病な心につけたあだ名なんだ。もしも、その夢みたいな話を、もう一度耳にしたら、あたしは、自分でハガードの老いぼれのところに出かけていって、あんたがただの――」

「もういい！」カリーが怒鳴った。「他所の人の前で、そんなことを言うな！」かれは、剣を引きつけ、モリーは、依然として笑い続けながら、その剣に向かって両腕を広げた。たき火のまわりでは、汚れた手が短剣の柄をまさぐり、長弓にはひとりでに弦が張られたように思った。けれども、そのときシュメンドリックは、カリーの沈みかけた虚栄心をすくい上げようとして、口をひらいた。かれは、家庭不和が大嫌いだったのだ。

「わたしの国では、あなたのバラードが歌われていますよ、どんなものだったか、おぼえてないんですが――」

キャプテン・カリーは、自分の尾を追いかけている猫のように、すごい勢いで振り返った。「どのバラードだ？」問い質す。

「知りませんね」シュメンドリックは、一歩退りながら、答えた。「一つだけじゃないんですか？」

「もちろんだ！」カリーは叫んだ。まるで誇りで満ちていくかのように、高揚し、大きくなっていく。「ウィリー・ジェントル！　ウィリー・ジェントル！　あの餓鬼はどこだ？」

長い髪のにきびだらけの若者が、リュートを手にしてよろよろと立ち上がった。「わたしの手柄話の一つを、この紳士に歌ってさしあげろ」キャプテン・カリーが命じた。「おまえが、われらの仲間に加わったときのことを歌ったやつだ。先週の火曜日以来、一度も聞いてないからな」

吟遊詩人は、ため息をもらし、コードを鳴らすと、かん高い震え声で歌いはじめた。

それは、キャプテン・カリーが、
王の鹿を殺した帰りのこと。
そのとき、かれが見たものは、
誰あろう、
うつむき草原を歩み来たる
色青ざめた若者一人。

「何事ぞ、何事ぞ、みめ良き若者よ？
いかな悲しみが、汝をそれほどに
ため息つかせるのか？
汝の愛しの女を失《うしの》うたのか？
あるいは、ただ悲しみの中に溺れておるのか？」

「溺れていやしません。それがどのような意味であろうとも。
そしてわたしの悲しみは、悲しみがかくあるべきもの、そのもの。
けれども、わたしがため息をついたのは、

愛しき女のため。
三人の兄が、その女を奪い去ったのです」
「わたしは麗しの緑の森のキャプテン・カリー。
我が手下どもは、火の如く、しかも自由な者どもだ。
わたしが汝の愛しの女を救い出したらば、
いかなる礼をするつもりかな？」
「もしもわたしの愛しの女を救い出したらば、
あなたの鼻をへし折ってやりましょう、
この阿呆、間抜け、とんま殿。
けれども、あの女は首にエメラルドをつけておりました。
三人の兄は、それもわがものにしてしまったのです」
そこでキャプテン、剛気の三人の盗賊のもとへおもむき、
剣を抜き、一振り加え、歌ったものだ。

「女はおまえたちのものにしろ、だが、宝石はわたしのものだ。

なぜといって、それは王の冠にこそ似合うものなのだから」


「これからが、良いところなんだ」カリーはシュメンドリックにささやいた。かれは、自分で大喜びし、つま先立って、跳ねていた。


そのとき、投げ捨てられたは、三着の外套、抜かれたは、三振りの剣。

しゅんしゅんと、音をたてたは、三振りの剣。

「我が身体にかけて」キャプテン・カリーは告げる。「汝ら、石も女も、手に入れることはできぬのだ」

そしてかれはやつらを駆りたて、追い上げた、
そしてかれはやつらを追いやった、まるで羊を扱うように。


「羊を扱うように」カリーは、ささやいた。モリーの嘲笑も、手下たちの不安げな様子も、狂喜のうちにすっかり忘れてしまったようだ。その歌の残りの十七節の間というもの、か

れは身を揺らし、ともに口ずさみ、腕で三振りの剣を受け流していた。ようやく、バラードは終わった。シュメンドリックは、大声で、熱をこめて賞讃の言葉を口にした。ウィリー・ジェントルの右手のテクニックを、ほめそやした。

「アラン・ア・デール奏法と名づけています」吟遊詩人は答えた。

かれは、もっと解説をこころみようとした。だが、カリーの言葉が、それをさえぎった。

「良かったぞ、ウィリー、すばらしい。さあ、次のやつをやってくれ」シュメンドリックがうれしい驚きの表情だと取ってくれることを願っていたものを見て、カリーはにこにこした。「わたしについての歌がいくつかあると、言ったでしょうが。正確に言うなら、三十一あるのですよ。もっとも、今のところは、チャイルドの収集した歌の中にはまだ一つも含まれていないがね」突然、かれの目が大きく見ひらかれた。そして魔術師の肩を摑んだ。「あんたは、チャイルド氏御本人ではないだろうね、え？」かれは尋ねた。「わたしの聞いたところでは、かれはしばしば、普通の人に変装をして、バラードを探しているというんだが――」

シュメンドリックは頭を振った。「いや、ちがいます。まことに申しわけないんですが」

キャプテンはため息をつくと、シュメンドリックを離した。「別に大したことじゃない」とつぶやく。「もちろん、どんな歌でも歌というものは、今この瞬間にも、収集され、照合され、記録され、変え歌を持つことを望んでいるもの。そのオリジナリティが疑いにさらされることさえも……いや、いや、気にせんでくれ。ウィリーや、他の歌を歌ってくれ。いつかおまえも練習が必要になる。収集の対象にされたときにはな」

　無法者たちは、ぶつぶつ言い、足を鳴らし、石を蹴りつけた。影の隠れ家の中から、荒々しい声がわめいた。「やめろ、ウィリー。本物の歌を歌ってくれ。ロビン・フッドの歌を一つ、やってくれ」

「誰が言った？」カリーが端から端まで見回すと、つば元をゆるめられた剣が鞘の中で、乾いた音をたてた。

「あたしが言ったのよ」自分ではなかったのに、モリー・グルーが言った。「男たちは、あんたの勇ましいバラードにはもう飽き飽きしてるのよ、愛しのキャプテン。みんなあんたが自分で書いたものであってもね」

　カリーは顔をしかめ、シュメンドリックを横目でちらりと見た。「それでも、これらの歌は、依然としてフォーク・ソングではあるわけですな、チャイルドさん？」かれは、心配げな声で、ぼそぼそと尋ねた。「結局――」

「わたしはチャイルドさんではありませんよ」シュメンドリックは言った。「本当にちがうんです」

「わたしが言いたかったのは、叙事詩的な事柄を、人々に残しておくことはできないということなんですな。みんな、何もかもをまちがってとってしまう」

ずたずたのビロードをまとった年長の無法者の一人が、こそこそ前に出てきた。「親分、もしもおれたちがフォーク・ソングを持たねばならないとしたら、おれたちはそうしなきゃならないと思ってはいるんですがね、そのときには、そいつは本物の無法者についての真実の歌であるべきだと、おれたちは思うんで。おれたちの生きているこの嘘だらけの生活ではなく。親分のことを非難してるんじゃありませんよ。けども、おれたちはそんなに陽気ってわけでもないし、言ってみるなら――」

「ディック・ファンシイ、わたしは一日二十四時間、陽気でいる」カリーは冷たく言った。

「それは事実だ」

「それから、おれたちは金持ちから盗んで、貧乏人に恵んでやったりしてませんよ」ディック・ファンシイは、急いで続けた。「おれたちは貧乏人から盗むんでさあ。なぜなら、あいつらは反撃することができないですからね――おれたちの大部分も、そうだけども。そして、金持ちどもが、おれたちからあがりを持っていくんでさあ。なにしろ、あいつらは、一日でおれたちを消し去っちまうことができるもんでね。おれたちは、あの街道の欲深の太った村長から、何も盗りゃしない。おれたちを放っといてもらうために、毎月、あいつにみつぎものを支払ってるんだ。おれたちは、一度たりとも誇り高い坊主をひっさらい、この森の囚人にして、宴げを開き、もてなしたことなどありゃしない。モリーには満足な料理はできないからね。それに、おれたちは坊主にとっては、さほど興味の持てる仲間じゃないし。おれたちが変装してお祭りに出かけたときにも、弓でも、剣術でも、勝ったことなどありゃしない。変装のことについちゃ、ちょっぴり誉められはしましたがね、それ以上のものではなかったんで」

「一度、つづれ織りを品評会に出したことがあったわ」モリーが思い出した。「四等だったわ。五等だったかしら。夜回りをしている騎士の模様だった。あの年は、誰も彼もが、夜回りを模様にしていたっけ」突然、モリーは、骨ばったこぶしで、目をこすった。「あんたのせいよ、カリー」

「何だと？」かれは激昂して怒鳴った。「自分の織物が、引けをとったからといって、それまでわたしのせいにするのか？ 一度、男をつかまえてしまえば、もう恥も外聞もなく自分の技術を捨てさってしまう。もうおまえは縫い物もしなければ、歌うこともない。何年もの間、原稿に彩色してくれたことは一度もなかったじゃないか——おまえのために取ってきたヴィオラは、いったいどうなってるんだ？」カリーはシュメンドリックの方を向いた。「こいつが、駄目になっていく姿は、まるでわたしたちが結婚したかのようだ」機械的にシュメンドリックはうなずき、目をそらした。「それからですね、悪しきを正し、人民の自由のために戦うとか、そういったことなんですがね」ディック・ファンシイが言った。「それはそんなに悪いこっちゃない——まあ、あっしは自分じゃそんな十字軍タイプの人間じゃないですが、なかにゃ、そういう者もいるし、そうじゃないのもいる——でも、そこで、おれたちは自由の縁をまとって、圧政を受けている人々のことを救っているという歌を歌わなきゃならない。おれたちは、そういう人間じゃないんでさあ、カリー、おれたちは報酬目あてにやってるんだ。そこで、ああいった歌は、ただ恥かしくなるだけ、そういうことなんで。そいつが真実のところなんでさあ」

キャプテン・カリーは、無法者たちの同意のうなり声を無視して、両腕を組んだ。「あの歌を歌え、ウィリー」

「ごめんです」吟遊詩人は、リュートにふれまいとして、手を動かさなかった。「それにあんたは、どんな宝石のためにも、ぼくの兄たちと戦ったりしなかったじゃないか、カリーさん！　あんたは、兄たちに手紙を書いた。しかも無署名で——」

カリーは、腕を振り上げた。そして、まるで誰かが石炭の山に息を吹きかけたかのように、男たちの間で剣の刃が輝いた。そのときだった、再びシュメンドリックが前に進み出てきた。必死の笑みを浮かべている。「わたしに、別の考えがあるのですが」かれは、そう提案した。「あなたの客に、一夜の宿を提供するお代を、あなた方を楽しませるということで支払わせるというのはいかがでしょうか？　わたしは歌うことも、楽器を奏することもできませんが、わたしにはわたしなりの術《わざ》があります。こいつは、あなたがたがおそらく見たこともないものですよ」

すぐさま、ジャック・ジングリイがそれに飛びついて、言った。「そうだ、カリー、魔術師なんだ、こいつは！　みんなが見たこともないやつだぜ」モリー・グルーは、魔術師という階級について、手ひどい総括を口にしたが、男たちはあっという間に喜びの叫び声をあげた。それは次から次へと空中へ散っていった。ただ一人、気が進まぬ様子を示したのはキャプテン・カリーその人だった。かれは、悲しげに、言い張ったのだ。「でも、歌はどうなる。チャイルド氏に歌をきかせなきゃならない」

「わたしもそうするつもりです」シュメンドリックは、かれを慰めるように言った。「あとでね」するとカリーの顔は明るくなり、手下たちに道を開け、場所をあけるように命令した。かれらは影の中にうずくまり、寝そべり、シュメンドリックがミッドナイト・カーニヴァルで、田舎者たちを楽しませたことのあるおなじみの子供だましをやりはじめるのを、にやにやしながら見つめた。それは取るに足らぬ魔法であった。けれども、シュメンドリックは、カリー一味のような男たちを楽しませるにはそれで十分だと考えていたのだ。だが、かれは男たちを甘く見すぎていた。なるほど、かれらはシュメンドリックの金輪やスカーフ、それに金魚やエースでいっぱいのかれの耳に拍手をおくった。そこには、それなりの丁重さはあったが、驚きはこめられてはいなかった。真の魔法を提供しなかったのだから、シュメンドリックは、男たちから魔法を引き出すことができなかった。そして呪文が失敗したときにも——たとえば、アヒルを男たちが盗みを働けるように男爵に変えようと約束しながら、両手に一杯の男爵イモを造り出してしまったときでさえ——まるで成功したかのように親切で、空ろな拍手をもらった。男たちは、完璧な観衆であった。

　カリーはいらいらと微笑みを浮かべ、ジャック・ジングリイはうたた寝をしていた。けれども魔術師がはっとしたのは、モリー・グルーの不安な目に浮かんでいた失望を見たときであった。突然の怒りに、かれは笑った。魔術師はお手玉にしていた七つのボールを落とした。そのボールは、放り投げているうちにどんどん明るく光っていくのだ。（調子の良い宵ならば、そのボールに火を点けることさえできるのだ）かれは、すべての憎むべき術を捨てさり、目を閉じた。「おまえの好きにしろ」かれは、魔法そのものにむかってささやきかけた。「好きなようにしろ」

　魔法は、シュメンドリックの中でため息をもらし、どこか秘められたところから、何かをはじめた。おそらくは肩甲骨のあたり、あるいは腰骨の髄のあたりだったかもしれない。かれの心はまるで帆のようにふくれ、張りつめた。何かが、これまで感じたことのなかったほどに、はっきりとかれの身体の中で動いた。それはかれの声を借りて語り、命令を発した。その力でかれはすっかり弱まり、両膝をつくと、再び自分がシュメンドリックに戻るのを待った。

ぼくは何をしたんだろう。何かをやってのけたんだ。

シュメンドリックは目を開けた、大部分の無法者たちは、かれを嘲る機会に喜び、舌打ちをし、こめかみをこづいていた。キャプテン・カリーは、その夜の娯楽の部が終わったことを告げようと、大喜びで立ち上がった。そのときだった。モリー・グルーが、かすかな、ふるえる声で叫んだ。そしてすべての男たちは、彼女が何を見たのか見ようとして振り返った。男が一人、空地に歩み入ってきた。

その男は、茶色の袖なしの短衣、ヤマシギの羽のついた茶色の縁なしの帽子、それ以外はすべて緑色の服をまとっていた。背はとても高い。実在の人間には、ありえないほどの長身だった。まるでジャック・ジングリイほどの長さがあると思える大弓を肩から吊していた。かれの矢は、キャプテン・カリーの槍か棒にふさわしいほどのものであった。たき火のまわりの静まりかえったみすぼらしい人々に、まったく注意を払わず、男は夜の中を歩み、消えていった。息の音も、足音も聞こえなかった。

かれに続いて、他の者たちもやってきた。時には一人で、あるいは二人連れで。ある者たちは語り合いながら、多くの者たちは笑いながら。だが一人として音をたてる者はいなかった。男たちは皆、緑の服をまとっていた。つま先まで朱色で包んだ男と、修道士の茶色の僧衣をまとい、足にはサンダル、巨大な腹を縄のベルトで支えた男の二人だけが、例外であった。リュートを奏で、音もなく歌いながら歩んでいく男がいた。

「アラン・ア・デールだ」それは未熟なウィリー・ジェントルだった。「あの弾き方を見ろ」かれの声は、赤ん坊の鳥のように、生々しかった。

ゆうゆうと誇らしげに、キリンのように優雅に（かれらの中で最も背の高い、やさしい目のブランデルボアでさえ）、男たちは空地を横切っていった。最後に、手に手をとって、男と女がやってきた。二人の顔は、あたかも恐怖というものを知ったことのないように、美しかった。女のしっとりとした髪は、神秘的に光を放っていた。ちょうど、月をおおった雲のようであった。

「ああ」モリー・グルーが言った。「マリアンだわ」

「ロビン・フッドは神話だ」不安そうにキャプテン・カリーは言った。「人々の欲求によって形造られた民間英雄の古典的な例なのだ。ジョン・ヘンリイもその例の一つだ。人々は英雄を必要とする。けれども、実際の人間は、その欲求ほどに偉大ではありえない。だから、ひとかけらの真実の周囲に伝説は育っていくのだ、ちょうど真珠のように。そいつは、もちろん、素晴らしいトリックと言って言えなくもない」

最初に身体を動かしたのはさえない伊達男ディック・ファンシイだった。最後の二人を残して、すべての男たちが闇の中に歩み去ったときだった、かれはかすれた声で呼ばわりながら、かれらのあとを追って駆け出した。「ロビン、ロビン、フッド様！　待って下さい！」男も女も振り返ろうとしなかった。けれども、ジャック・ジングリイと、キャプテンその人を除いたキャプテン・カリー一味はみんな、互いにけつまずき、押し合いながら空地のはずれまで駆けていった。たき火を蹴散らしていったために、空地は影でゆらめいた。「ロビン！」かれらはわめいた。「マリアン、スカーレット、リトル・ジョン！　戻ってきてくれ！　戻ってきてくれ！」シュメンドリックは、やさしく、絶望して、笑い出した。

　かれらの声を圧して、キャプテン・カリーが金切り声で叫んだ。「馬鹿者ども！　みんな！　今のは幻だ！　他の魔術と同じなんだ！　ロビン・フッドなんて人間は、いないんだ！」けれども無法者たちは、自分たちの失ったものに夢中になり、丸太につまずき、トゲのある木立に倒れ込み、駆けながら必死で泣きわめき、輝く射手たちのあとを追って森の中に駆け込んでいった。

ただ一人、モリー・グルーは立ち止まり、振り返った。その顔は灼きつくほどに白かった。

「ちがうよ、カリー。そいつは逆というものさ」彼女はカリーに向かって声をかけた。「あんたのような人間が存在しないのさ。あたしも、あたしたちの仲間も、みんな、ね。ロビンとマリアンこそが真物で、あたしたちが伝説なんだ！」それから、泣きわめきながら、彼女も駆けていった。「待っとくれ、待っとくれよ！」他の者と同じように、立ちつくしたキャプテン・カリーとジャック・ジングリイを、踏みつけられたたき火の明りの中に残して去っていった。二人を、魔術師の笑い声を聴かせるために、残して。

二人が飛びかかり、両腕をおさえるまで、シュメンドリックは、何が起きたのか、気づかなかった。それどころか、カリーが何事かささやきながら、短剣であばら骨を突っついたときでさえ、ひるみもしなかった。「あれは気晴らしにしては危険な代物でしたな、チャイルドさん。それに失礼なやり方だ。あなたは、歌を聴きたくない、そう言って済ますこともできたはずですぞ」短剣は深く刺さってきた。

遠くで、ジャック・ジングリイがうなるのが聴こえた。「やつはチャイルドなんかじゃねえよ、カリー。旅の魔術師でもねえ。今、やつのことがわかったぜ。やつはハガードの息子、リーア王子だ。父親と同じように邪悪で、疑いもなく黒魔術にもたけているんだ。手を離すんじゃねえぞ、キャプテン――やつはおいらたちのためにならねえ」

カリーの声が力を失った。「本当かね、ジャック？　こんなに気の良さそうなやつに見えるのに」

「気の良い馬鹿者という意味かね。そのとおりさ、リーアはそんな感じだという話を聞いたことがある。やつは無邪気な馬鹿のふりをしてるんだ。だが、やつは人をあざむく天才なんだ。このチャイルドってやつのふりをしたっていうのも、あんたの警戒心をなくすためにやったことなんだ」

「警戒心をなくしたことなんてない、ジャック」カリーは抗議した。「一瞬たりとも。見た目にはそう見えたかもしれない。だが、わたし自身、他人の目をごまかすのにたけているのだよ」

「それに、やつらの渇望を満し、あんたに反逆させるために、ロビン・フッドを喚び出したあのやり方。ああ、だがあの時、こいつは自分で自分をおいらたちに引き渡したんだ。そして今、やつの父親はやつを自由にするために赤い牡牛をよこすだろうが、やつはおれたちと共にとどまることになるのだ」それを聴いて、カリーは息を呑んだが、大男はそのことにこだわっていた。その夜の間というもの、シュメンドリックはそっと笑い続けていた。大きな木のところに連れていかれても、変わらなかった。そこでかれは顔を木に押しつけられ、両腕で木を抱くようにしてしばりつけられた。シュメンドリックは、その作業の間中、くすくすと笑っていた。そして、まるで木が花嫁ででもあるかのように、喜んで、両腕で抱きつき、作業を簡単にしてやった。

「これでいい」ようやく、ジャック・ジングリィは言った。「あんた、やつを今夜中、見張っといてくれ、カリー。おいらが寝ている間な。朝になれば、あのハガードの老いぼれにとって、この息子がどれほどの意味を持っているのか、そいつを見届けるのはおいらの役目になる。一月ばかりは、おれたちは、ひまをもてあます紳士ということになるだろうよ」

「手下たちのことはどうなる」心配そうに、カリーは尋ねた。「あいつら、戻ってくるだろうか？　どう思う？」

　大男はあくびをし、そっぽを向いた。「朝になれば、戻ってくるだろうさ。心さびしく、くしゃみをしながらな。そこで、あんたは、しばらくの間、あいつらにつらくあたらないこったな。あいつらは戻ってくるさ。なにしろ、あいつらは、実体のないものと何かを交換するような種類の人間ではねえからな、おいらも同様さ。もしもおれたちが、そんなやつらだったら、ロビン・フッドは、おれたちのところにとどまっただろうよ。おやすみ、キャプテン」

大男が去ってしまうと、こおろぎの鳴き声と木に向かって打つシュメンドリックのかすかな舌打ちの音以外何も聞えなくなった。たき火は消えかかり、カリーは歩き回り、一つ一つ、おきが消えていくたびに、ため息をついた。最後に、かれは切り株に腰をおろすと、とりこになった魔術師の方を見やった。

「おまえは、ハガードの息子かもしれん」楽しそうに言う。「おまえの言ったとおり、収集家のチャイルドではないかもしれん。だがおまえが何者であれ、ロビン・フッドが伝説で、わたしが実在の人物であることを、良く知っているはずだ。自分で書かないかぎり、いかなるバラードも、わたしのまわりには出来上がってこなかったんだ。わたしの冒険を教科書で読む子供たちもいなければ、放課後、わたしになって遊ぶ子供たちもいないことになる。そして、教授たちが、昔話を渉猟し、学者たちが、ロビン・フッドは本当に実在したかどうかを調べるために古い歌を分析するときにも、かれらは、わたしの名をついに発見することはないだろう。中心にある一粒のために、この世界を割って調べることがないかぎりは。けれども、いいかね、それゆえ、わたしはおまえにキャプテン・カリーの歌を歌って進ぜよう。かれは弱きを助け、強きをくじく陽気な正義の荒くれ者なのだ。感謝の気持ちから、人々は、かれについてのこれらの単純な歌を造り上げたのだよ」

それからかれは、すべての歌を歌った。その中にはシュメンドリックのためにウィリー・ジェントルが歌ったものも含まれていた。カリーは、変化していくリズム・パターンや、頭韻を踏んだ詞、様式的なメロディに一言ふれるために、しばしば、歌を中断したものだ。

6

キャプテン・カリーは十九番目の歌の十三連目で眠りにおちた。シュメンドリックは――それより少々早めに笑うのを止めていたが――すぐさま縄をほどこうとしはじめた。全身の力を振り絞って、いましめを振り切ろうとした。だが縄はびくともしない。ジャック・ジングリイは、小さな帆船《スクーナー》をつなぎとめておくのに十分なほどの太い縄で、かれを縛りつけたのだ。その結び目は、頭蓋骨ほどの大きさだ。

「しずかに、しずかに」かれは自分に言いきかせた。「ロビン・フッドを呼び出すほどの力――実際には創り出したのだが――それほどの力を持つ人間が、長い間、縛りつけられているわけがない。一言で、一つの願いで、この木は再び小枝にぶら下がったドングリに変わり、この縄は沼地の草になるにきまっている」けれども、魔法に助けを求めるまでもなく、ほんのしばらくの間、自分を訪れたものが何であれ、それはもはやかれのもとから去っていることはわかっていたのだ。ただ痛みだけが残っていた。まるで自分が見捨てられたサナギのように思えた。

「好きなようにするがいい」かれはそっと言った。キャプテン・カリーは、その言葉に起き上がり、十四連目を歌った。

　家の外には剣が五十振り、中にはまた五十振り、
恐ろしいことだ、キャプテン、やつらはわれわれを
　家の中に入れようとしているらしい。
「はっは、やらせろ、やらせろ」キャプテン・カリーは言ってのけ、
「こわがることなどありゃしない、
やつらが百振りの剣を揃え、われらが七人しかいないとしても」

「あんたがぶち殺されちまえばよかったのに」魔術師はキャプテン・カリーに言った。けれどもカリーは再び眠ってしまった。シュメンドリックは、逃げようと、いくつか簡単な呪文を唱えてみた。だが、両手を使うことはできなかったし、その気分でもなかった。そのかわりに起きたことはと言えば、木がかれに愛情を感じ、赤樫の永遠の抱擁のうちに見出される喜びを、ささやきかけはじめたのだ。「いつだって、いつだって」樫の木はため

息まじりに言った。「どんな人間が望む以上に誠実なのよ。世界中で誰一人、あなたの名前を思い出す人がいなくなっても、あたしは、あなたの目の色をおぼえているわ。木の愛より他に永遠なものはないわ」

「ぼくは婚約してるんだ」シュメンドリックは言い訳した。「西洋カラマツとね。子供の頃からさ。結婚することに決められてるんだよ。選択の余地なしさ。絶望的だね。ぼくらの話は、うまくいきっこない」

一陣の怒りが、樫の木を震わせた。あたかも嵐がその木一本だけに襲いかかってきたようだった。「腐爛病と虫こぶを彼女に！」荒々しくささやいた。「忌々しい針葉樹め、松に呪いあれ、汚ない常緑樹め、あなたを渡しやしない！　あたしたちいっしょに枯れるのよ！　すべての木はあたしたちの悲劇を伝えるわ」

シュメンドリックは、木がまるで心臓のようにふくれ上がるのを全身で感じた。そして怒りのあまり、木が真っぷたつに裂けてしまうのではないかと思った。ロープは、しだいに、きつくしまりはじめた。そして夜は赤と黄色に染まりはじめた。かれは樫の木に、愛が寛大なのは、それが永遠のものではありえないからなのだと、説明しようと必死になった。それからキャプテン・カリーに救いを求めるために怒鳴ろうとした。だが、かすかな、きしむような、まるで木そのもののような声しか出せなかった。「彼女には悪気はないんだ」シュメンドリックは考えた。そして愛されることにしようと、あきらめた。

　そのときだった、かれが強く身をそらすと、ロープがゆるんだのだ。シュメンドリックは背中から地面に落ち、息をしようともがいた。ユニコーンが、かれの上に立っていた。暗い視界の中で、血のように暗く立っていた。彼女は、角でシュメンドリックにふれた。

　立ち上がれるようになると、ユニコーンは身を翻した。シュメンドリックは、樫の木に用心しながら、そのあとに従った。もっとも樫の木は、一度も愛されたことのない他の木と同様、再び身じろぎ一つしなくなってはいたが。空は依然として黒かった。けれどもそれは水っぽい暗さで、シュメンドリックにはその背後に紫色の夜明けがゆらめいているのが見えた。空が暖かさを増してくるにつれて、銀色の硬い雲は溶けはじめた。影がおぼろになり、音は形を失った。そして物の形は、その日、自分が何になるべきか、まだ決めかねていた。風さえも、自分自身のことを確信しかねていた。

「ぼくを見てたかい？」シュメンドリックはユニコーンに尋ねた。「どこで見てた？　ぼくの創り出したものを見てくれたかい？」

「見ました」ユニコーンは答えた。「あれは本当の魔法でした」

　失ったもののことが思い出された。まるで剣にも似て冷たく、苦く。「もう、あれは行ってしまった。ぼくがあれを支配し、あれがぼくを支配していた——でも、もう去ってしまった。とどめておけなかった」かれの前をユニコーンは、まるで羽のように音もなく、宙に浮いていた。

すぐ近くで、耳慣れた声がした。「こんなに早く、出ていくのかい、魔法使いさん？　野郎どもは、あんたがいないのを知ったら、残念がるだろうよ」振り返ったシュメンドリックは、木によりかかったモリー・グルーを見た。ドレスも汚ない髪も、同じようにぼろぼろになり、裸足は血を流し、泥だらけだった。彼女はコウモリのような笑みを浮かべた。

「驚いたかい」彼女は言った。「処女のマリアンだよ」

それから、彼女はユニコーンを見た。身動きもせず、何もしゃべらなかった。けれども彼女の褐色の瞳が、突然、涙で大きくなった。長い間、彼女は身じろぎ一つしなかった。それから両方のこぶしで、服の裾を手にいっぱい掴むと、両膝を一種、震えてうずくまるような形に曲げた。くるぶしを交差させ、目を低めた。けれども、そのすべてにもかかわらず、モリー・グルーがおじぎをしているのだとシュメンドリックが気づくまでに、しばらくかかった。

かれは笑い声をあげた。モリーは跳ねあがった。髪のつけ根から咽喉のくぼみまで朱に染まっていた。「どこにいっていたの？」彼女が叫んだ。「こん畜生、どこにいっていたんだよ？」シュメンドリックの方に、何歩か踏み出した。けれどもその目は、かれの彼方を見ていた。ユニコーンを見ていたのだ。

彼女が横を通り過ぎようとしたとき、魔術師は、その行く手をさえぎった。「そんなしゃべり方をするもんじゃない」モリーがユニコーンをユニコーンと見てとったのかどうか、まだわからないままに、彼女に言った。「どう振るまえばいいのか、知らないのかね？　あいさつもしてないじゃないか」

けれども、モリーはかれを押しのけると、ユニコーンに歩み寄り、あたかもはぐれた乳牛に対するかのように、ユニコーンをしかりつけた。「どこにいっていたんだい？」純白と輝く角の前では、モリーは金切り声をあげるカブト虫のようにちっぽけに見えた。けれども、今度はユニコーンの年老いた黒い瞳が、下を向いた。

「今は、ここにいます」ようやく、ユニコーンは言った。

モリーは、唇を引きしめたままで笑い声をあげた。「今、あんたがここにいるからといって、それがあたしにとってどんないいことだっていうのさ？　二十年前には、十年前には、あんたはどこにいたんだい？　何てこった、何てこった、今になってあたしのところに来るなんて、あたしがこんなになったときに来るなんて？」手をひらひらさせて、彼女は自分の姿をさらしてみせた。すさんだ顔、絶望的な目、ねたみ深い心。「来てくれないほうが、どんなに良かったことか。どうして、今になってやって来たんだよ？」涙が、彼女の鼻の両脇を伝って落ちた。

ユニコーンは返事をしなかった。そしてシュメンドリックが言った。「彼女は最後の生き残りなんだ。世界で最後のユニコーンなんだ」

「かもしれないね」モリーが、鼻を鳴らしながら言った。「モリー・グルーのところにやってくるのは、世界で最後のユニコーンかもしれないさ」それから彼女は背伸びをすると、ユニコーンの頬に手をあてた。けれども、その双方は、ちょっぴりひるんで、身を引いた。そしてモリー・グルーの手は、顎の下のちかちかと震えている個所に落ち着いた。モリーは言った。「もういいんだよ。許してあげる」

「ユニコーンは、許されたりしないものだ」魔術師は嫉妬に目がくらみかけているのを感じた。二人のふれあいだけではなく、モリーとユニコーンの間に通い合っている何か秘密めいたものに対してそう感じたのだ。「ユニコーンは、世の中に出たばかりの者のためのものなのだ。無垢と純潔のため、新たな者のためのもの。ユニコーンは若い乙女のためのものなのだ」

モリーは、まるで目が見えない者のように、おずおずとユニコーンの咽喉をさすっていた。汚ない涙を、白いたてがみで拭き取っていた。「あんたは、ユニコーンのことをよく知らないのさ」彼女は言った。

空は灰緑色になっていた。つい先ほどまで暗闇の上に描かれていた木も本物の木となり、夜明けの闇の中で、ひゅうひゅう音をたてていた。シュメンドリックは、ユニコーンを見やりながら、冷たく言った。「さあ、出かけなきゃならない」

すぐさまモリーも同意した。「そうだ、やつらがあたしたちに襲いかかり、自分たちをだましたといって、あんたの咽喉を切り裂かないうちにね。かわいそうなやつらさ」彼女は肩越しに振り切った。「持ってきたいものが、いくつかあるんだけれど、今では、もうどうでもいい。いつでも出かけられるよ」

シュメンドリックは前に出ると、再び彼女の行く手をさえぎった。「ぼくたちといっしょに来るわけにはいかないよ。ぼくたちは、探求の旅に出てるんだ」声も目もできるかぎり厳しくさせた。けれども、鼻がびっくりしているのがわかった。いつだって、鼻を思いどおりにさせることはできない。

モリーの顔が、銃や投石器、煮えたぎった鉛の釜を備えた城のように、シュメンドリックの顔の前に突き出された。「で、〝ぼくたち〟なんて言うあんた、あんたは何者なんだい？」

「ぼくは道先案内人さ」さも重要そうに、魔術師が言った。ユニコーンは、そっと、不思議そうな声をあげた。まるで猫が子猫を呼んでいるようだった。モリーは大声で笑い、言いつのった。

「あんたは、ユニコーンのことをよく知らないのさ」そう繰り返した。「あたしにも何故かはわからないけれど、ユニコーンはあんたをいっしょに旅させてやっているんだよ。彼女はあんたを必要となんてしていない。このあたしだって、彼女は必要とはしていないさ。誰にもわかるもんかね。でも、彼女はあたしを連れてってくれるよ、彼女にきいてごらん」ユニコーンが、再び柔らかな声を出した。そしてモリーの顔の城から吊り橋がおろされ、その最深部までがさらけ出された。「彼女にきいてごらん」彼女は言った。

シュメンドリックは、自分の心の中に沈み込んでいくものから、ユニコーンの答を知った。おろかな真似はするまい、そう考えたが、かれの嫉妬と心の空ろさが、かれを傷つけた。そして自分が悲しげに叫んでいるのに気づいた。「駄目だ！　ぼくが禁じる。ぼくが、この魔術師のシュメンドリックが！」かれの声はけわしいものになった。鼻さえも、険悪な表情をたたえた。「魔法使いの怒りを呼ぶぞ。気をつけろ！　本当に怒るぞ。ぼくが、おまえをカエルに変えようと決めたら――」

「おそろしくって、笑わなきゃいけないようだね」楽しげにモリー・グルーは言った。

「おとぎ話のことは、あんた、良く知ってるようだね。でもあんたにゃ、クリームをバターに変えることすらできやしないよ」彼女の目が、突然、シュメンドリックの心を理解したふうに、皮肉に輝いた。「良く考えなよ、あんた」彼女は言った。「世界で最後のユニコーンを、あんたはどうしようってんだい？　檻の中に閉じ込めとこうとでもいうのかい？」

　魔術師は、モリーの顔を見まいとして、顔をそむけた。ユニコーンをまっすぐ見たわけでもなかった。まるで、そうすることによってユニコーンを視界から押し出すことができるとでもいうように、こっそりと、ほんのちょっぴりだけ盗み見た。白く、秘密めいて、朝を角にかけて、ユニコーンは突き刺すようなやさしさをこめてかれを見つめていた。けれどもシュメンドリックは彼女にふれることができなかった。かれはやせこけた女に向かって言った。「ぼくたちがどこに向かっているか、おまえはそれすら知らないじゃないか」

「あたしが、そいつを問題にするとでも思ってるのかい？」モリーは尋ねた。もう一度、猫のような声を発した。

　シュメンドリックは言った。「ぼくたちはハガード王の国に向かって旅しているんだ。赤い牡牛を見つけ出すために」

　彼女の骨が何を信じ、心が何を知ろうとも、それには関わりなく、モリーの肌は、一瞬、震え上がった。けれども、そのとき、ユニコーンはモリーの揃えられた両の手の平に柔らかく息を吹き込んだ。モリーは、その暖かさに両手の指を合わせながら、微笑んだ。

「じゃあ、あんたたちは、まちがった道を行ってるよ」彼女は言った。

モリーが先導して、かれらのやってきた道を戻りはじめた頃、太陽が昇りはじめた。一行は、依然として切株でまどろんでいるカリーの脇を通り、空地を横切り、進んでいった。無法者たちが戻ってきはじめていた。すぐ近くで枯枝が折れ、何かはねるような音と共に、藪が開かれた。一度などは、疲れきったカリーの手下の中の二人が、足を引きずりながら通るのをやりすごすために、イバラの中にしゃがみこまなければならなかった。二人の男は、ロビン・フッドの姿が、真物であったか否か、苦々しい口調で不思議がっていた。

「おれはやつらの匂いをかいだぜ」最初の男は言いつのった。「目は簡単にごまかされちまうし、もともとおれたちをあざむくものだ。だが、影に匂いはないってのは、たしかなことだ」

「目は不公平なもんさね。たしかに」二人目の男がうなるように言った。かれはまるで沼の泥を着込んでいるような有様だった。「けども、おめえは、自分の耳、鼻、舌の付け根の証言を、心底、信じてるのかね？　おりゃあ、ちがうね。宇宙はおれたちの感覚をごまかしてるんだし、おれたちをごまかしてるんだ。どうやりゃあ、おれたちは嘘つき以外の者になれるってんだい？　自分のことを言えば、メッセージも、それをもたらした使いのことも、信じちゃいないよ。自分に向かって言われたことも、自分で見たこともな。そりゃ、どこかに真実ってもんもあるだろうよ。けども、そいつが、おれのところにやってきたためしはないんだ」

「なるほどな」最初の男が、底意地悪そうな笑みを浮かべて言った。「でも、おめえも、おれたちといっしょにロビン・フッドを追っかけて駆けていたじゃねえかよ。その上、おれたちと同じように、泣きわめきながら、一晩中、ロビン・フッドを追っかけ回していたじゃねえかよ。そんなによくおわかりになってるのなら、何でまたあんなことにまきこまれちまったんだい？」

「おめえにゃ、わかんねえよ」泥を吐き出しながら、もごもごともう一人の男は言った。

「おれだって、まちがえることはあらあな」

　森深い谷のせせらぎの脇に腰をおろしている王子と王女がいた。かれらの七人の召使いたちが、木の下に真紅の天蓋をしつらえてくれていた。そして高貴な血の若い二人は、リュートとスイオロープの伴奏の中で、箱に詰められた弁当を食べた。食事を終えるまで、二人は互いにほとんど言葉を交さなかった。それから、王女はため息をもらし、言った。

「さあ、この馬鹿げた仕事を終わらしてしまった方が良さそうね」王子は雑誌を読みはじめた。

「ちょっとぐらい、手伝ってくれたって――」王女は言った。けれども王子は読むのをやめようとしなかった。王女は召使いの二人に合図した。二人はリュートで、昔の音楽を弾きはじめた。そして王女は、草の上で何歩か前に出ると、バターのように明るい色の馬具を高々とさし上げると、呼びはじめた。「ここよ、ユニコーンや、ここよ！　おいで、おいで、可愛いこや、こっちにおいで！　さあ、こいこいこいこいこいこいこい！」

王子は顔をしかめた。「きみの呼んでいるのは、にわとりじゃないんだよ」目を上げようともせずに、言った。「そんな風ににわとりみたいな真似をしないで、どうして何か歌ってみないんだね？」

「でも、わたし、できるかぎりのこと、してるのよ」王女は叫んだ。「これまで、こんなもの、呼んだことなんてないんですもの」けれども、少し黙った後に、彼女は歌いはじめた。

　わたしは王の娘。
　わたしがその気になれば、
　愛する人のない月も、

わたしの髪の中に飛んでくる。
わたしが心から望めば、
誰もかれも、わたしによこす。
飢えたこともない。
それはわたしとは無縁なもの。

わたしは王の娘。
わたしという牢獄の中で、
血と肉のあばら屋の中で、
年老いた。
そしておまえの影を見るために、
それだけのために、
　家を出、
戸口から戸口を訪ねて回ります。
ただ一度だけのために。

　このように王女は歌い、再び歌った。それから、こう呼ばわった。「すてきなユニコーンや、かわいいかわいいかわいい」しばらくの間、そうしていたが、やがて怒ったように言った。「さあ、もうできるだけのことはやったわ。もう帰るつもりよ」

　王子はあくびをすると、雑誌を閉じた。「慣例を満足させるだけのことは十分にやったね」王女に向かって言った。「誰だって、今以上のことは期待しないだろう。これはただのしきたりなのだ。これでわたしたちは結婚できるというわけだ」

「そうよ」王女は言った。「これでわたしたちは結婚できるのね」召使いたちは、再び、すべての道具を荷物にまとめはじめた。その間、二人は、リュートで楽しそうな結婚式の音楽を奏でていた。「もしも本当にユニコーンなんてものがいるのなら、一頭くらい、わたしのところにやってきそうなものだわ。誰にも負けぬくらいやさしく呼んでやったのだし、黄金の馬銜《くつわ》だって持ってきた。それにもちろん、わたしは純潔な処女なのに」そう言ったとき、王女の声は、少々さびしげであったし、不満げでもあった。

「ぼくにしてみれば、きみはそのとおりさ」王子は、関心なさげに言った。「言ったとおり、きみはしきたりを満足させたんだ。わたしの父を満足させたのでもなければ、ぼくを満足させたんでもない。あれはユニコーンのためのものだったのさ」王子は背が高く、かれの顔はマシュマロのように柔らかく、楽しげだった。

かれらと従者たちが立ち去ったとき、木の影からユニコーンが姿を現わした。続いてモリーと魔術師が現われた。ユニコーンは再び旅を続けた。それから長い時間が経った後、小川も緑もない別の土地をさまよっているときに、モリーは、なぜあの王女の歌に応じてやらなかったのかとユニコーンに尋ねた。シュメンドリックは、自分のいる側から動こうとはしなかったが、ユニコーンの答を聴こうと身を寄せた。かれは、決してユニコーンの反対側にいるモリーのそばで歩こうとはしなかった。

ユニコーンは言った。「あの王の娘は、わたしの影を見るために家出しようとは、決してしないでしょう。もしもわたしが姿を見せたなら、あの娘は竜を見る以上におびえてしまったはず。なぜなら、竜と約束する人間なんていないのですから。かつては、王女たちが自分たちの歌っていることが何であろうとも、気にもかけなかったことを思い出す。わたしは彼女たちみんなのもとにおもむき、頭を彼女たちの膝に横たえたものでした。何人かは、わたしの背にまたがったもの。ほとんどの娘はおびえたものでしたが。でも今は、彼女たちにさいてあげる時間がない。王女であろうと、台所娘であろうと。時間がないのです」

そのとき、モリーは奇妙なことを口にした。一夜として、まだユニコーンがそこにいるかどうか確かめるためにまんじりと過ごしたことなく、黄金の馬銜《くつわ》とやさしい若き盗賊の夢ばかり見ている女にしては、奇妙なことを口にしたものだ。「時間がないのは王女の方よ。空は回り、すべてのものをいっしょに引きずっていく。王女たちを、魔術師たちを、哀れなカリーやみんなを。でもあんたはじっと動かない。どんなものでも、あんたが一度だけしか見ないなんてものはない。あんたが、ほんの少しの間でも、王女になれたら、あるいは花に、あるいはアヒルになれたならと思うよ。待つことのできない何かになれたらと思うよ」

彼女はもの悲しい、調べの整わない歌の一節を歌った。一行歌うごとに、次の歌詞を思い起こそうとして、やすみやすみ歌った。

選ぶ余地のある者は選ぶ必要もない。
選ぶ余地のないわたしたちは、選ばねばならない。
わたしたちは、失ったものしか愛せないのだし――
過ぎたものは、過ぎたもの。

シュメンドリックは、ユニコーンの背中越しに、モリーの領分をのぞき込んだ。「どこでその歌を聞いたんだ？」かれは尋ねた。モリーが旅の道連れになったあの夜明け以来、彼女に話しかけたのは、それがはじめてだった。モリーは頭を左右に振った。

「おぼえてないわ。もう長いこと、知っている」

　旅を続けていくにつれ、日ごとに、大地は、やせこけていった。そしてかれらが出会う人々の顔も、茶色の草に合わせるように、いっそう苦々しげなものになっていった。けれどもユニコーンの目には、モリーがどんどん柔らかな大地となっていくように映った。池と洞に満ち、老いた花が土の中から咲きほこる大地に。泥と無関心の装いの下の彼女は、三十七、八ほどの年としか見えなかった。実際、それはシュメンドリック――魔術師のいつ生まれたかわからぬ顔にもかかわらず――よりも年老いているわけではなかった。ささくれた髪は伸び、肌は若返り、彼女の声も、彼女がユニコーンに話しかけるときとほとんど同じように、すべてのものに対してもやさしくなった。その目は、それが緑や青に変わることがないのと同様に、決して楽しげなものにはならなかった。けれどもそれもまた大地の中で芽を吹きはじめていたのだ。彼女は、むき出しの水ぶくれの出た足で、勇敢にハガード王の領土を歩いた。そしてしばしば歌を歌った。

　そしてユニコーンの反対側に遠く離れて、魔術師のシュメンドリックが黙りこくって歩んでいた。その黒い外套はほころんで穴があき、みすぼらしいさまになっていた。そしてかれ自身もそうだった。モリーを再生させた雨は、かれには降り注がなかったのだ。シュメンドリックは、かつてなかったほどにひからび、荒廃しているように見えた。まるでこの土地そのもののように。ユニコーンには、かれを癒すことができなかった。角でふれることによって、かれを死から呼び戻すことはできただろう。けれども、絶望に対しては彼女にはいかなる力もなかった。そして、一度来て、去っていった魔法に対しても。

こうして、かれらはいっしょに旅を続けた。過ぎ去っていく闇を追い、爪のように感じられる風の中を旅した。大地の肌はひび割れ、その肉はめくれ上がって峡谷や谷となり、あるいは縮んで丘となった。空はあまりにも高く、影が薄いために、昼間には消えてしまうほどだった。時々、ユニコーンは思うのだった。かれら三人は、まるで太陽にさらされたナメクジのように、目も見えず、絶望的なものと見えるにちがいない、自分たちの木やじめっとした岩を失ったナメクジのように、と。けれども、彼女は依然として、邪悪な時と場所にあっては、いっそう美しくなるユニコーンのやり方をこころえたユニコーンであった。溝《どぶ》や枯れた木の影でうなっているカエルたちの息さえ、ユニコーンの姿を目にすると、とまったものだ。

カエルたちは、ハガードの領地の陰気な人々からすれば、まだしも好意的であった。かれらの村は、まるでナイフのような草一つ生えていない丘の間に、骨のようにむき出しのまま散らばっていた。そしてかれら自身も、疑いもなく煮たてたビールのように口のひんまがるような心を持っていた。かれらの子供たちは町に入ってくる他国者たちに石を投げつけた。かれらの犬は、旅人を追い出そうとあとを追い回した。その何匹かは戻ってこなかった。シュメンドリックがその雑種たちを手際よく処理するやり方と、その味を覚えてしまったからだ。いかなる盗みよりもそれは町の住民たちを激怒させた。かれらは何も与えようとはしなかった。そして自分たちの敵は、それを奪いとったのだ。

　ユニコーンは、人間に対して嫌気がさしていた。自分の道連れが眠るのを見、かれらの夢の影が顔の上を通り過ぎるのを見ながら、彼女はかれらの名を知ることの重みに自分が打ちひしがれていくことを思い知るのだった。それから、彼女は、その痛みを消すために、朝まで走り回ったものだ。雨よりも速く、失うことと同じように速く、自分が自分自身であることしか知らなかった頃に追いつこうと駆けた。そして、しばしば、息を吐き出し、次の息が吐き出される合い間に、彼女に一つの考えが訪れることがあった。すでに、シュメンドリックとモリーはとうの昔に死に、ハガード王も同じように死に、自分が赤い牡牛と出会いそれを征服したのではなかったか——何が起きたかを見届けた星々の孫たちが、今や老いさらばえ、炭に変わってしまったほどに遥かな昔のことになってしまい——そして依然として彼女は世界で最後のユニコーンのままであるのではなかったか。

　それから、フクロウもいないある秋の夕のこと、山の尾根を回ったかれらは、そこに城を見た。それは長い深い谷の反対側から空に這い昇っていた。細く光り、ねじまがり、針のような尖塔を突き立て、巨人の笑みのように黒く、とげとげしかった。モリーは大きく笑った。けれどもユニコーンは身震いした。というのは、彼女には、そのよこしまな塔が、夕闇をついて、彼女の方に摑みかかってくるように見えたからだ。城の彼方には、海が鋼のように輝いていた。

「ハガードの塔だ」驚きのあまり、頭を振りながら、シュメンドリックはつぶやいた。「ハガードのおぞましい城だ。噂では、魔女がかれのために建てたのだという。けれども、ハガードが彼女に報酬を与えなかったために、魔女が城に呪いをかけてしまったという話だ。いつの日にか、ハガードの強欲が海をあふれさせた時に、城はハガード王を道連れにして海に沈むであろう、そう魔女は呪ったのだという。そして魔女は、ぞっとするような金切り声をあげると、硫黄の煙の中に姿を消してしまったのだそうだ。ハガード王は、すぐに城に移り住んだ。かれに言わせれば、暴君の城というものは、呪いの一つもかかってなければ完全とは言えないのだそうだ」

「魔女に報酬を与えなかったからといって、やつを非難しないね、あたしは」モリー・グルーが小馬鹿にしたように言った。「あんな城なら、あたしだって、上から飛び乗って、枯葉の山と同じようにばらばらにしてみせるよ。どっちにしろ、その魔女ってのが、呪いが成就されるのを待つ間に、何か面白いひまつぶしがあることを祈ってるね。海は、どんな人間の欲望よりも大きいんだから」

やせこけた鳥たちが、悲鳴をあげながら、雲のように、空を必死に横切っていった。

「助けてくれえ、助けてくれえ」ハガード王の城の光のない窓を、小さな黒いものどもがひょこひょこと動き回った。湿った匂いがゆっくりとただようのを、ユニコーンは感じた。

「牡牛はどこ？」彼女は尋ねた。「ハガードは、どこに牡牛を飼っているのです？」

「誰も、赤い牡牛を飼ってなんていない」静かに魔術師は答えた。「やつは夜、さまよい歩き、昼間は城の真下にある大きな洞穴の中に寝ているという話だ。そいつは、じきにわかりますよ。でも今、問題なのはそいつじゃない。もっと身近な危険が、そこに潜んでいる。そこに」かれは谷間を指さした。そこにはいくつかの灯がまたたきはじめていた。

「あれがハグスゲイトだ」かれは言った。

モリーは、何も答えなかった。けれども、まるで雲のように冷たい片手で、ユニコーンにふれた。悲しいときや、疲れたとき、あるいはおびえたときに、彼女はユニコーンにしばしば手でふれるのだった。

「あれはハガード王の街」シュメンドリックは言った。「やつが海からやってきたとき、最初に手に入れた街。最も長い間、やつの統治下にあった街だ。ぼくの会った人間は、誰もその正確な理由を言うことはできなかったけれども、その名は邪悪なものなんだ。誰もハグスゲイトには足を踏み入れないし、そこからは何も出てこない。ただ、子供たちを行儀よくさせるお話だけが出てくる。怪物、人狼のような化物、魔女の巣窟、真昼にさまよう魔物、そんな類のものたちのことがね。でも、ハグスゲイトには何か邪悪なものがある、ぼくはそう思う。フォーチュナ婆さんでさえ、あそこには行こうとしなかった。かつて、あの婆さんが言ったことだけども、ハガード自身だって、ハグスゲイトがある限り、無事ではいられないことだろうということだ。あそこには何かがある」

しゃべりながら、かれはモリーをじっと見つめた。というのは、ユニコーンの白い姿があるにもかかわらず、モリーがおびえるさまを見るのは、その頃のかれの苦い喜びの一つであったからだ。けれどもモリーは、両手を脇におろしたまま、何とも物静かに答えたものだ。

「ハグスゲイトは〝いかなる男も知らぬ街〟という噂を聞いたことがあるよ。たぶん、その秘密は、自分を発見してくれる女を待ってんじゃないのかね。女とユニコーンを。でも、あんたはどうするつもりなんだい？」

シュメンドリックは、そのとき、微笑んだ。「ぼくは男じゃない」かれは言った。「ぼくは魔法なしの魔法使い。ということは、何者でもないってことだ」

ユニコーンが見つめていると、ハグスゲイトの狐火の明りは、だんだん強くなってきた。けれども、ハガード王の城には、火打石の光一つ見えないのだった。城壁の上で動いている男たちを見るには暗すぎた。けれども、谷の彼方から、鎧のふれあう柔らかな音と、岩と矛がふれあう音が、ユニコーンには聴こえてくるのだった。見張り兵たちが、顔をつき合わせ、再び背を向けて歩いているのだ。ユニコーンは、ハグスゲイトに通じる細いごつごつした道を降りはじめた。すると彼女のまわりを、赤い牡牛の匂いがすっかりつつんでしまうのだった。

7

ハグスゲイトの街は、足跡の形をしていた。幅広の前部から長い指が伸び、土を掘る道具のような黒い爪で終わっていた。実際、ハガード王の領地の他の街が、やせた土地をすずめがひっかいているように見えるのに比べ、ハグスゲイトは、見事に、深々とその土地に根づいているように見えた。街路は滑らかに舗装され、庭園は輝き、堂々たる家並は、大地から木のように生えたもののようだった。窓という窓からは光がこぼれ、三人の旅人たちは人々の声を、犬の吠えるのを、きゅうきゅういうまで磨かれる皿の音を耳にした。不思議に思いながら、かれらは、高い生垣のそばで足を止めた。

「どっかで道をまちがえたんじゃないのかい。ここはハグスゲイトなんかじゃないと思わない？」モリーがささやいた。彼女は、自分のどうしようもないオンボロ服のゴミを間が抜けた手つきではらった。

「他所《よそ》いきの服を持ってくるべきだったよ」ため息をついた。

シュメンドリックは、うんざりして、首のうしろをこすった。「ここはハグスゲイトさ」モリーに答える。「魔法の匂いもしないし、黒魔術の雰囲気もないが、それでも、ここはハグスゲイトでなきゃならない。でも、だとしたら、あの伝説、あのお話、あのおとぎ話は、どういうことなんだろう？　わけがわからない。ことに、夕食のために、カブラの半かけしかないときたときには」

ユニコーンは何も言わなかった。街の向こうには、暗闇よりも暗く、ハガード王の城が、竹馬に乗った狂人のように、危なっかしく前後に揺れていた。そして城の向こうには、海がゆっくりと動いていた。赤い牡牛の匂いは、夜のうちにうごめき、料理と生活の街の匂いの中で、冷たく感じられた。シュメンドリックが言った。「善良な人々は、みんな、家の中に入っているにちがいない。自分たちの神の加護を数えながら。かれらに呼びかけてみよう」

シュメンドリックは前に進み出ると、外套をはね上げた。けれども、口を開かぬうちに、どこからかきびしい声がした。「声を出すな、他所者たちよ。その余裕があるうちに、やめておくことだ」生け垣のうしろから、四人の男が飛び出してきた。そのうちの二人が、シュメンドリックの咽喉に剣を押しつけた。もう一人は、二丁の拳銃でモリーを狙った。四人目の男は、たて髪をつかもうと、ユニコーンに近寄った。けれどもユニコーンは、棹立ちになり、凄まじい光を放ったので、男は跳びすさった。

「名前を言え！」最初にしゃべった男が、シュメンドリックに詰問した。男は中年か、それ以上の年だった。他の三人と同じように、上等だがぱっとしない服を着ていた。

「ギック」剣をつきつけられていたおかげで、魔術師はそんな音をたてた。

「ギックか」拳銃を持った男が、面白そうに言った。「耳慣れぬ名だ」

「当然だな」最初の男が言った。「いかなる名も、ハグスゲイトでは耳慣れぬ。では、ギック殿」かれは続けた。剣の切っ先を、シュメンドリックの鎖骨が合わさったあたりまで、少々下げた。「あなたでもギック夫人でも、どうしてここに身を隠していたか、お知らせ願えればと思うんだが――」

それを聴いて、シュメンドリックは、自分の声を思い出した。「この女のことなんか、知らないも同然なんだ！」かれはわめいた。「ぼくの名は魔術師のシュメンドリックだ。飢えて、疲れて、機嫌が悪い。そんなもの、どこかへやってくれ。さもないと、あんた方は、それぞれサソリの尻尾を握ることになるぞ」

四人の男は、互いに顔を見合わせた。「魔術師だ」最初の男が言った。「こいつだぞ」

二人の男がうなずいた。だが、ユニコーンを捕えようとした男は、うなり声をあげた。

「最近じゃ、誰でも、魔術師と言うことができる。昔の基準はどっかにいっちまったし、昔の価値観も見失われたまんまだ。それに、真物の魔術師は、髭をはやしているもんだ」
「まあな、もしもやつが魔術師でなかったら」最初の男が、軽く言った。「じきに、魔術師であったならと、願うことになるさ」かれは剣を鞘におさめると、シュメンドリックとモリーに頭を下げた。「わたしはドリン。あなた方をハグスゲイトにお迎えすることは、望外の喜びでございます。たしか、あなたは、腹が減っているとおっしゃいましたな。それは簡単に満たしてさしあげましょう。そのあとで、たぶん、あなたは、御自分の職業の素晴らしい力をわたしたちに見せてくださることでしょうな。さ、こちらへ」

　急に丁重になると、かれは、シュメンドリックたちを明りのついた宿屋に案内した。うしろには、三人の男たちがついてくる。その頃には、街のほとんどの人間が駆けてきた。夕食を半分で止め、お茶を沸かしたままで、家の中から飛び出してくる。そしてシュメンドリックとモリーが席についた頃には、百人に近い人々が宿屋の長椅子にひしめき、戸口に押しかけ、窓から入り込もうとしていた。ユニコーンは、誰にも見つからないまま、ゆっくりと後から歩いていた。奇妙な目をした白い牝馬。

　ドリンという名の男はシュメンドリック、モリーと同じテーブルにつき、食事の間、おしゃべりをし、ビロードのような黒いワインを二人のグラスに注いだ。モリー・グルーは、ワインをほとんど飲まなかった。彼女は、黙ってすわったまま、まわりの人々の顔を見回していた。ドリンの顔よりも年老いた者は少なかったが、それよりも若いと見える者もまたいないことに気づいた。ハグスゲイトの住人たちすべてには、どこか非常に似たところがあったのだが、彼女にはそれを見極めることができなかった。

「さて、今度は」食事が終わると、ドリンは言った。「今度は、わたしたちが、どうしてあなた方をあんなにぞんざいに出迎えたのか、そのわけを説明することをお許し願わねばなりませんな」

「はは、そんな必要はありませんよ」シュメンドリックは、くすりと笑った。ワインがかれの心を浮き浮きさせ、気持ちを楽にさせていたのだ。そして、かれの緑の目を黄金色に輝かせていた。「ぼくが知りたいのは、ハグスゲイトが食人鬼と人狼でいっぱいだという噂が、どうして出てきたのか、そのわけです。聞いたことのないほど、馬鹿げた話ですな」

ドリンは微笑んだ。かれは、亀のような固く飢えた顎をしていた。「それは同じことなのです」かれは言った。「よろしいですか。ハグスゲイトの街には、呪いがかけられているのです」

部屋の中は、突然、静かになった。ビール色の明りの中で、街の人々の顔は、まるでチーズのようにこわばり、青白く見えた。再び、シュメンドリックは笑った。「祝福ってことですな。ハガード老王のこのやせこけた王国にあって、あなた方の街は、まるで別の土地にあるようだ——泉、オアシスとでも言うか。ここに呪いがかかっているというのは、ぼくも賛成ですよ。でも、ぼくはそいつに乾杯しますね」

シュメンドリックがグラスを上げようとすると、ドリンが止めた。「それに乾杯はやめていただけますかな、わが友よ。五十年間の悲しみに乾杯していただけますかな？　ハガード王が海のそばに城を建て、わたしどもに悲しみが降りかかってきてから、そんなにも時間が経っているのです」

「魔女が城を建てたときのことですね」シュメンドリックは、震える指をかれに突きつけた。「結局、なるがままにするよりありますまい」

「ああ、あなたは、その話を御存知ですな」ドリンは言った。「それでは、魔女が自分の役目を果たしたときに、ハガード王が報酬をこばんだということも、御存知にちがいない」

魔術師はうなずいた。「もちろん。それに、魔女が、王の強欲ぶりを呪い、というより城を呪ったということも。でも、それとハグスゲイトとどんな関係があるんです？　この街は、魔女に何も悪いことをしていない」

「そのとおりです」ドリンは答えた。「けれども、良いことをしてやったわけでもないのです。魔女は、あの城をこわすわけにはいかなかった——あるいはこわしたくなかったとでも言うべきです。なぜなら、彼女は自分を一種の芸術家と考えていましたし、自分の仕事は時代を先取りしていると豪語していましたからな。とにかく、彼女はハグスゲイトの長老たちのところにやってきて、自分に支払われるべきものを、ハガードに支払わせるようにしろと要求しました。「わたしを見ろ、そしてあんた方自身を見てみるがいい」彼女はしゃがれた声で言ったのです。「これは街の、あるいは、王の真の試練なのだ。みにくい年老いた魔女を裏切るような王は、やがて自分の臣民を裏切るだろう。間に合ううちに、やつを止めねばならない。あんた方が、やつに慣れてしまう前にな」ドリンは、自分のワインをすすり、考え深げにもう一度シュメンドリックの杯を満たした。

「ハガードは彼女に一銭も払わなかった」ドリンは続けた。「そしてハグスゲイトも、ああ、彼女の言うことに注意を払わなかったのです。彼女は丁重に扱われ、適当な関連役所を教えられたのですが、そこに至って彼女は怒りに駆られ、叫んだのです。敵をつくるまいとする、わたしたちの努力のおかげで、わたしたちには二人の敵がでてきたと」ドリンは言葉を止めた。まぶたで瞳をおおったが、そのまぶたのあまりの薄さに、モリーは、ドリンはまぶたをとおして物が見えるにちがいないと思った、まるで鳥のように。目を閉じたまま、ドリンは言った。「そのときでした。魔女がハガードの城と同じように、わたしたちの街にも呪いをかけたのは。こうして、ハガードの強欲が、わたしたちにも破滅をもたらしたのです」

ため息のもれる沈黙の中で、モリー・グルーの声が、まるで蹄鉄をたたくハンマーの音のように轟いた。それはあたかも、彼女がまたもや、あの哀れなキャプテン・カリーを怒鳴りつけているかのようだった。「罪深さということになれば、ハガードの方が、あんた方よりもましだね」彼女は、ハグスゲイトの住民たちを嘲った。「なぜなら、かれはただ一人の泥棒だけど、あんた方は大勢だ。あんた方の問題は、自業自得さ、王のせいじゃない」

ドリンは目を開け、怒って彼女を見た。「わたしたちがやったことではない」かれは抗議した。「魔女が助けを求めたのは、わたしたちの親や祖父母たちに対してだ。かれらには、かれらなりに、ハガードと同じように、非難されてもしかるべき点が多いと、わたしも思う。わたしたちなら、まったくちがったやり方で、その問題を扱っただろう」そして部屋にいたすべての中年の顔が、年老いたすべての顔に向かって、しかめられた。

老人の一人が、弱々しい声でしゃべりはじめた。「おまえさんたちだって、わしらと同じようにやっただろうよ。収穫せねばならぬ穀物があったし、管理しなきゃならない貯えがあった、今と同じようにな。いっしょにやっていかねばならぬハガードがいた、今と同じようにな。おまえさんたちが、どんな風に振るまうか、わしらにはようくわかっている。おまえさんたちは、わしらの子供なのだ」

ドリンは、その老人をにらみつけて、すわらせた。他の男たちは悪意をこめてわめきはじめた。けれども、魔術師の発した質問がすべての人々を沈黙させた。「その呪いというのは、どんなものです？　赤い牡牛と何か関係があることですかな？」その名は、この明るい部屋の中でさえ、冷たくがらんと響いた。モリーは、突然、さびしさを覚えた。衝動的に、モリーはそれまでの会話と何の関係もないものであったが、自分の質問をつけ加えた。「あんた方の中で、これまでに、ユニコーンを見た人はいるかい？」

そのときであった、モリーは二つのことを習った。単なる静けさと完全な静けさの間の差、そして、自分がその質問を発したのはまったく正しかったということだ。ハグスゲイトの人々の顔は、表情を示すまいとしていた。だが、そこには表情が浮かんでいたのだ。ドリンは、用心しながら、話した。「わたしたちは、その牡牛を一度も見たことがありませんし、そのことを話したこともありません。あれに関することは、いかなることでも、わたしたちのあずかり知らぬことなのです。ユニコーンについては、見たことのある者はいません。これまでにも、一人もいません」ドリンは、再び、黒いワインを注いだ。「呪いの言葉をお知らせしましょうか」かれは言った。自分の前で両手を組み、節をつけて歌いはじめた。

汝、ハガードに心をとらえられたる者たちよ、
汝らはかれと宴をともにし、かれと没落をともにす。
汝らは、奔流が塔を呑み込むまでの間、
自らの幸運が花開くのを見ん。
されど、ハグスゲイトのすべての民のうち、
ただ一人だけが、
城をして、こぼち落とさしめん。

ドリンが昔の呪いを復唱する間に、何人かの人々が、それに加わった。かれらの声は、さびしげで、はかなげであった。あたかも、かれらがこの部屋にいるのではなく、この宿屋の煙突のはるか彼方の闇の中で震えているようでさえあった。まるで枯葉のように、絶望に打ちひしがれて。

かれらの顔にあるものは、何なのだろう？　モリーは不思議に思った。もう少しでわかりそうだ。魔術師は黙ったまま、彼女の横にすわっていた。長い指の手の中で、ワイン・

グラスを揺すっている。
「これらの言葉がはじめて口にされたとき」ドリンが言った。「ハガードが、この土地に来てからさほどたってはいなかった。この土地のすべては、依然として柔らかく、花開いていたのです――ハグスゲイトの街を除いては。その頃のハグスゲイトは、今、この土地が変わってしまったような、そんな街でした。ひっかいたような何もないところで、吹き飛ばされぬように掘立て小屋の屋根の上に大きな石を置いておかねばならぬようなところでした」ドリンは、老いた人々に苦い笑みを投げた。「収穫せねばならぬ穀物に、管理しなきゃならない貯え、だって！　あんた方の育てていたのは、キャベツに大カブ、それにやせこけたジャガイモが少しばかりだけだったじゃないか。それにハグスゲイト全体で、たった一四、よぼよぼの牝牛がいただけだ。他国者たちは、執念深い魔女か誰かを怒らせたために、この街は呪われているのだと思ったことだろうよ」

　モリーは、ユニコーンが外の街路を通り過ぎ、それから向きを変えて戻ってきたのを感じた。頭を下げ、身をよじっている壁のたいまつと同じように、不安げであった。彼女は、ユニコーンのところへ駆けていきたかった。けれども、そのかわりに、静かな口調で尋ねた。「その後は？　あの呪いが真実のものになってからのことは？」

　ドリンが答えた。「そのときから、わたしたちの知っていることは、気前のいい贈りもののことだけ。わたしたちの不機嫌な大地は、おそろしくやさしくなり、菜園も、果樹園も、自分で育っていくほどでした。植えることも、手入れすることも不必要だったのです。羊の群れもどんどん増えました。職人も、眠っている間に、どんどん技術を向上させたのです。わたしたちが呼吸する空気と、飲む水とがいかなる病いからもわたしたちを遠ざけてくれたのです。すべての悲しみも、わたしたちを避けていきました。そして、これらのことは、かつては緑におおわれていた他の土地が、ワラに至るまでハガードの手によって絞り尽くされている間に起きたことなのです。五十年間というもの、かれとわたしたちだけが繁栄してきました。それはまるで、他の者たちすべてが呪われているようにさえ思えるほどです」

「かれと宴をともにし、かれと没落をともにする、か」シュメンドリックはつぶやいた。「なるほど、なるほど」シュメンドリックは、黒ワインをもう一杯、飲み干し、そして笑った。「だが、老いたハガード王は、依然として統治しているし、海があふれ出るまでそれは続くんだろう。あんた方は、本当の呪いが何なのか、知らないんだ。ぼくの悩みを聴いてくれないか」突然、やすやすと涙がかれの目の中で光った。「まず最初に、ぼくの母は、ぼくを好いたことなんて一度もない。好きなふりをしていただけだ。でも、ぼくにはわかっていた――」

ドリンがかれをさえぎった。そしてちょうどそのときだった、モリーは、ハグスゲイトの住人のどこがおかしいのか、気づいたのだ。誰もが、暖かそうに、裕福な身なりをしていた。けれどもその素敵な服からのぞいている顔は、貧しい人々の顔、亡霊のように寒々とし、食べることのできぬほど飢えきった人々の顔だったのだ。ドリンは言った。「〝されど、ハグスゲイトのすべての民のうち、ただ一人だけが、城をして、こぼち落とさしめん〟それがいつか終わらねばならぬことを知り、しかもわたしたちの一人がそれを終わらせるであろうことを知りながら、自分たちの幸運を喜んでいるなんてことが、どうしてできますか？　一日ごとにわたしたちは裕福になり、その毎日が、わたしたちの破滅に向けて一日ずつ、わたしたちを近づけていくのです。魔術師殿、五十年間というもの、わたしたちはつつましく生きてきました。愛着を感じるものを遠ざけ、すべての習慣の束縛を解き放ち、海がやってくるときの用意をしてきたのです。自分たちの富の中で――あるいはそれ以外のことの中でも――一瞬たりとも、その喜びを味わったことはないのです。なぜなら、喜びもまた、わたしたちが失わねばならぬものの一つとなってしまうからです。哀れなハグスゲイトではありませんか。なぜなら、このみじめな世界の中で、ここ以上に不幸な街は他にあるわけがないからなのです」

「失われちまう、失われちまうんだ、失われちまう」街の住民たちは、泣き声で言った。

「かわいそうなわしらよ」モリー・グルーは、言葉もなく、人々を見つめた。だが、シュメンドリックは、感心したように言った。「そいつは良くできた呪いだ。まさにプロのやり方だな。ぼくはいつも言ってるんだが、もしも何かしようとしてるなら、まずは専門家のところへ行くべきさ。長い目で見れば、そいつは得になる」

ドリンは顔をしかめた。モリーは、シュメンドリックをひじで軽くついた。魔術師は、目をぱちくりさせた。「あっ、そうだな。で、あんた方は、ぼくに何を望んでるんだね？言っておかなきゃならないけれど、ぼくはそんなに熟練した魔法使いってわけじゃない。でも、喜んで、この呪いをあんた方の上から払いのけてやるよ。もしもぼくにできるならね」

「わたしも、あなたが御自分で考えられている以上の人とは、あなたのことを考えてはいません」ドリンは答えた。「しかしながら、あなたがそのような人であっても、他の人と同じ程度のことはできるはず。思うに、わたしたちは、この呪いを、今のままにしておいた方が良いのです。もしも、呪いが払いのけられてしまっても、わたしたちは再び貧乏になることはないでしょう。けれども、もはや、日に日に、裕福になっていくことはありえません。そして、それは最悪も同然のこと。よろしいですか、わたしたちに課せられた本当の仕事は、ハガードの塔を崩壊から守ることなのです。そして、それを破壊する英雄は、ハグスゲイトからしか現われないのですから、その仕事をやりとげるのは不可能ではないはずです。たとえば、わたしたちは他国者がここに住みつくことを許していません。かれらをここに近づけないようにしているのです。必要ならば力づくで、でもたいていは、知恵の力で、ね。あなたが口にしたあのハグスゲイトの恐ろしい話——あれはわたしたちが自分で創り出したものなのです。そして、わたしたちは、ほんの僅かな訪問者しかないことを確実にするために、できるかぎりそれを広めるようにしたのです」誇らしげに、かれはくぼんだ顎で微笑んだ。

シュメンドリックは、こぶしで顎を支えながら、たるんだ笑みを浮かべて、ドリンを見つめた。「あんた方の子供たちのことは？」かれは尋ねた。「あの呪いを成就させるために、その中の一人が成長していくことを、どうやって止めるんだい？」かれは宿屋の中を見回し、自分を見返してくるしわだらけの顔のひとつひとつを眠そうに見つめた。「そう言えば」かれはゆっくりと言った。「この街には若い人間はいないのかな？　ハグスゲイトでは、子供たちはこんなに早くベッドに入れられちまうのかい？」

誰も答えなかった。モリーには、目と耳の中で血がきしむ音が聴こえ、水が風によって波立つように肌がぴくつく音が聴こえた。そのとき、ドリンが言った。「わたしたちには子供はない。わたしたちに呪いがかけられたその日から、一人も子供を生んでいない」かれは、咳をこぶしで押さえると、付け加えた。「それが、魔女の裏をかく最も自明の方法だと思えたのです」

シュメンドリックは、頭をそらせると、声をたてずに笑った。たいまつを躍らせるために笑ったのだ。モリーは、魔術師がすっかり酔っ払っているのに気づいた。ドリンの口の線が消えた。目は、ひびの入った磁器のように硬くなった。「わたしたちの状態には、おかしいところなどないと思いますが」物静かな調子で言った。「まったく、ないはずです」

「ないね」シュメンドリックは、テーブルに突伏し、ワインをこぼしながら、咽喉の奥で言った。「ないよ、悪かった。これっぽっちもね、ない」二百の瞳の怒りの視線にさらされて、シュメンドリックは何とか自分を取り戻し、ドリンにまじめに答えた。「それでは、あなた方には何も悩むことはない、そうぼくには思えますがね。どちらにしろ、あなた方を悩ますものは何もないでしょうに」唇の間から、かすかな笑い声がもれた。まるでやかんからもれた蒸気の音のようだった。

「見た目には、そうでしょうな」ドリンは身を乗り出して、二本の指でシュメンドリックの手首にふれた。「けれども、あなたに真実のすべてを話してはいないのです。二十一年前、ハグスゲイトに子供が一人生まれたのです。それが誰の子供だったのか、誰も知りません。ある冬の夜、市場を横切っていったときに、このわたしが、その子供を発見したのです。子供は、泣きもせず、肉屋の肉切台の上に寝ていました。雪が降っていたにもかかわらず、野良猫に囲まれて、暖かそうに、くすくす笑っていたのです。猫たちは、みんな、ごろごろと咽喉を鳴らしていました。その音は、何もかもわかっているのだとでもいうように、重々しく響いていたのです。わたしは、長い間、その奇妙な揺りかごのそばに立っていました。雪が降り、猫たちがごろごろといいながら予言している間というもの、わたしは考え込んでいたのです」

かれはそこで言葉を切り、モリー・グルーが急いで言った。「もちろん、あんたはその子を家へ連れ帰って、自分の子供として育てたんだろうね」ドリンは、手の平を上に向けて、テーブルの上に手をさし出した。

「わたしは猫を追い払い」かれは言った。「一人で家へ戻りました」モリーの顔は、霧の色に変わった。ドリンは、かすかに、肩をすくめた。「わたしにも、英雄の誕生は、見ればわかりますよ」かれは言った。「前兆に予兆、子供部屋に隠れた凶兆。猫たちさえいなければ、このわたしだって、その子にチャンスを与えたかもしれない。でも猫たちの存在は、あまりにもその意味をはっきりとさせていた。あまりにも神話的にさせていたのです。わたしに、何ができたでしょう。わかっていながら、ハグスゲイトの破滅を匿えとでもいうのですか？」唇がひくついた。まるでそこに釣針がひっかかったようだった。「たまたま、そのときは、わたしはまちがいを犯したのです。けれども、それは心やさしい方向にでした。夜明けに戻ってみると、その子供は姿を消していたのです」

シュメンドリックは、ワインに指を浸して絵を描いていた。どうやら何も耳に入っていそうもなかった。ドリンは続けた。「当然のことに、市場に子供を置き去りにしたことを認めた者は一人もいませんでした。そして、すべての家の地下室から鳩小屋まで、探し回ってみたのですが、子供を見つけることはできなかったのです。狼があのちびっ子を連れ去ってしまったとして、一件落着してもよかったのかもしれません。あるいはまた、あの一件全体を、猫のことも何もかも、夢だったとしてもよかったでしょう。ただ、一つの事実だけが残っているのです。その次の日のことでした、ハガード王の伝令が、この街に馬を乗り入れてくると、喜び祝うように命じた。三十年間、待ち続けた末に、王に王子ができたのです」ドリンは、モリーの表情から目をそらした。「ついでながら、わたしたちの赤ん坊も、男の子だったのです」

シュメンドリックは、指先をなめ、目を上げた。「リーアだ」考え込むように言った。

「リーア王子だ。だが、かれの出現には、他の説明はないんだろうか？」

「ありそうにないですな」ドリンは、鼻を鳴らして言った。「ハガードと結婚するかもしれぬ女たちも、いや、ハガード自身でさえ、それを否定するでしょう。かれは、その男の子は甥だという噂を流しました。その子の両親の死に際して、ハガードは慈悲深くも、その子を養子にしたというわけです。しかしながら、ハガードには親類などないのですし、家族もないのです。その子が、空一面の雲から生まれたのだという者もいました。ちょうどヴィーナスが海から生まれたのと同じように。ハガード王に育てる子供を、与える者など、誰もいないのです」

魔術師は静かに杯をさし出した。ドリンが注ぐのを拒否すると、自分でそれにワインを満たした。「さてと、ハガードはどこからか、子供を得た。でかしたというわけだ。しかし、いったいどうやって、かれは、あんたたちの猫の赤ん坊と出会ったんだろう？」

ドリンが言った。「かれは、夜の間に、ハグスゲイトを歩き回るのです。しょっちゅうというほどではありませんが、時々、そうするのです。わたしたちの中でも、何人もの人間が、かれを見ています――背の高いハガード、流木のように灰色をしたハガードが、鉄色の月の下を一人歩き回り、落ちているコインを拾い、割れた皿を、スプーンを、石を、ハンカチを、指輪を、踏みつぶされたリンゴを拾っているのです。何でも、どんなものでも、理由もなく、拾っていくのです。あの子供を連れていったのはハガードです。確信があります。リーア王子が、塔を崩し、ハガードとハグスゲイトをいっしょに沈めてしまう人間であるのを確信するのと同様に」

「かれがその人であることを祈るね」モリーが割り込んで言った。「リーア王子が、あんたが死ぬにまかせて放り出した赤ん坊であることを、そしてかれが、あんた方の街を海の底に沈めることを祈るね。魚が、あんたをつついて、トウモロコシの軸のように身をはぎとっちまうことを祈る――」

シュメンドリックは、できるだけ強く、彼女のくるぶしを蹴りつけた。というのは聴衆たちが、残り火のように、ぶつぶつ言いはじめ、何人かは立ち上がり出したからだ。かれはもう一度、尋ねた。「ぼくに何を望んでるんだ？」

「あなたは、ハガードの城へ向かっている途中だと、思うのですが」シュメンドリックはうなずいた。「ああ」ドリンは言った。「さて、手際のいい魔術師なら、リーア王子と友人になるのは、簡単なことでしょう。リーア王子は、何事にも熱心で、好奇心の旺盛な若者という評判です。手際のいい魔術師ならば、奇妙な薬や粉末、麻薬やほれ薬、薬草や膏薬のすべてに精通しているでしょう。手際のいい魔術師なら――いいですか、もう〝手際のいい〟とは言いませんよ――手際のいい魔術師なら、適当な状況のもとでなら、きっと、やってのけることができるのでは――」かれは残りの言葉を口にしないで、ぼやかしてしまった。だが、言ったも同じことだ。

「たった一度の食事でか？」シュメンドリックは、椅子を倒して、立ち上がった。荒々しく息をしながら、かれはテーブルに両手を突き、身を乗り出した。「そいつが、最近の時価ってやつかね？　夕食とむだ話が、毒殺された王子の値段ってわけかね？　もっとましなものを出すべきだよ、ドリンさん。そんな給金じゃ、ぼくは煙突掃除だってやらないね」

モリー・グルーは、かれの腕を摑んで、叫んだ。「あんた、何言ってるんだよ？」魔術師は、彼女の手を振り払った。だが、同時に、片方のまぶたをおろして、ゆっくりとしたウインクをしてみせた。ドリンは、椅子の背に身体をもたれかけて、微笑みを浮かべた。

「わたしは、プロの人を値切ったりしない」かれは言った。「金、二十五枚だ」

かれらは三十分ほど値切り合いをした。シュメンドリックは、金、百枚を要求し、ドリンは四十枚以上出すことを拒否した。結局のところ、かれらは七十枚で、手を打つことになった。当座は、その半分を支払い、シュメンドリックが成功して戻ってきたら、残りの半分を払うということになったのだ。ドリンは、その場で、ベルトの皮袋からお金を取り出して、数えた。「もちろん、今夜は、ハグスゲイトで過ごして下さい。わたしにおもてなしさせてもらえれば、うれしいのですが」

けれども魔術師は頭を振った。「それはできませんね。もう、こんなに近くまで来ているのだから、ぼくたちは城へ直行するつもりです。早く行けば行くほど、早く戻ってこれる、そうでしょう？」そして、かれは、ずるがしこそうに、意味ありげな笑みを浮かべてみせた。

「ハガードの城は、いつも危険です」ドリンが警告を発するように言った。「しかしながら、夜には、この上ないほど危険なのです」

「ハグスゲイトも、そうだという噂でしたな」シュメンドリックは答えた。「ドリン、聴いたことを何でも鵜呑みにすべきではありませんな」かれは、宿屋の扉まで歩んだ。モリーがあとから続く。そこで、かれは振り返ると、派手な服に身を包んで背を丸くしているハグスゲイトの住民たちを、見つめた。「この最後の思いつきを、皆さんにお知らせして、ここを去ることにしたいと思うんですがね」かれは人々に向かって言った。「これまで、うなられた、あるいはつぶやかれた、あるいは怒鳴られた最も良く出来た呪いでも、純真な心には、いかなる影響も与えられないものです。おやすみ」

外では、夜が街路の上でとぐろを巻いていた。コブラのように冷たく、星のうろこをまとって。月は出ていない。シュメンドリックは大胆に一歩を踏み出した。一人でくすくす笑い、ポケットの中では金貨が音をたてていた。モリーの方を見ずに、かれは言った。

「間抜けどもめ。あんなに簡単に引き受けていたら、すべての魔術師は、あっという間に死んでいるにちがいない。もしもかれらが、呪いを解いてくれるように望んだとしたら——そうさ、食事を恵んでもらっただけで、そうしてやっただろう。ワイン、一杯でも、そうしてやったかもしれない」

「あんたが、そうしてやらなくて、うれしいよ」モリーが、荒々しく、言った。「あいつらは、自分たちの運命を望んでいるんだよ。もっと悪くなることを望んでるんだ。雪の中に赤ん坊を置きざりにしてくるなんて——」

「そうだ、もしもやつらがそうしなければ、その子供も王子として育てられることはなかった。あんたは、おとぎ話の中にいたことはないのかい？」魔術師の声は、酔って、やさしかった。目は、新らしく得た金と同じように、輝いていた。「英雄は、予言を現実のものにしなきゃならない。悪人とは、その英雄を止めなきゃならないやつのことなんだ。もっとも、他の物語の中では、しばしば、別の形を取るけどもね。そして英雄は、生まれた瞬間から、困難にまきこまれることになってる。さもなければ、かれは真の英雄ではないんだ。リーア王子のことを発見するなんて、なんとも心安まる気分だ。ぼくは、この物語が、先導してくれる人間を出すのをずっと待ち続けていたんだ」

まるで星が突如として出現するように、ユニコーンがそこにいた。かれらの少し前を歩んでいた。暗闇の中の帆のように。モリーが言った。「リーアが英雄だとしたら、彼女は何なのかね？」

「そいつはまたちがう話だ。ハガードにリーア、ドリン、それにぼくやあんたは、みんなおとぎ話の中の人物さ。そしてお話が進んでいくままにいかなきゃならない。だが、彼女は真物。真に存在してるものなんだ」シュメンドリックは、一度に、あくびとしゃっくりと身震いをしてのけた。「急いだ方がいい」かれは言った。「たぶん、夜の間は、ここにとどまるべきだろう。だがあの老いぼれドリンのやつが、どうも気にかかる。ぼくは完全にあいつをだましちまったと信じてるんだが、どっちにしろ、同じことだ」

　夢うつつのうちに歩んでいたモリーには、ハグスゲイトが彼女たち三人を引きとめようと、手を伸ばしているのではないかと思えた。彼女たちのまわりにまとわりつき、何度も何度も同じ道を歩ませようと、前に後ろに柔らかくこづきまわしているのではないかと思えた。百年もたって、彼女たちは最後の家にたどりつき、街のはずれに出た。もう五十年もかけて、湿地を、ブドウ畑を、背の低い果樹園を、まごつきながら抜けた。モリーは、梢の上から羊がにやにやと自分たちに笑いかけ、冷たい牛たちが自分たちの足を踏みつけ、細くなっていく道から自分たちを押しのけてしまう夢を見た。けれども、ユニコーンの光が、前方を進んでいた。そしてモリーは、眠っていようと起きていようと、そのあとについていった。

ハガード王の城は、空に、ひっそりとそそり立っていた。餌を探そうと、夜に谷を歩きまわる盲目の黒い鳥のように。モリーには、その羽の息づく音が聴こえた。そのときだった。ユニコーンの息が、彼女の髪に吹き込まれた。そしてモリーは、シュメンドリックの尋ねる声を聴いた。「何人だろう？」

「三人」ユニコーンが言った。「わたしたちがハグスゲイトを出てから、ずっとあとを尾けてきたのです。でも、今は、足を早めてやってくる。耳を澄ましてごらんなさい」

急いでいるとは思えないほどに、ひそやかな足音。あまりに押し殺されているために、とうてい良いこととは思えぬ声。魔術師は目をこすった。「たぶん、ドリンが、自分の頼んだ毒殺者に少ししか支払わなかったことに自責の念を感じはじめたってことじゃないかな」かれはつぶやいた。「たぶん、やつの良心が、やつを眠らせなかったんだ。何だって、ありうる。たぶん、ぼくがやりすぎたのかもしれない」かれはモリーの腕を掴むと、道の脇の固いくぼみの中に彼女を引きずり込んだ。ユニコーンは、まるで月光のように静かにその近くにうずくまった。

暗い海の上の魚の通った跡のように輝く短剣。突然の大きな、怒った声。「おい、おれたちはやつらを見失っちまったんだ。一マイルも前に、やつらを追い越しちまったんだ。あのかささという音を、おれが聞いたあたりで、だ。これ以上、先へ進んだら、おれはとんだひどい目に会うことになるぜ」

「静かにしろ！」二番目の声が、烈しい口調でささやいた。「おまえ、やつらがおれたちをあざむき、逃げることを願ってるのか？　おまえは、あの魔術師のことをこわがってるんだな。だが、こわがるんなら赤い牡牛の方にしとくんだな。もしも、ハガードが、おれたちが荷《にな》っている半分の呪いのことを知ったら、おれたちみんなを粉々に踏みつぶさせようと、あの牡牛をよこすに決まってる」

最初の男が、少しそっとした口調で答えた。「おれがこわがってるのは、そんなことじゃない。髭のない魔術師なんて、魔術師のうちにも入らない。だが、おれたちは時間を無駄にしているぜ。おれたちが追ってくることを知った途端、あいつらは道からそれて、野原を横切っていったんだ。おれたちは、一晩中でも、この道に沿って追跡することはできるが、やつらに追いつくことは絶対にできないぜ」

最初の二人よりも、疲れたような声がした。「おれたちは、もう一晩中、やつらを追いかけてるんだ。見ろよ。夜明けだ」

モリーは、自分が、シュメンドリックの外套の背中の下に半分入り込んでもがいており、顔をとげだらけの枯草のかたまりの中に突込んでいるのに気づいた。頭を上げるほどの勇気はなかったが、目を開け、大気が奇妙に明るくなっているのを見た。二番目の男が言った。「おまえは馬鹿だよ。朝までには、たっぷり二時間はある。それに、おれたちは西へ向かってるんだ」

「それならば」三番目の声が答えた。「おれは家に帰るよ」

足音が、あわただしく道を戻りはじめた。最初の男が叫んだ。「待てよ、行くな！　待てったら、いっしょに行く！」二番目の男に向かって、かれは早口でぼそぼそと言った。

「おれは家に帰るんじゃないぜ。ちょっとばかし、来た道をたどって戻ってみようと思ってるだけさ。やっぱり、あいつらのたてた音を聞いたような気がしてるし、どこかで火口《ほくち》箱を落としちまったんだ……」モリーには、かれがしゃべりながら、じりじりとあとずさっているのが聴こえた。

「何て臆病なんだ」二番目の男がののしった。「それじゃ、ちょっと待て。おれがドリンに言われたことをためしてみるまで、待っててくれないか？」あとずさっていく足音がためらった。男は大声で、呪文を唱えた。「夏よりも暖かく、食物よりも腹にたまり、女よりも甘やかで、血よりも親密で……」

「急いでくれよ」三番目の声が言った。「急いで。空を見ろよ。その馬鹿げた言葉は、何だい？」

二番目の男の声すら、神経質になりはじめていた。「馬鹿げたことじゃない。ドリンは、自分の金に、それは良くしてやるものだから、金もあいつからは離れがたくなってしまってるんだ。見たことのないほど、心暖まるつながりだ。こいつは、あいつが金に向かって呼びかけるやり方なんだ」かれは早口で続けた。かすかに声が震えている。「水よりも強く、家畜の群れよりもやさしい者。汝の愛する者の名を言っておくれ」

「ドリン」シュメンドリックの財布の中の金貨が鳴った。「ドリンドリンドリンドリン」それからすべてがもちあがった。

シュメンドリックが、身をねじってひざまずき、必死に財布を手探りした。そしておんぼろの黒い外套が、モリーの頬を笞打った。財布はガラガラ蛇のように、シュメンドリックの手の中で、音をたてた。かれはそれを藪の中に放り込んだ。けれども、三人の男たちは、一団となって、シュメンドリックたちに向かって駆け出してきた。短剣は、まるでもう誰かを刺したかのように赤く染まっていた。ハガード王の城の向こうから、燃えるような光が昇り、巨大な肩のように夜の中に割り込んできた。魔術師は、すっくと立ち上がり、攻撃してくる男たちを、悪魔で、変身で、麻痺させる病気で、柔道の秘技でおどしにかかった。モリーは、石を拾いあげた。

おなじみの派手な、ぞっとする破壊の叫びをあげながら、ユニコーンは、隠れ場所から後脚立ちに立った。ひづめは、カミソリの雨のように宙を切り、たてがみは逆立ち、その前額には稲妻の柱が立っていた。三人の暗殺者たちは、短剣を取り落とし、顔をおおった。モリー・グルーとシュメンドリックでさえも、ユニコーンの前にすくみあがった。けれども、ユニコーンは、かれらのいずれをも見てはいなかった。狂い、踊り、海の泡のように白く、彼女はもう一度、挑戦の叫びをあげた。

すると、まるで春に割れる氷の音のように轟きわたる音とともに、明るい光が彼女に答えた。ドリンの手下たちは、ころげるように、悲鳴をあげながら逃げ去った。

ハガードの城は火に包まれ、突然、冷たい風にあおられて、激しく揺れた。モリーが大声で言った。「でも、海の水でなきゃならないはずだよ、そういうことになっていたはずだよ」彼女は、そんなにも遠く離れていたにもかかわらず、窓の一つを見たように思った。そして灰色の顔を。それから赤い牡牛がやってきた。

8

かれは血の色をしていた。心臓のはつらつとした血ではない。ついに癒えることのない古傷の下にうごめく血だ。凄まじい光が、まるで汗のように、かれから湧き起こっていた。その雄叫びは、次から次へと地崩れを誘発した。その角は、傷跡のように、色あせていた。一瞬、ユニコーンは、牡牛と向かい合った。いまにも崩れ落ちそうな波のように凍りついたままで。そして、彼女の角の光が失せた。身を翻すと、逃げた。赤い牡牛は再び雄叫びをあげ、彼女のあとを追って、とびはねていった。

ユニコーンは、これまで一度たりとも、何かを恐れたことはなかった。彼女は不死の存在だった。けれども、殺されることはありえる。ハーピイに、竜に、あるいはキメラに、リスを射ようと放たれた流れ矢にあたって。けれども、竜にできることは、彼女を殺すことだけだ。竜たちは、彼女に自分が何であったかを忘れさせることはできない。あるいは、かれら自身、たとえ殺されても、ユニコーンが依然としてかれらよりも美しいままでいることを忘れることはできない。赤い牡牛は、彼女のことを知らない。それでも、かれが探しているのは真の彼女であって、白い牝馬ではないことが、彼女には感じられた。そのとき、恐怖が彼女に襲いかかり、彼女は逃げだしたのだ。その間にも、牡牛の怒り狂った無知は、空を満たし、谷間の中にあふれ出ていった。

　木々が彼女に突きかかり、ユニコーンはその間を、狂ったように、風のようにすり抜けていった。彼女は、いかなるものにもぶつかることなく、永遠のうちを静かにすり抜けていく。彼女の背後では、赤い牡牛の突進にあって、木々は草のように折れていった。牡牛は、もう一度、吠えたてた。大きな枝が、彼女の肩を打った。その激しさに、彼女はよろめき、倒れた。すぐさま、彼女は立ち上がった。けれども、今度は、木の根が、走る彼女の足元に隆起しているのだった。そしてもう一方の者は、道を横切るモグラのように、穴をあけるのに余念がないのだった。ブドウの木は、たれさがった蛇のように彼女を打ち、つる草は木々の間に、クモの巣をはり、枯枝は彼女のありとあらゆる部分で砕けた。もう一度、ユニコーンは倒れた。大地を踏みつける牡牛のひづめの響きは、彼女の骨にまで響いた。そしてユニコーンは叫び声をあげた。

　どうにか森から抜ける道を、彼女は見つけ出したにちがいない。なぜなら、彼女はハグスゲイトのよく肥えた牧草地の彼方にある草一本生えていない固い平地を駆けていたからだ。今や彼女は、駆け回るだけの広さを得た。そしてユニコーンというものは、すっかり意気消沈してしまった馬を蹴りつけている狩人を置き去りにしていくときには、ゆっくりと大股で走るものだ。彼女は生命そのものの速度で駆けていた。一つの身体から、次の瞬間にはもう一つの身体へと移動するように、あるいは、剣を降り下ろすように。脚や翼を課せられたいかなるものよりも速かった。けれども、振り返らずとも、彼女にはわかっていた。赤い牡牛は追いついてくる。まるで月のように、陰気で、ふくれ上がった狩人の月のように近づいてくる。あたかも、すでに牡牛が攻撃してきたかのように、ユニコーンは自分の横腹に、鉛色の角の衝撃を感じていた。

　すっかり熟れた鋭いトウモロコシの茎が、彼女の胸のあたりに垣根をつくろうと、互いに身を固めた。けれども、彼女はそれを踏み倒した。銀色の小麦畑は、牡牛が息を吐きかけると、冷たく、粘ついたものに変わった。それはまるで雪のように、彼女の脚にまとわりついた。それでも彼女は駆けた。哀れな声をあげ、打ちひしがれ、あの蝶々の水のように澄んだ声を耳にしていた。「はるか昔に、みんな、すべての道をおちのびていった。赤い牡牛が、そのすぐあとを追っていった」かれはユニコーンたちを皆殺しにしたのだ。

　突然、牡牛が彼女の前にいた。それはまるで、かれがチェスの駒のように持ち上げられ、途中を通り抜け、彼女の行く手をさえぎるために地上におろされてきたかのようであった。

すぐには、攻撃してこなかった。そして彼女も立ち止まっていた。最初に、彼女が逃げ出したときにも、かれは巨大だった。けれども、この追跡の間に、かれは途方もないほどの大きさにふくれ上がり、彼女には、その全体の姿を想像することができないほどであった。今や、かれは、血走った空の縁という縁を、縁どりしており、その脚は巨大な竜巻のよう、その頭は、極光のように揺れ動いていた。彼女を探して、かれの鼻孔は、しわが寄り、ごろごろと音をたてていた。そしてユニコーンにはわかった。この赤い牡牛は盲目なのだ。

そのとき、牡牛がユニコーンに襲いかかっていたら、彼女は、小さく、勝てる筈もなかったけれども、その光を失った角で、かれをむかえうっただろう。たとえ、牡牛が、彼女をずたずたに踏みにじったとしても、だ。牡牛は彼女よりも速かった。走っているときに摑まえられるよりも、今、立ち向かった方が良い。けれども、牡牛は、ゆっくりと前進してきた。そこには一種の邪悪な優美さがあった。あたかも、彼女をおびえさすまいとしているようでさえあった。そして、ユニコーンは、再びかれから逃げようとした。低い、悲しげな叫びをあげて、ユニコーンは、身を翻し、今来た道を駆け戻った。踏み荒された野原を、平地を越えて、いつものように、暗く、背をまげたハガード王の城の方へ戻った。そして、彼女の恐怖を追いながら、赤い牡牛があとを追った。

牡牛がかたわらを通り過ぎた際、シュメンドリックとモリーは、ポテト・チップのかけらのように、はじき飛ばされた。モリーは大地に叩きつけられ、息もできず、意識を失った。魔術師の方は、からまったトゲの中に放り込まれ、おかげで外套の半分と、皮膚の八分の一をはぎとられる始末。ようやくの思いで、二人は立ち上がり、互いに身を支えながら、足を引きずったまま追跡にうつった。どちらも、一言も口をきかない。

林の中を通り抜ける道は、かれらにとっては、ユニコーンが苦労したほどではなかった。なぜなら、そのときにはすでに、赤い牡牛がそこを通り抜けていたからだ。モリーと魔術師は、ただ単にへし折られただけではなく、踏みつけられ土に半ばめり込んだ巨大な幹をのり越え、暗がりの中で深さのわからぬ大地の裂け目をまわるために、四つん這いになった。どんなひづめも、こんな跡をつけることはできない。ぼんやりとした頭で、モリーは考えた。大地は、牡牛の重さから、逃れようと、自ら、身を縮めたのだ。彼女はユニコーンのことを思った。心が青ざめていった。

二人が平地に出たとき、ユニコーンを見た。遠く離れ、今にも消えそうだった。風にもまれる一かたまりの白い水。赤い牡牛の輝きの中で、ほとんど目に見えないほどだった。疲れと恐怖で、少々、気が狂いかけていたモリー・グルーには、ユニコーンと牡牛が、星や隕石が宇宙空間を飛ぶのと同じように、動いていくように思えた。いつまでも落ち続け、いつまでも追いかけ、いつまでも孤独に。赤い牡牛は、決してユニコーンに追いつくことはないだろう。現在が、未来に追いつき、過ぎ去りしものが、はじまりのものに追いつくことがないかぎりは。モリーは、おだやかな微笑を浮かべた。

けれども、炎のように輝く影が、ユニコーンの上におおいかぶさり、まるで彼女の周囲の至るところに牡牛が存在するほどに見えるようになった。ユニコーンは棹立ちになり、身を翻し、別の方向へ飛び出した。けれども、そこでまた牡牛とぶつかるだけだった。牡牛の頭は低く下げられ、顎からは、雷鳴のようなうなり声がもれていた。再び、ユニコーンは向きを変え、また変えた。あとずさりし、横に跳び、こちらと思えば、またあちらと、たくみに突進を繰り返す。そして、そのたびに、赤い牡牛は、じっと立ったままで、ユニコーンの先を行っているのだった。かれは攻撃しようとしなかった。ただ一つの道を除いては、すべての逃げ道をふさいでしまうだけだった。

「あいつは、ユニコーンを追いたてているんだ」シュメンドリックが、静かに言った。

「もしも、殺すつもりなら、もうやってのけることができたはずだ。あいつは、他のユニコーンたちを追いやったのと同じ道に、彼女を追いこもうとしてるんだ。城へ、ハガードのところへ。どういうことなんだろう」

モリーが言った。「何とかしてやって」その声は、奇妙なほど落ち着き、何げないものだった。そして魔術師も、同じような調子で、答えた。

「ぼくにできることなど、何もない」

ユニコーンは、もう一度、逃げた。何とも哀れなことに、疲れを知らない。赤い牡牛は、彼女に駆ける余裕を与えた。だが向きを変えられるほどではない。三度目に、ユニコーンが牡牛と向き合ったとき、彼女の後脚が、まるでおびえた犬のそれのように震えているのが見てとれるほどに、彼女はモリーの近くにいた。今や、ユニコーンは、持ちこたえようと身を固くし、前脚でいたずらに地面をかき、やせて小さな耳を後ろに倒していた。けれども、彼女はほんの小さな声もあげられなかったし、その角も、二度と明るく輝かないのだった。赤い牡牛のうなり声が、空を波だたせ、ひび入らせると、彼女は震え上がったが、逃げ出そうとはしなかった。

「お願いだから」モリー・グルーが言った。「お願いだから、何とかしてやって」

シュメンドリックは、彼女に食ってかかった。その顔は絶望に狂ったようになっていた。

「ぼくに何ができる？　ぼくの魔術で、何ができる？　帽子の魔術、コインのトリック、それとも、オムレツをつくるために石をかきまぜるってやつか？　そいつが、赤い牡牛を楽しませると、おまえ、思ってるのか。それとも、唄うオレンジという魔術をやってみようか？　おまえの指示どおりやってやるよ。少しでも実際の役に立てるなら、本当に、うれしくなるから」

モリーは答えなかった。牡牛は、前進してきた。ユニコーンは、低く、低く、身をうずくまらせ、もう少しで二つにへし折れてしまいそうになる。シュメンドリックは言った。
「何をすべきか、ぼくにはわかってる。ぼくにできるなら、彼女を何か別の生き物に変えてしまうところだ。牡牛が注意を払うには、あまりにも、取るに足らぬものである生き物に。けれど、偉大な魔術師だけが、ぼくの先生だったニコスのような魔術師だけが、そんな力を持つことができるんだ。ユニコーンの姿を変える——そんなことができる人間なら、季節をお手玉にし、年月をトランプのように切ることができる。そしてぼくは、おまえ以上の力も持ち合わせていない。いや、以下だ。なぜなら、おまえは、彼女にふれることができるけれども、ぼくにはできない」それから、唐突に言った。「見ろ。もう終わる」

ユニコーンは、赤い牡牛の前に、おそろしくじっと立っていた。頭は下げられ、その白さは、土に汚れて石けんのような灰色になっていた。やせこけ、ちっぽけなものに見えた。彼女を愛しているモリーにさえ、ユニコーンから輝きが失われてしまうと、どうしようもなく奇妙な動物にしか見えないのだった。ライオンの尻尾のような尾、鹿の脚、山羊の足元、あたしの手の上を流れる泡のように冷たく美しいたてがみ、黒焦げの角、それにあの目。ああ、目だ！　モリーは、シュメンドリックの腕を掴み、できるだけきつく爪を食い込ませた。

「あんたには魔法がある」彼女は言った。自分の声が、巫女のように深く、澄んで響くのがわかった。「たぶん、あんたは見つけ出せないのかもしれないけれど、そこにあるんだよ。あんたはロビン・フッドを喚び出した。ロビン・フッドなんて、どこにもいなかったのに。でも、かれはやってきた。そしてあれは真物だったんだ。それが魔法だよ。あんたには、必要な力がすべてそなわっている。もし、それを探すだけの勇気があるんならね」

シュメンドリックは、黙りこくって、彼女を見つめた。あまりにも、一心に見つめつづけるので、それはまるで、かれの緑の目が自分の魔法をモリー・グルーの目の中に探し求めようとしはじめたとさえ思えた。牡牛は、足取りも軽く、ユニコーンに近づきだした。もはや、追いかけているのではない。自分の存在の重みで、命令しているのだ。そしてユニコーンは、従順に、なすがままになって、かれの前を進んでいた。牡牛はまるで、牧羊犬のように、彼女をハガード王のぎざぎざの塔と海の方角へ、導いているのだった。

「ああ、お願いよ！」モリーの声は、もはや、くずれおちようとしていた。「お願いよ。こんなのは汚ない。あっちゃいけないことなんだ。あいつは、彼女をハガード王のところまで追いたてるんだ。そしてもう誰も、彼女の姿を見ることはなくなる。誰も、よ。お願い、あんたは魔術師なんだから、あいつにそんなこと、させちゃいけない」彼女の指はいっそう深く、シュメンドリックの腕に食い込んだ。「何とかして！」彼女は泣いた。「あいつにそんなこと、させないで。何とかしておくれよ！」

シュメンドリックは、爪をたてている彼女の指をはずそうと、無駄な努力を繰り返した。

「ぼくはどんなことも、やる気はないよ」彼は歯の間から言った。「おまえが腕をはなしてくれるまでは、ね」

「あら」モリーは言った。「ごめんなさい」

「そんな風にすれば、血行を止めることができるんだよ」魔術師は激しく言った。腕をこすりながら、何歩か前に進み出、赤い牡牛の通り道に入った。そこで、かれは両手を組み、頭を高くかかげて立った。もっとも、すっかり疲れていたために、じきに頭は落ちてしまう。

「たぶん、今度は」モリーは、かれがそうつぶやくのを耳にした。「たぶん、今度は。ニコスは言っていた――ニコスは何と言ったんだっけ？　思い出せない。もうずいぶん昔のことだ」かれの声には、モリーがこれまで聴いたことのない奇妙な、古びた悲しみがこもっていた。それから、かれが口をひらいたとき、炎のように陽気さが燃え上がった。「そうだ、誰にわかるだろう、誰に。もしも、これがそのときでなかったとしても、たぶん、ぼくがそのときにすることができる。こんなに気が楽な場合はないんだよ、シュメンドリック君。これ以上、事態を悪くさせることなんて、ここではありえないんだから」そして、くすくすと笑った。

　赤い牡牛は、盲目であったから、ほとんど踏みつぶしそうになるまで、自分の通り道に立っている背の高い人間のことには気づかなかった。それから、立ち止まると、匂いを嗅いだ。咽喉を嵐が吹き荒れた。けれども、その巨大な頭を振る動作のうちに、どこか混乱した様子が見てとれた。牡牛が足を止めると、ユニコーンも止まった。彼女のあまりの従順さを見て、シュメンドリックは息を呑んだ。「走れ！」かれはユニコーンに呼びかけた。「走るんだ！」けれども、彼女は、決してかれを見ようとはしなかった。あるいはまた、牡牛の方を振り返ろうとはしなかった。ただ大地だけを見つめている。

　シュメンドリックの声を耳にして、牡牛のうなり声は、いっそう大きく、いっそう威嚇するように響いた。かれは、谷間からユニコーンを連れて早く出ようとしているようであった。そして魔術師には、そのわけがわかっていた。そそり立つ赤い牡牛の輝きの彼方に、二、三個の青白い星と、より暖かな光がやってくることを示すほのかなしるしを見てとった。夜明けが近いのだ。

「やつは日の光は、好きじゃないんだ」シュメンドリックは思った。「知っといて損はない」シュメンドリックは、もう一度、ユニコーンに向かって、飛ぶようにと怒鳴った。けれども、かれが受け取ったただ一つの返答は、太鼓のようなうなり声の形を取った。ユニコーンは、前方に突進した。シュメンドリックは、彼女の道から跳びすさらなければならなかった。さもなくば、彼女に蹴倒されていただろう。彼女のすぐうしろからは、牡牛がやってきた。いまや、速やかに彼女を追いたてている。風が、引き裂かれたおぼろな霧を追いたてているように。牡牛が通り抜けた際の力に、シュメンドリックは放り上げられ、落とされた。踏み殺されまいと、ごろごろ転がって逃れる。目はぐるぐると回り、頭の中は炎で一杯だった。かれは、モリー・グルーの悲鳴を聴いたように思った。

　必死で片膝を立てると、シュメンドリックは、赤い牡牛がユニコーンを、ほとんど林のはじまりのところまで追いたてているのを見てとった。もしも、もう一度だけ、彼女が逃げようとしてくれたなら——けれども、彼女はすっかり牡牛のものとなり、彼女自身のものではなかった。荒々しい赤い肩がかれの視界を呑み込んでしまう前に魔術師は、彼女の姿をちらりとだけ見た。色あせた二本の角の間で、あおざめ、自分を失っていた。それから、ふらつき、打ちのめされ、気分が悪いままに、かれは目を閉じた。そして絶望が自分の身体の中を行進するがままにさせた。やがて、何かがどこかで目覚めた。それは、前に一度、かれの内で目覚めたものだった。かれは、恐怖と喜びに、大声で叫んだ。

　この二度目に、魔法がどんな言葉をしゃべったのか、正確なことはついにかれにはわからなかった。それはまるで鷲のように、かれから飛び去っていき、かれもそれが去るがままにまかせた。そして最後の一語が去っていったとき、空虚さが雷鳴を伴って凄まじい勢いで戻ってきた。おかげでかれは顔から地面に突っ込んだ。それは、何ともあっという間の出来事だった。今度の場合は、力が存在し、去っていったことをかれが知ったのは、身体を起こそうとしたときだった。

前方では、赤い牡牛がじっと立ち尽くしていた。地上の何かに向けて、鼻面を突き出している。シュメンドリックには、ユニコーンが見えなかった。できるかぎり急いで、かれは前進した。けれども、牡牛が嗅ぎ回っているものを見ることができるほどに近づいたのは、モリーの方が先だった。まるで子供のように、彼女は口の中に指を突っ込んだ。

赤い牡牛の足元には、若い娘が横たわっていた。光と影のほんのちいさな山の中に投げ出されていた。彼女は裸だった。その肌は、月光の下の雪の色。もつれたきれいな髪は、滝のような白、腰のくびれたあたりまで落ちかかっている。顔は、腕で隠されていた。

「ああ」モリーが言った。「ああ、何をしたんだい?」そして、危険をかえりみず、彼女は娘のところに駆け寄り、かたわらにひざまずいた。赤い牡牛は、その巨大な盲目の頭を持ち上げると、ゆっくりとシュメンドリックのいる方を見た。依然として、這い寄ってくる溶岩のように凄まじくも明るく輝いてはいたが、灰色の空が明るくなるにつれて、牡牛は弱まり、消えていくように見えた。あいつが一人でいるときの、本当の大きさと色は、どんなものなんだろう。魔術師は不思議に思った。

もう一度、赤い牡牛は、ぴくりとも動かぬ姿を嗅ぎ、その凍りつくような吐息で、揺り動かした。それから、音もなく、林の中に駆け去り、三度、その大きな脚を動かしただけで、姿を消した。谷間のはずれにさしかかったとき、シュメンドリックは、牡牛の最後の姿を見た。それはいかなる形も持っていなかった。ただ渦巻く暗黒だった。痛さのあまり目を閉じたときに見るような赤い暗黒だった。角は、老いたハガード王の気狂いじみた城の最も鋭い二本の尖塔となった。

モリー・グルーは、白い娘の頭を、自分の膝の上に載せた。そして何度も何度も、繰り返してささやきかけた。「何をしたの？」安らかに眠り、ほとんど微笑を浮かべかけた娘の顔は、シュメンドリックの知っているかぎり最も美しいものだった。それは同時にかれの心を傷つけ、暖めた。モリーは、娘の不思議な髪をなでていた。そして、シュメンドリックは閉じられた目の上の中央のあたりの額に、小さく盛り上がったしるしを見つけた。他の肌の部分より、やや黒ずんでいる。傷跡でも、あざでもなかった。それは花のようだった。

「何をしたんだって、どういう意味だ？」呻いているモリーに向かって、シュメンドリックは尋ねた。「魔法で、牡牛から彼女を救う。ぼくがやったのは、それだけだ。魔法で、ぼく自身の真の魔法で！」今や、喜びのあまり、かれは絶望的な状態になっていた。踊りたかったのに、じっとしていたかったのだし、叫びとおしゃべりで身を震わせていたのに、言うことなんて、何もない。馬鹿みたいに笑い、あえぐまで、自分で喜びまわることで、それは終わった。そして、足がふらつき、モリーのとなりに引っくり返った。

「あんたの外套をちょうだい」モリーは言った。魔術師は、目をぱちくりさせて、彼女を見つめた。モリーは手を伸ばし、かれの肩から、ずたずたの外套を、力まかせにはぎとった。それから、彼女は眠っている娘にそれを巻きつけた。まるで木の葉を通して太陽が光るように、娘は外套を通して輝いた。

「ぼくがどうやって彼女を正しい姿に戻すつもりなのか、それをおまえは不思議に思っている、まず、そんなところだな」シュメンドリックは、言ってみた。「不思議に思わなくたっていい。ぼくが必要とするときに、あの力は戻ってくる。もう、ぼくにはよくわかっている。いつの日にか、ぼくが呼べばやってくる。でも、まだその時はこないんだ」衝動に駆られて、かれはモリー・グルーをつかまえ、その長い両腕で、彼女の頭を抱き締めた。

「でも、おまえは、正しかったんだ」かれは叫んだ。「正しかったんだよ！　あれはあったんだ。そしてぼくのものなんだ！」

モリーは、かれから身体を引き離した。片方の頬はこすられて赤くなり、両方の耳は押しつぶされていた。膝の上で娘がため息をついた。微笑むことをやめ、陽の出から、顔をそむけた。モリーは言った。「シュメンドリック、かわいそうな、魔術師。あんたには見えないのかい——」

「何を見るんだ？　見るものなんて、何もない」けれども、かれの声は、突然、こわばり、疲れたものになった。そして緑の目は、おびえたものになりはじめた。「赤い牡牛は、ユニコーンを求めてやってきた。そこで、彼女は、他の何かにならざるを得ない。おまえは、彼女を変えてくれと、ぼくに頼んだじゃないか——いったい何が、おまえをいらだたせてるんだい？」

　年老いた女がやるように、モリーは、頭をぐらつかせながら、左右に振った。「あんたが、彼女を人間の娘に変えるつもりとは思わなかったんだよ。もっとうまくやる方法があったのに——」彼女は、最後まで言わなかった。けれども、かれから目をそらしたのだ。片手は、白い娘の髪をなで続けていた。

「魔法がその姿を選んだんだ。ぼくのせいじゃない」シュメンドリックは答えた。「いかさま師は、あのインチキ、このインチキと、自分で選ぶかもしれない。でも魔術師は、運搬人なんだ。御主人の意のままのロバなんだ。魔術師は喚び出す。でも、選ぶのは魔法の方だ。もし、それがユニコーンを人間に変えたなら、それはそのときできる唯一つのことだったんだ」かれの顔は激しい錯乱状態にあって、真赤に染まり、いっそう若々しいものに見えた。「ぼくは運送屋」かれは唄った。「ぼくは住み家。ぼくはメッセンジャー――」

「あんたは、間抜けよ」モリー・グルーは烈しく言った。「あたしの言うことがわかる？ あんたは魔術師、それはたしかよ。でも、阿呆な魔術師なんだ」けれども、娘は、目覚めようとしていた。彼女の手は、開いたり、握ったりし、まぶたは、鳥の胸のように脈打っていた。モリーとシュメンドリックが見ていると、娘は、柔らかな声をもらし、目を開けた。

その目と目の間は、普通よりも離れていた。どことなく落ちくぼんでいた。そして深い海のように黒かった。そして海のように輝いていた。決して表面までは上ってこない奇妙な、きらきらと輝く生き物が、そこにいるように。ユニコーンは、とかげに変えられることもあるだろう。モリーは思った。サメにも、カタツムリにも、アヒルにだって変えられたかもしれない。でも、それはどうあれ、彼女の目は、その変化を感じさせないだろう。何はともあれ、このあたしにはそうだ。あたしにはわかるだろう。

娘は、じっとしたまま横たわっていた。その目が、モリーの瞳の中に、自分の姿を見、次いで、シュメンドリックの瞳の中に見た。それから、一動作で、立ち上がった。黒い外套は落ち、モリーの膝にかかった。一瞬、両手を見つめて、彼女はくるりと回った。何をどうしていいかわからず、胸の近くに、かかげている。まるで、いたずらをしようという猿のように、ひょこひょこと動き、ふらついた。彼女の顔は道化に、笑いものにされた者の顔のように、間が抜け、驚いていた。それでも、彼女には、美しく見えない動きをすることができないのだった。閉じ込められたという、彼女の恐怖は、モリーが見たことのあるいかなる喜びのさまよりも、愛らしかった。そしてそれこそが、その最も恐ろしいところであった。

「ロバ」モリーが言った。「メッセンジャー」

「ぼくは、彼女を元の姿に戻すことができる」かすれた声で、魔術師は答えた。「そいつは心配しないでくれ。ぼくは、元に戻せるんだ」

　太陽の中で輝きながら、白い娘は、その強く若い足で、前後に揺れながら、立っていた。突然、つまずき、倒れた。それはひどい倒れ方だった。なぜなら、彼女は、両手で自分を支える方法を知らなかったから。モリーは、娘のところに飛んでいった。けれども、娘は、地面にうずくまって、彼女を見つめた。そして低い声で言った。「わたしに、何をしたの？」モリー・グルーは泣き出した。

　シュメンドリックが、前に進み出た。顔は冷たく、濡れていた。けれども声は、平静だった。「赤い牡牛から救うために、ぼくがあなたを人間に変えたのです。それ以外、ぼくにできることはありませんでした。できるかぎり速やかに、あなたを元のあなたに戻すつもりです」

「赤い牡牛」娘はささやいた。「ああ！」ひどく震えた。まるで、何かが内側から肌を揺すぶり、叩いているかのようだ。「かれはあまりにも強い。強すぎる。かれの強さには、終わりもなければ、はじめもない。わたしよりも、年を取っている」

　娘の目が見開かれた。そしてモリーには、その瞳の中で赤い牡牛が駆け、燃える魚のようにその深みを横切り、消えていったように見えた。娘は、おそるおそる、自分の顔にふれようとし、その顔だちの感触から、手を引いた。曲げられた指が、額のしるしにふれた。目を閉じ、喪失と疲れと絶望に満ちたかすかな、胸を突くような悲鳴をあげた。

「わたしに何をしたの？」彼女は叫んだ。「ここで死んでしまいたい！」滑らかな身体を引き裂こうとした。指のあとから、血が流れ出た。「死んでしまいたい！　死んでしまうわ！」声の中にも、両手、両足にも、新しい肉体にかかっている白い髪にも、恐怖があばれまわっていたのに、彼女の顔にはいかなる恐怖も見られなかった。それは落ち着き、平静なままだった。

　モリーは、できるかぎり身を寄せ、娘の上にかがみ込んだ。自分で身体を傷つけないでほしいと頼み込んだ。けれども、シュメンドリックは言った。「静かに、して」その二つの言葉は、秋の小枝のように乾いた音をたてた。「魔法は、自分が何をしているのか、よく知っているものだ。静かにして、聞いて下さい」

「どうして、あなたは、牡牛にわたしを殺させておかなかったの？」白い娘は呻いた。「どうして、ハーピイのところに、わたしを残していかなかったの？　こんな檻の中に閉じ込めるよりも、その方が、よっぽど親切だったわ」モリー・グルーの馬鹿にしたような責めの言葉を思い出して、シュメンドリックは、顔をしかめた。けれども、かれは、必死の平静さを保って話した。

「まず最初に、それはとても魅力的な姿ですよ。それ以上、うまくやって、しかも人間のままでいるというのは、できっこない」

　娘は自分の身体を見た。ななめに、肩を見、腕に沿って見た。それから、目をおろし、引っかかれ、血を流した胴を見た。もう一方の足の裏を見るために、片足で立った。銀色の眉を見ようと、目を上げ、鼻を一目見るために、頬の方にななめに見おろした。そして、手首の内側の海の緑色の血管をじっと見つめさえした。手首そのものは、若いアザラシのように、優美につくられていた。最後に、娘は魔術師の方を向いた。再び、かれは息を呑んだ。ぼくは魔法を使った。かれは思った。けれども、強い悲しみが咽喉にひっかかった。

鋭い釣針がかかったようだった。

「どうです」かれは言った。「ぼくが、ユニコーンに関わる馬鹿げた伝説のすべてをはじめるきっかけとなったサイに、あなたの姿を変えたとしても、あなたには何のちがいもないのかもしれません。でも、この姿なら、ハガード王に近づき、あなたの仲間がどんなことになったのか、それを知るチャンスが生まれるというものです。ユニコーンのままなら、あなたは、仲間たちと同じ苦しみを味わうだけ――もう一度あの牡牛と出会ったときに、倒せると思っているのでなければね」

白い娘は、頭を振った。「駄目よ」彼女は言った。「絶対にできない。今度は、もうあんなに長く持ちこたえることもできないわ」娘の声は、おそろしいほどに柔らかだった。あたかも、骨がすっかり折れてしまったかのようだった。娘は言った。「わたしの仲間たちは、去ってしまった。そしてわたしも、間もなく、みんなのあとを追うことになるでしょう。あなたが、どんな姿の中にわたしを閉じ込めたとしても。でも、自分の牢獄として、他のいかなるものよりも、この姿を選びたいと思います。サイも、人間と同じようにみにくいものです。同じように死すべきものです。けれども、少なくとも、サイは、自分が美しいとは考えないでしょうから」

「そうです。サイはそんなこと、考えはしない」魔術師は、同意した。「それこそが、どうしてハガードの宮殿でさえ、サイが歓迎されたことがなく、これからも歓迎されるはずがないのかという理由です。けれども、若い娘なら、自分がサイではないということ以外、何も意味しないような、そんな娘ならちがう。そのような娘なら、王と王子が彼女の謎を解こうとする間に、最後がやってくる前に、彼女自身の謎を解くことができるかもしれないのです。サイたちは、獣を探し回ったりしないものです。でも、若い娘たちなら、ちがう」

空は熱く、凝固していた。すでに太陽はライオン色の水たまりのように溶けていた。そしてハグスゲイトの平原の上では、腐った重い嵐以外、何も動こうとはしなかった。額に花の模様をつけた裸の娘が、緑の目の男を見つめ、女がその二人を見つめていた。この黄金色の朝では、ハガード王の城は、暗くも、呪われたようにも見えず、ただ陰気で、みすぼらしく、みじめな格好のものとしか見えない。そのやせこけた尖塔は、牡牛の角にはとても見えず、道化師の帽子のように見えた。あるいはジレンマの角だ。シュメンドリックは思った。それはただ二本だけであったためしがない。

白い娘が言った。「わたしはまだわたし自身だわ。この肉体は死にかけている。わたしのまわりで腐っていくのがわかる。いったいどうして、死につつあるものが、現実のものでありうるのかしら？　どうしてそれが真に美しいものでありうるのかしら？」モリー・

グルーは、再び、シュメンドリックの外套を、娘の肩に巻いてやった。慎しみ深さとか、見せかけのためではなかった。奇妙な哀れみから出たことだった。あたかも、娘に、娘自身の身体を見させまいとするかのように。

「こんな話があります」シュメンドリックは言った。「子供の頃、ぼくは、魔術師の中で最大の魔術師、偉大なるニコスのもとに、年季奉公に出されました。ニコスのことは、前にも言いましたね。でもそのニコスでさえ、猫を牛に、雪の一片をユキノハナに、ユニコーンを人間に変えることのできるかれでさえ、ぼくをカーニヴァルのトランプ詐欺師以上のものにすることはできなかったのです。とうとうかれはぼくに言いました。「わが愛弟子よ、おまえのおろかさはあまりにも大きい。おまえの無能力は、あまりにも複雑だ。そこでわしは確信するのだが、おまえの中には、わしの知らぬほどの巨大な力が住みついているにちがいない。悲しむべきことに、今のところは、それは逆に働いているようだ。そしてこのわしでさえも、それを正しい方向になおす道を見つけることができない。おまえは、いつか自分の力に達する自分の道を発見するように、運命づけられているにちがいない。だが、打ち明けて言えば、おまえは、そのためには、必要とされるだけ、生き続けねばなるまい。それ故、おまえが今日から年を取らぬだけでなく、永遠に無能なまま、世界を回り続ける力を与えよう。ついにおまえが、自分自身のもとにたどりつき、自分が何者であるか、知るまでな。感謝するには及ばない。おまえの運命に、わしは震えているのだ」と」

白い娘は、ユニコーンの澄んだ、不死の瞳で、かれをじっと見つめた——その瞳は、まだ使われていない顔の中で、やさしく、おびえていた——けれども、彼女は何も言わなかった。口をきいたのは、モリーだった。「それであんたが、自分の魔法を見つけなきゃならないんだとして、それで、どうなるんだい？」

「そうすれば、呪文は破れて、ぼくは死にはじめるのさ。生まれたときから、はじめたとおりに。最も偉大な魔術師も、他の人間と同じように年を取り、死んでいくのさ」かれはふらつき、うなずいた。それから再び、すばやく身を起こした。やせこけ、背の高いみすぼらしい男。埃と酒の匂いのする男。「あなたに、ぼくが見かけよりも年老いていることを話しましたね。ぼくは死すべき人間から生まれました。そして長い間、馬鹿げた年月の間、不死でした。そしていつの間にか、再び、死すべき者となるのです。だからぼくは、ユニコーンが知ることのないことを知っています。死ぬことのできるものは、すべて美しい——永遠に生きることのできる、世界で最も美しい生き物であるユニコーンよりも美しいのです。ぼくの言っていること、わかりますか？」

「わからない」娘は言った。

疲れたように、魔術師は微笑んだ。「わかるようになりますよ。あなたも、今では、ぼくたちといっしょに、お話の中にいるのです。そして望もうと望むまいと、それと共に行かねばなりません。あなたがお仲間を見つけたいというのなら、もう一度、ユニコーンに戻りたいというのなら、それならあなたは、おとぎ話にしたがって、ハガード王の城へ、お話があなたを連れていこうとするところなら、どこへでも行かねばならないのです。お話ってものは、王女様なしでは、終わることがないのですから」

白い娘は言った。「わたしは行きません」あとずさった。その肉体は疲れ、冷たい髪は垂れさがっていた。彼女は言った。「わたしは王女ではない。死すべき人間でもない。わたしは行きません。森を出てから、邪悪なこと以外、何も起こらなかった。そしてこの国では、邪悪なことがユニコーンに似合っているのです。もう一度、わたしの真の姿を返して下さい。そうすれば、わたしは自分の森に、池に、住み家に戻ります。あなたの話は、わたしにはいかなる力も持ちません。わたしはユニコーンです。最後のユニコーンなのです」

かつて、ずいぶん昔に、森の青緑色の静けさの中で、同じことを言ったのではなかったか？　シュメンドリックは微笑み続けていた。けれども、モリー・グルーは言った。「元に戻しておあげよ。あんたは、彼女を戻せると言ったじゃないか。家に帰らせておやりよ」

「ぼくにはできない」魔術師は答えた。「言ったはずだ。魔法は、命令できるほどには、ぼくのものではないんだ。まだ、ね。それこそ、ぼくもまた城へ行かねばならない理由なんだ。破滅か幸運が、そこで待っている。もしも、今、変身を解こうとしたら、本当に彼女をサイにしちまうだろう。それが起こりうる最良のことだ。最悪のことは——」かれは身を震わせ、黙った。

娘は、かれから目をそらし、谷間におおいかぶさっている城の方を見やった。どの窓にも、くずれかけたどの小塔にも、いかなる動きも、赤い牡牛のしるしも見ることができなかった。けれども、彼女にはわかっていた。かれはそこにいるのだ。再び、来るべき夜がやってくるまで、城の根元でまどろんでいるのだ。力を越えて強く、夜そのもののように無敵で。自分の角があったあたりの額をさわった。それは二度目のことだった。

再び振り返ると、かれらは眠っていた。すわったままのところで、男と女が眠っていた。二人の頭は、大気を枕にし、口は大きく開けられていた。娘は二人の横に立ち、かれらが息をするのを見ていた。片方の手で、黒い外套を咽喉のところに押しつけながら。ほんとうにかすかに、海の香がしてきた。はじめてのことだった。

9

陽が落ちる少し前、海はなぎ、光を失いはじめる頃に、歩哨たちは、かれらがやってくるのを見た。城からは、たくさんのねじれた尖塔がはえ、まるで大気中に根を伸ばすある種の奇怪な木の一つのように、城を見せかけていた。歩哨たちが歩き回っていたのは、その二番目に高い塔の上だった。二人の歩哨たちの立っているところからは、ハグスゲイトの谷間全体、街から彼方の丘に至るまで、すっかり見渡すことができたし、谷のはずれからハガード王の巨大な門（すでに倒れそうではあったが）に至る道を、見渡すことができた。

「男が一人、女が二人だ」最初の歩哨が言って、塔の反対側に急いだ。はらわたがひっくりかえりそうな動きだった。というのは、塔はすっかり傾き、歩哨の視界の半分を海が占めてしまうほどだったからだ。城は崖の端に位置していた。まるで、緑と黒い岩の上にすりきれたままむき出しで置かれた細い黄色の岸辺に落ちてきたナイフの刃のようだ。ふわふわとした不格好な鳥たちが、岩の上に群がり、くすくす笑い声をあげていた。「そんなわけさ、そんなわけ」

二人目の男は、同僚のあとを追って塔の上を横切った。ゆっくりとした足取りだった。「男と女だ。三番目は、あの外套のやつだ——あの三番目は何とも言えぬ」二人とも、手製の鎧をまとっていた——金輪、ビンの王冠、鎖の輪を、半ばなめした皮の上に縫いつけたものだ——そして、かれらの顔は、錆びついた兜の面頬の影で見えなかった。けれども二番目の歩哨の声と足取りが、かれの方が年長であることを示していた。「あの黒外套のやつだ」もう一度、かれは言った。「あいつのことは、あんまり早く、決めつけてはなるまい」

最初の歩哨は、頭の上の方にかしいでいる海のオレンジ色の輝きのうちに身を乗り出し、胸壁で、みすぼらしい鎧からいくつかの金具をひっかけて、落としてしまった。「女ですよ」かれは断言した。「あの女を見誤るぐらいなら、ぼく自身の性別を疑いますね」

「そうすればよかろう」もう一人が、皮肉たっぷりに言った。「おまえは、男らしいことといったら、馬にまたがる以外、何もできんのだからな。もう一度、言っとくぞ。あの三番目のやつを、男か女か、判断するのに急ぐことはない。もう少し待てば、その目で見ることができる」

最初の歩哨は、振り向こうともせずに答えた。「もしも、ぼくがこの世界には二つに分かれた秘密があるなどと夢にも想わずに成長したとしても、そしてこれまでに出会ったすべての女たちが、自分と寸分変わらぬものだと思ってきたとしても、それでも、あの人間が、これまで見たすべてと異なっていることぐらい、わかったはずだ。あなたを一度として喜ばせたことがなくて、いつも済まないと思ってきました。でも、今は、彼女を見たとき、自分で自分を喜ばせたことがないのが、残念に思えたんです。ああ、残念ですよ」

かれは、いっそう、城壁から身を乗り出すと、ゆっくりと道をやってくる三人の姿に目をこらした。かれの面頬の中から、舌打つ音が響いた。「もう一人の女は、足が痛そうだし、機嫌が悪そうです」かれはそう報告した。「男は、気が良さそうですね。もっとも、人生をぶらぶらと過ごしてきたようですが、吟遊詩人かもしれない、あるいは、楽人か」それから、長い間、何も言わず、三人が近づいてくるのをじっと見つめていた。

「それで、三番目は？」年長の男が、ようやく、尋ねた。「あの魅力的な髪についての、おまえの馬鹿げた夢物語はどうした？　おまえは、もう四分の一時間ほどの間、彼女を見続けていたのではなかったか――愛する者も、真青というほどに、隅から隅まで見ていたではないか？」その声は、兜の中を、まるでちっぽけな爪の生えた足でこするように、響いた。

「彼女を、隅から隅まで、じっと見ることができたなんて、ぼくは思いませんね」若い歩哨は答えた。「どんなに近くまでやってきたとしても」かれ自身の声も、ささやくようだった。失われたチャンスを反映して、後悔に満ちているようだった。「彼女には、新しさがある」かれは言った。「何から何まで、はじめてというところがある。あの身のこなしを見て下さい、あの歩き方を、どんな風に頭を回すか、見て下さい――みんな、はじめてなんだ。あんなやり方をする人間なんて、はじめてだ。彼女が息を吸い、吐き出すやり方を見て下さい。まるで、この世の人間たちは、誰も、空気が素晴らしいということを知らないかのようだ。そのすべては、彼女だけのものなんだ。彼女が、本当に今朝、生まれたばかりなのだと聞かされても、ぼくは彼女があんな年になっているということに驚くだけだ」

二番目の歩哨は、自分の塔から、三人の放浪者たちを見おろした。最初にかれを見たのは、背の高い男だった。次いで、気むずかしげな女が見た。二人の瞳には、陰気で、敵意のある、空ろなかれの鎧以外の何ものも映ってはいなかった。けれども、それから、ぼろぼろの黒い外套をまとった娘が、頭を上げた。かれは、城壁から後ずさった。彼女の視線をさえぎろうと、真鍮の手甲の片方を突き出した。次の瞬間、彼女は、仲間たちと共に城の影の中に歩んでいった。そして、かれは片手をおろした。

「あの女は、気が狂っているのかもしれない」静かな口調で言った。「気が狂っているのでないかぎり、成長した娘は、あんな風には見えないものだ。そいつは、気分の良くないことだが、もう一つの残された可能性よりも、ずっといい」

「どんな、可能性？」若い方の男が、沈黙の後に、助け船を出した。

「それは、彼女が、本当に今朝生まれたというやつだ。それなら、彼女が狂っている方がいい。さあ、下へ行こう」

男と女たちが、城へ着いたとき、二人の歩哨は、門の両側に立っていた。三人の前には、かれらの曲った刃のなくなった槍斧が十字に組み合わされ、偃月《えんげつ》刀が、突き出されていた。太陽は沈み、海が姿を消していくにつれて、歩哨たちの馬鹿げた武具は、しだいに無気味さをまして輝きだした。旅人たちは、互いに顔を見合わせながら、逡巡《しゅんじゅん》していた。かれらの背後には、暗い城はなかったし、目も隠されてはいなかったのだ。

「名を名乗れ」二人目の歩哨のひからびた声が言った。

背の高い男が、一歩、進み出た。「魔術師のシュメンドリックです」かれは言った。「これが、わたしの助手のモリー・グルー。こちらはアマルシア姫」かれは白い娘の名で、口ごもった。まるで、これまで、一度も口にしたことがないようであった。「われわれは、ハガード王に謁見をたまわりたく、参ったのです」かれは続けた。「王に、お目にかかるために、われわれは長い旅をしてきました」

二人目の歩哨は、最初の歩哨が何かを言うのを待っていた。けれども、年下の男は、アマルシア姫の方をじっと見つめているだけだった。こらえきれず、かれは言った。「ハガード王に何の用事だ、それを言え」

「もちろん言いますよ」魔術師は答えた。「ハガード王御自身に、ね。門番や、玄関番に打ちあけちまってかまわない高貴な問題なんて、いったいどこにありますか？　王様のところに連れてって下さい」

「阿呆みたいな舌を持った流れ者の魔術師が、ハガード王と話し合うことのできる高貴な問題が、どこにある？」二人目の歩哨が、不機嫌に尋ねた。けれども、かれは背を向けると、城門の中に歩み入った。そして王の訪問者たちは、あわててそのあとを追った。最後尾に若い哨兵がついた。かれの足取りは、アマルシア姫のように、やさしく柔らかなものになっていった。気づかぬうちに、かれは彼女のすべての仕草を真似していたのだ。娘は、門の前で、一瞬、足を止め、海を見やった。そして歩哨も同じ動作をした。

かれのかつての同僚が、怒った声でかれを呼んだ。けれども若い歩哨は、別の任務についていたのだ。任務を怠ったことに対しても、新しい隊長にしか答えることはできない。かれが門をくぐったのは、アマルシア姫が中に入ろうと決心してからのことだった。それからかれは、夢見心地で唄を口ずさみながら、彼女のあとに従った。

いったい何が、わたしに起きたんだ？
いったい何が、わたしに起きたんだ？
喜ぶべきか、恐れるべきか、
どちらにすべきかわからない。
いったい何が、わたしに起きたんだ？

かれらは、玉石を敷いた中庭を横切った。冷たい洗濯物が、かれらの顔をこすった。小さな扉を抜けると大広間に出た。それはあまりに巨大なために、壁も天井も暗がりに紛れて見えないほどだった。かれらが、とぼとぼと広間を横切っていくと、巨大な石柱が次々とかれらの前にそそり立つように出現しては、はっきりとは見えぬうちに去っていく。息の音が、その巨大な場所の中にこだまし、何か他の、小さな生き物の足音が、かれらのそれと同じようにはっきりと響き渡った。モリー・グルーは、シュメンドリックに身を寄せ、離れなかった。

大広間を抜けると、また、扉があった。その次に細い階段にぶつかった。窓がいくつかあり、明りはなかった。上にいくにつれて、階段の螺旋は、どんどんとすぼまり、ついには、一段ごとに円を描いているように見えるほどだった。そして、塔は、シュメンドリックたちを、汗ばんだこぶしのように、握り締めようとしていた。闇は、かれらを見つめ、なでまわしていた。それは雨に濡れた、犬のような匂いがした。

どこか深く、近いところで、何かが大きな音をたてた。塔は、陸に乗り上げた船のように震え、低い石の泣きわめく音で、それに答えた。三人の旅人たちは悲鳴をあげた。けれども、かれらの案内人は、ひるみもせず、声も出さずに前進していく。若い方の男は、アマルシア姫に、熱心にささやきかけた。「大丈夫です。こわがらないで。あれは牡牛なんですから」その音は、一度でやんだ。

二番目の歩哨が、突然、足を止めた。秘密の隠し場所から鍵を取り出すと、窓も扉もない壁——明らかにそう見えた——の中に突き刺した。壁の一部が内側に開いた。そして小さな隊列は、一列になって、天井の低い、狭い部屋に入った。窓が一つ、向いの端に椅子が一つあるだけ。それ以外には何もなかった。家具もなければ、敷物も、掛け布も、壁掛けもない。部屋の中には、五人の人間と、背の高い椅子、それに昇りはじめた新しい月の青白い光、それだけ。

「ここがハガード王の玉座だ」二番目の歩哨が言った。

魔術師は、歩哨の鎧に包まれたひじをつかみ、顔と顔をつきあわせるまで、かれを振り向かせた。「これは牢だ。これは墓だ。ここには生命ある王は、いやしない。ハガードのところに案内しろ。もし、かれが生きているのなら」

「それは、おまえ自身で判断するがいい」歩哨のせきこんだ声が言った。かれは、兜の留金を外すと、灰色の頭から持ち上げた。「わしがハガード王だ」かれは言った。

かれの目は、赤い牡牛の角と同じ色をしていた。背はシュメンドリックよりも高い。その顔には、ひどくしわが寄っていたけれども、そこにはやさしさも、間の抜けたところもなかった。それは矛のような顔だった。顎は長く、冷たく、頬は硬く、やせこけた首は、力に満ちて生き生きしていた。七十歳ほどか、あるいは八十歳、いや、それ以上かもしれない。

最初の歩哨が、兜を小脇に抱えると、前に進み出た。モリー・グルーは、その顔を見て、あんぐりと口を開けた。何しろ、それは、王女がユニコーンを呼んでいる間、雑誌を読んでいたあの若い王子の、人なつっこいくしゃくしゃな顔だったからだ。ハガード王が言った。「これがリーアだ」

「やあ」リーア王子が言った。「お目にかかれて、うれしいね」かれの微笑みは、期待に満ちた小犬のように、かれらの足元にまとわりついてきた。けれども、かれの目は、硬くて短いまつ毛の奥の、深く影に満ちた青色のそれは、アマルシア姫の瞳に静かに注がれていた。彼女は、宝石のようにじっとかれを見返していた。ユニコーンたちが人間を見る以上には、本当にはかれを見てはいなかったのだが、それでも、王子は、彼女がどこからどこまで自分を見、自分でも知らなかった空洞の中を見、そこで彼女の視線が反響し、歌を奏でたことを確信していた。それは奇妙な感覚をもたらした。不思議なことが、かれの十二番目の肋骨の南西のあたりから、起きはじめていた。そして、依然としてアマルシア姫を真似しつづけていた王子その人も、輝きはじめたのだ。

「わしに、何の用だ?」

魔術師のシュメンドリックは、咳払いをすると、薄い色の目の老人に向かって礼をした。

「わたしどもは、あなた様にお仕えしたいのです。ハガード王の伝説的な宮廷のことは、広く世に知れわたって――」

「召使いはいらぬ」王は、顔をそむけた。関心を失い、かれの顔と身体は、突然、ゆるんだようだった。けれども、その石のような色の肌の内側や、灰色の髪の根元には、好奇心が潜んでいるのを、シュメンドリックは感じ取っていた。シュメンドリックは、慎重に言った。「けれども、あなたも、何人かの従者や随員をお使いになっているはずです。おっしゃるとおり、簡素さは王の最も豊かな装飾ではあります。けれども、ハガード様のような王には似つかわしく——」

「おまえには、もう興味はない」ざらついた声が、再びシュメンドリックをさえぎった。

「それは非常に危険なことなのだぞ。この瞬間にも、わしは、おまえのことをすっかり忘れてしまうかもしれん。おまえに関わったことも、思い出すことができなくなるかもしれん。わしが忘れてしまったことは、ただ存在をやめるだけではない。最初から存在しなくなってしまうのだ」そう言いながら、息子のそれに似たかれの目は、アマルシア姫の瞳と出会った。

「わしの宮廷は」かれは続けた。「おまえがそう呼んだのだからな。わしの宮廷は、四人の兵士たちで成り立っている。できるならば、やつらもなしですましたい。何しろ、他のすべてでも同じだが、やつらには、やつらの価値以上に金がかかる。だが、やつらは、あるときは歩哨、あるときはコック、そして遠くから見れば、一団の軍隊のように見せかけることができる。他に、どんな従者を必要とするのだ？」

「でも、宮廷の楽しみが」魔術師は叫んだ。「音楽に、おしゃべり、女に泉、狩り、仮装舞踏会に大宴会——」

「そんなものは、わしには何の意味もない」ハガード王は言った。「それらのことは、すべて知っておる。それでも、そのようなことでは、わしは幸福にはならないのだ。わしを幸福にしないものは、近くに置かぬことにしている」

アマルシア姫は、物静かに、王のかたわらを通り過ぎ、窓に近づくと、夜の海を眺めた。

シュメンドリックは、再び、話の糸口をつかもうとしていた。そして言った。「あなたのおっしゃることは、完全にわかりますよ！　この世の習慣のすべてなど、あなたには、どんなに退屈で、陳腐で、つまらなくて、無益に見えることでしょうか！　あなたは、至上の幸福に飽き、煽情的なものにうんざりし、無味乾燥な喜びに疲れていらっしゃる。それは王の病というもの。それ故、王以上に、魔術師が仕えることを望む者がいるでしょうか。なぜなら、ただ魔術師だけに、世界は永遠に流れ、無限に転変し、いつまでも新しいのですから。ただかれだけが、変化の秘密を知っているのです。ただかれだけが、すべての物が、何か他の物に変わろうと、心から願って身を潜ませていることを、熟知しているのです。そして魔術師が力を引き出す源こそは、この宇宙の緊張状態なのです。魔術師にとって、三月は五月、雪は緑、草は灰色、あれはあれ、これはこれ、あるいはあなたのお気に召すままに。さあ、今すぐ、魔術師をやといましょう！」

かれは片膝をつき、両の腕を大きく広げて、言葉を終えた。ハガード王は、何事かつぶやきながら、おびえたように後ずさった。「立て、立て。おまえのおかげで頭が痛む。それに、すでにわしには王室付きの魔術師がおるのだ」

シュメンドリックは、大儀そうに立ち上がった。顔は赤らみ、無表情だった。「そんな話、これまで、おっしゃいませんでしたね。かれの名は？」

「マブルクと呼ばれておる」ハガード王は答えた。「わしは、滅多にかれのことは口にせぬ。わしの兵士どもでさえ、かれがこの城の中におるということは知らぬ。マブルクは、おまえの言ったような魔術師のあるべき姿をすべて持ち合わせておる。おまえが想像している以上であるだろうな。かれは、同業の者の間では〝魔術師の中の魔術師〟として知られておるのだ。そのかれを、取り替える理由など、考えられるわけがない。名もない流れ者の、道化じみた者と……」

「でも、わたしには考えられます！」シュメンドリックは、必死で、叫んだ。「わたしには理由が一つ思い浮かびます。あなた御自身が、ほんの一瞬前におっしゃったことです。その素晴らしきマブルクは、あなたを幸福にはしていないではありませんか」

　王のいらだたしい顔を、失望と裏切りがゆっくりと影を落としていった。一瞬の間、王はまるでびっくりした若者のように見えた。「何ということだ。本当だ」ハガード王は、つぶやいた。「マブルクの魔法は、もう長いこと、わしを喜ばせてはいない。どれほどの間であろうか？」王は、大声で叫びながら、両の手を激しく叩いた。「マブルク！　マブルク！　姿を見せよ、マブルク！」

「御前に」部屋の遠くの隅から、低い声がした。ピカピカ光る黒っぽいガウンと、ピカピカ光る先の尖った帽子をかぶった老人が、そこに立っていた。かれらが王の部屋に入ってきたときから、ずっとかれがそこにいたかどうか、誰もはっきりとは言えなかった。髭と眉は真白だった。顔つきはやさしく、賢そうだった。けれども、目はあられのように硬い。

「陛下、何をお望みでしょう？」

「マブルク」ハガード王は言った。「この男は、おまえの同業者だ。シュメンドリックという」

年老いた魔法使いの氷のような目は、かすかに見開かれた。みすぼらしい男を、じっと見つめる。「何と、そうではないか！」いかにも喜んだように、叫んだ。「シュメンドリックではないか、何とうれしいことだ！　おまえは、わしを思い出せぬかもしれん。だが、わしはおまえの導師、老ニコスの大の親友じゃったのだよ。ニコスは、おまえには、大いなる望みをかけていた、哀れな男よのお。いやはや、これはびっくりした！　おまえはまだ、この仕事を続けていたのか？　何と、何と、意志の強い男じゃ！　わしはいつも言っていたものじゃ、いかなる芸術にあっても、その九割は根気じゃ。もちろん、その九割が芸術家になる助けにはならんがな。だが、いったいどういうわけで、ここへ来たのかな？」

「おまえにとってかわるためにやって来たのだ」ハガード王の声は、抑揚がなく、さっぱりとしていた。「かれは、今や、わしのお抱え魔術師だ」

シュメンドリックが見せた驚きは、マブルク老人には、何の効果もなかった。もっとも、老魔法使いその人も、その決定には、少々驚いたようであった。一瞬、明らかにかれは、怒ることの価値を考えていた。だが、そのかわりに、にこやかに面白がっている雰囲気を選んだ。「いつでも、いかなるときでも、陛下のお気に召すままに」かれはうれしそうに咽喉を鳴らした。「しかしながら、陛下も、新しい魔術師の過去のことを、少々、お耳に入れることに興味を感じられるのではないかと思いますが。わが友、シュメンドリックも、かれがこの業界での一種の伝説となっていると、わしが申しても、別に気にはせんと信じます。実際、かれは、名人の間では〝ニコスの愚行〟として良く知られておるのです。最も単純なルーン文字をわが物にすることができぬという何ともチャーミングで完全な能なしに対し、おそろしく子供じみた魔術の呪文によるかれの創造法に対し、それだけではなく――」

ハガード王は、片手をかすかに動かした。と、マブルクは、突然、黙った。リーア王子はくすくすと笑った。王は言った。「この男が、地位にふさわしくないなどと説明してもらう必要はない。そんなことは、この男を一目見ればわかることだ。おまえを一目見れば、この世で最もすぐれた魔術師であることがわかるのと、同様にな」マブルクは、控え目に、得意げな様子をしてみせた。素晴らしい顎髭を手でもてあそび、その温和そうな額にしわを寄せた。

「だが、それもまた、わしには何の意味もないことだ」ハガード王は続けた。「昔、おまえは、わしが望むいかなる奇跡もやりとげてみせてくれた。そしてそのすべては、奇跡に対するわしの感覚を損なっていたのだ。おまえの力にあっては、どのような無理難題も手に余ることはない。だがそれでも、驚異が成しとげられたときにも、何も変わりはしないのだ。それは、おまえの偉大な力でも、わしが真に望むものは、何も与えることができないということにちがいない。魔術の名人も、わしを幸福にはしなかったのだ。未熟な魔術師が、どんなことができるか、それはこれからわかるだろう。マブルク、おまえは去るのだ」かれは、老魔術師を首にするために、うなずいてみせた。マブルクの愛想の良い見せかけは、雪の上の火花のように消えた。それと同じような音までした。顔全体が、その目のようになった。「そんなに簡単には、追い出されるわけにはいかぬ」おそろしく、そっと言った。「気まぐれで、追い出されるわけにはいかぬ。たとえ、王の気まぐれであっても。しかも、おろか者を利するためとあっては、な。気をつけるがいい、ハガードよ！マブルクの怒りは、簡単なものではないのだ」

暗い部屋の中で、風がまきおこりはじめた。それは、一カ所というよりも、いくつかの場所――窓や、半分開けられた扉――から吹き寄せてくるようだった。けれども、その真の源は、筋ばった魔術師の身体だった。その風は、冷たく、腐ったような匂いの、無気味な沼地の風だった。まるで人間の弱味を発見して大喜びの獣のように、部屋の中を、あちこち跳び回った。モリー・グルーは、居心地悪そうにしているシュメンドリックに、身体を寄せてちぢこまった。リーア王子は、そわそわと、剣を鞘から出したり、戻したりしていた。

ハガード王でさえ、老マブルクの勝ち誇った笑みから、一歩、あとずさった。部屋の壁は、溶けて、逃げ去ったように見え、魔術師のピカピカと光るガウンは、うなり声をあげる巨大な夜となったように思えた。マブルク自身は、一言も発しなかったのだが、風は、力を増すにつれて、よこしまな、呻くような音をあげはじめた。次の瞬間にも、それは目に見えるようになり、一つの形となって姿をあらわすのではないかと思えた。シュメンドリックは、口を開けた。けれども、かれが対抗する呪文を叫んだのだとしても、それは聴こえなかったし、効果もなかった。

暗闇の中で、モリー・グルーは、アマルシア姫が遥か彼方で振り返ったのを見た。手を伸ばしている。その薬指と中指の長さは同じだった。彼女の額の不思議な個所は、まるで花のように、いっそう明るさを増していた。

そのとき、あたかも風など吹いていなかったかのように、風が去った。石の壁は、再びかれらの周囲を取り囲んだ。陰気な部屋も、マブルクの夜のあとであってみれば、真昼のように華やかに思えた。魔術師は、ほとんど床にうずくまらんばかりだった。アマルシア姫を見つめている。かれの賢そうな柔和な顔は、溺れた者のように見え、顎髭は、まるで腐った水のように、あわれにも顎からしょぼしょぼと垂れ下がっていた。リーア王子が、かれの腕を摑んだ。

「さあ、おじいさん」かれは言った。きびしい口調ではなかった。「おじいさん、こちらが出口だよ。ぼくが、紹介状を書いてやるさ」

「わしは出ていくよ」マブルクは言った。「おまえが恐いからじゃない――腐った生パンのかたまりのようなおまえをな――あるいは感謝を知らぬ狂ったおまえの父が恐いわけでも、おまえたちの新しい魔術師が恐いわけでもないのだ。あやつが、多くの幸福をおまえたちにもたらすことを祈っておこう」かれはハガード王の飢えた目を見返した。そして山羊のような笑い声をあげた。

「ハガード、たとえこの世界のすべてと引き換えでも、おまえと代りたいとは思わない」かれは強く言った。「おまえは、正門から自分の破滅が入ってくるにまかせた。だが、それが去っていくときには、正門を使わぬだろう。もっとちゃんと説明してやるべきだろうがな、もはやわしはおまえに仕えているのではない。それは悲しむべきことじゃ。なぜならば、ただ真の名人だけが、おまえを救うことのできる時がやってくるからな——そしてそのときには、おまえはこのシュメンドリックを頼りにしなければならないのだ！　さらばじゃ、哀れなハガードよ、さらばじゃ！」

　笑いながら、かれは姿を消した。けれども、かれの笑いは、煙の匂い、あるいは古く冷たい埃の匂いのように、部屋の片隅に永遠にとどまっていた。

「さて」灰色の月の光の中で、ハガード王が言った。「さて」ゆっくりとシュメンドリックとモリー・グルーの方に近づいた。足音はたてず、頭は、ほとんど楽しそうに左右に振られていた。「じっとしていろ」二人が動こうとすると、かれは命じた。「おまえたちの顔を見たいのだ」

　一人の顔からもう一人と、見回すかれの吐息は、まるで砥石にあてられたナイフのようにきしんだ音をたてていた。「もっと近づけ！」かれは闇の中を見つめながら、うなるように言った。「もっと近くに来い、もっとだ！　おまえたちを見たいのだ」

「それなら、明りをつければいいじゃない」モリー・グルーは言った。自分自身の声の冷静さが、あの老魔術師の怒りよりも、彼女をおびえさせた。自分で勇敢になるのは、とてもたやすいことだ。彼女は思った。けれども、もしも自分で勇敢になったとしても、それはどこで終わるのだろう？

「わしは決して明りを灯さないのだ」王が答えた。「明りのどこがいい？」

王は二人から目を外し、独り言めいたことをつぶやいた。「一人の顔は、ほとんど誠実と言っていい。ほとんど馬鹿だ。だが、まったくの馬鹿というほどではない。もう一人の方は、わたしの顔と同じ顔だ。ということは危険であることを意味している。だが、わたしはそのすべてを門のところで見た――それでは、どうしてかれらを入れてしまったのか？ マブルクは正しかった。わたしは年老い、馬鹿になり、単純になってしまった。それでも、かれらの目を見てみれば、そこにはハガードしかいないのが見える」

王が、玉座の部屋を横切り、アマルシア姫に歩み寄っていくと、リーア王子は不安そうに身じろぎした。彼女は再び、窓の外を見つめていた。そしてハガード王が真近に迫ったとき、素早く振り向いた。頭を奇妙な風に低くした。「おまえにふれるつもりはない」かれは言った。

彼女は黙って立っていた。

「どうして窓のそばから離れない？」王は詰問した。「何を見つめている？」

「海を見つめているのです」アマルシア姫は言った。彼女の声は低く、震えていた。恐怖からではない。生命力に満ちていた。まるで、新たにかえった蝶が太陽の光のもとで震えるように。

「そうかね」王は言った。「そうだ、海はいつも良いものだ。もう長い間、海を除いては、何も見るべきものはなかった」かれは長い間、アマルシア姫の顔を見つめていた。リーア王子とはちがって、それでも、かれの顔はアマルシア姫の光を反映することはなかった。けれども、その光を取り込み、どこかに貯えていたのだ。王の吐息は、魔術師のもたらした風のようにかび臭かったが、アマルシア姫は身じろぎもしなかった。

突然、王は叫んだ。「おまえの目は、どうしたのだ？　緑の葉でいっぱいだ。木々とせせらぎと、小さな獣たちで満ち満ちている。わしはどこにいるのだ？　どうしておまえの瞳の中に、このわしを見出すことができないのだ？」

アマルシア姫は、答えない。ハガード王は、身を翻し、モリーとシュメンドリックと向き合った。王の半月刀のような微笑みの刃が、二人の咽喉に押し当てられた。「彼女は何者だ？」問いかけてくる。

シュメンドリックは、いく度も、咳払いをした。「アマルシア姫は、わたしの姪です」そう言ってみた。「彼女の肉親で生きているのはわたし一人でして、このわたしは守護者でもあるわけです。彼女の服装が、奇妙なものと思われたにちがいないと思いますが、そのわけは簡単なものなのです。旅の途中で、盗賊どもに襲われまして、何もかも奪われ――」

「何を馬鹿げたことを言っているのだ？　彼女の服装がどうした？」白い娘の方に、王は再び振り向き、見つめた。突然、シュメンドリックは理解した。ハガード王も、かれの息子も、シュメンドリックの外套のボロの下には何もまとっていないことに、まったく気づいていなかったのだ。アマルシア姫は、あまりに気高く振るまっていたために、そのボロ布のかたまりでさえ、王女にこれ以上ふさわしいものはないように見せていたのだ。それに加えて、彼女は、自分が裸であることを知らないのだ。彼女の前にあって、裸なのは、鎧をまとった王の方なのだ。

ハガード王が言った。「彼女が何を着ていようとも、おまえたちにどんな出来事が降りかかろうとも、おまえたちが互いにどんな関係にあろうとも、そんなことは、わしにはどうでもいいことだ、幸せにもな。そのような事柄についてなら、おまえたちは好きなように嘘をつくがいい。わしが知りたいのは、彼女が何者なのかということだ。一言も発せずに、彼女があのマブルクの魔法をいかにして破ったのか、なぜ彼女の瞳の中には緑の葉と小ギツネたちがいるのか、それが知りたいのだ。すみやかに答えるが良い。嘘をつこうなどという誘惑はしりぞけることだ。ことに、緑の葉に関してはな。さあ、答えるのだ」

シュメンドリックは、すみやかには答えなかった。一生懸命、答えようとするような音は発したが、その中には、意味を成すような言葉となるものはなかった。モリー・グルーは、ハガード王に真実を告げるのは不可能だと考えてはいたが、何とか答えようと、自分の内なる勇気をかき集めていた。王の年老いた姿には、どこかしら、すべての言葉をくじくようなところがあった。意味をこんがらかせ、正直な意図を、王の城の尖塔のようにねじ曲ったものにしてしまうところがあったのだ。何とかしゃべらねばと努力していると、薄暗い部屋の中に、別の声がした。若きリーア王子の明るく、やさしく、おろかな声だった。

「父上、それが何になるというのですか？　もう彼女は、ここにいるのですよ」

ハガード王はため息をついた。それはやさしげな音ではない。低く、何かをひっかくような音だった。あきらめのそれではない。いまにも跳ぼうと身を固くしている虎のうなるような思考の音だった。「もちろん、おまえの言うとおりだ」王は言った。「彼女は、ここにいる。かれらは皆、ここに来たのだ。そしてかれらが、わしの破滅を意味するかどうか、もうしばらく、かれらを見てみよう。災厄の心地良い雰囲気が、かれらにつきまとっている。おそらくは、それがわしの望むものであるのだろう」

シュメンドリックに向かって、王はおだやかに言った。「わしの魔術師として、わしが望むときに、深遠かつ軽薄な形でさまざまに、わしを楽しませねばならない。おまえが必要とされているとき、おまえにどのような姿が要求されているかは、おまえ自身が判断せねばならない。というのは、おまえのために、自分の気分と欲求をいつも一致させておくわけにはいかぬのだからな。賃金はなしだ。金を得るためにここに来たのではないことは、明白だからな。おまえの情婦、助手、まあ何と呼ぶかはおまえの勝手だが、彼女については、もしもわしの城に残りたいと思うならば、彼女もまたわしに仕えねばならない。今宵より、彼女は料理人と召使いを兼ねることにしよう。同時に掃除婦と皿洗いもな」

かれはそこで言葉を切った。明らかにモリーが抗議するのを待っているかのように見えた。けれども、モリーはただうなずいただけだった。月は窓から去っていた。けれども、リーア王子には、そのために暗い部屋がいっそう暗くなったとは思えなかった。アマルシア姫の冷たい明るさは、マブルクの風よりも、はるかにゆっくりと強さを増していった。けれども、王子には、はっきりとわかっていた。それははるかに危険なものだ。かれは、その光で詩を書いてみたいと思った。そして、詩を書いてみたいなどと思ったのは、これまで一度もないことだった。

「おまえは、望むがままに行き来するがいい」ハガード王は、アマルシア姫に向かって言った。「おまえにそれを許すのは、おろかなことかも知れぬ。だが、おまえに、この扉はいかん、あの扉はいかんと禁ずるほどにはおろかではない。わしの秘密は、自分で秘密を守る。おまえのそれも同じかの？　おまえ、何を見つめているのだ？」

「海を見つめているのです」再び、アマルシア姫は答えた。「いつの日にか、わたしたちは共に海を見ることになるだろう」王は、ゆっくりと、扉に向かって歩いた。「奇妙なものだ」かれは言った。「存在するだけで、リーアにわたしのことを〝父上〟と呼ばせるような生き物を、この城に置くというのは。リーアが五歳のとき以来、そう呼んだのは、はじめてのことだ」

「六歳ですよ」リーア王子は言った。「ぼくは六歳でした」

「五歳であろうと、六歳であろうと」王が言う。「そのために、わしは長い間、幸せではなかった。そして、今は、そう呼ばれても、わしは幸せではない。あの娘がここにいても、何も変わりはしないのだ」

　王は、マブルクとほとんど同じように、音を立てずに去っていった。残った者たちは、かれの真鍮の長靴が階段でこつこつ音をたてるのを耳にした。

　モリー・グルーは、ひっそりとアマルシア姫に歩み寄り、窓のところに彼女と並んで立った。「何なのですか？」モリーは尋ねた。「何が見える？」シュメンドリックは、玉座によりかかり、リーア王子をその切れ長の緑色の目で見つめた。遠く、ハグスゲイトの谷で、再びあの冷たいうなり声が響いた。

「きみたちの住むところを見つけてあげよう」リーア王子が言った。「お腹はすいていないかね？ 何か食べるものを持ってきてやるよ。ちょっとした服が、なかなか良いビロードだが、そいつがあるところも知っている。そいつでドレスが造れるよ」


誰も答えない。重い夜がかれの言葉を呑み込んでいった。かれには、アマルシア姫は、かれの言葉も聴かず、かれを見てもいないように思えた。彼女は身動き一つしなかった。けれども、そこに立っていると、まるで月のように、彼女が自分から去ってしまうのが、はっきりとわかった。

「あなたを助けさせて欲しい」リーア王子は言った。「何かできることはないだろうか？ あなたの助けになりたいんだ」

10

「何か、できることは？」リーア王子は尋ねた。「今のところは、たいしたことはありませんね」モリー・グルーが言った。「欲しいのは水だけですよ。あなたがジャガイモの皮をむきたいというんなら、あたしはかまいはしませんけどね」

「ちがうよ。いや、そうじゃない。やるよっていうつもりだったんだ。でも、ぼくはあの女《ひと》と話していたんだ。つまり、あの女《ひと》と話してるとき、ぼくは、そう尋ね続ける」

「腰を落ち着けて、あたしのためにジャガイモをむいて下さいな」モリーは言った。「それはあなたの手を忙しくしてくれるでしょうよ」

二人は台所にいた。腐りかけた球根と、発酵しかけたビーツの強い匂いがただようじめついた小さな部屋だった。一ダースほどの陶皿が片隅に積まれ、三脚台の下では、かすかな炎が、灰色の水で一杯の大きなポットを煮たてようと、震えていた。モリーは不細工なテーブルの前に腰をおろしていたが、そのテーブルは、ジャガイモ、ニラ、玉ネギ、胡椒、ニンジンなどの野菜でおおわれていた。その大部分はしなび、しみだらけであった。リーア王子は、彼女の前に立ち、ゆったりと身体を揺すっていた。大きな柔らかな指をからませ、ねじっていた。

「今朝、もう一頭、竜を殺したんだ」まもなく、かれは言った。

「それは素敵でしたね」モリーは答えた。「素晴らしいわ。これでもう何頭になりました？」

「五頭だ。今朝のやつは、これまでのやつよりも小さかった。でも、これまで以上に、ひどい目に遭わされたよ。徒歩では近寄ることはできなかったものだから、槍を持ったまま突っ込まざるを得なかった。おかげで、馬は、ひどい火傷をおってしまったんだ。その馬のことで奇妙なことが——」

モリーは、かれをさえぎった。「おすわりなさい、陛下。それから、そんなことやめて下さいな。見てるだけで、身体中がかゆくなっちまいます」リーア王子は、彼女の向い側にすわった。ベルトから短剣を引き抜くと、ふさぎ込んだまま、ジャガイモの皮をむきはじめた。かすかに、ゆっくりとした微笑みを浮かべ、モリーは、そんな王子を見つめた。

「ぼくはあの女《ひと》のところに、首を持ってったんだ」かれが言った。「いつもと同じように、あの女《ひと》は自分の部屋にいた。あの女《ひと》の足元に捧げるために、ぼくはその竜の首を、階段から引きずり上げたんだ」かれはため息をついた。そして短剣で指先に傷をつけてしまった。

「畜生。気にしてやしないさ。階段で、ずっと、引きずり上げたのは、竜の首だよ。贈り物としては最も誇るに足るものだ。けれども、あの女《ひと》がそれを見たとたん、そいつは、ウロコと角とおぞましい舌と、血まみれの目の哀れな残骸になってしまう。まるで自分が、愛のしるしとして生きのいい肉の手ごろなかたまりを恋する乙女に捧げる田舎の肉屋みたいな気がしたんだ。それから、あの女《ひと》はぼくを見た。ぼくはあの怪物を殺したことを悔んだ。竜を殺したことを悔んだんだよ！」かれはしなびたジャガイモに切りつけ、また自分を傷つけてしまった。

「外の方に切り出さなくちゃ、自分の方に向けて切っては駄目」モリーは、王子に、助言した。

「あたしは、アマルシア姫のために竜を殺すのはやめることができると、本当に思うんですけどもね。もしも、五頭が彼女の心を動かさなかったのなら、もう一頭、殺したところで、役には立たないように思えるんですよ。別のことをためしてごらんなさい」

「でも、ぼくのためさなかったことなんて、いったい他に何があるというんだ？」リーア王子は尋ねた。「ぼくは四つの川を泳いだ。そのいずれもが、水はあふれ、幅百マイル以下のものはなかった。七つの未踏峰を登りきったし、首吊りの沼で三夜を過ごした。そして花が目を焼き、ウグイスが毒を唄うあの森を歩いて抜けて、生きて戻ってきた。結婚することにしていた王女との婚約を破棄もした——もしも、おまえが、それを英雄的な行為だと思わないとしたら、それは彼女の母親を知らないからだ。河を渡る者すべてに挑もうと十五の浅瀬のそばの黒い天幕で待ち受けていたまさに十五人の騎士たちをぼくは、打ち負かした。イバラの森の魔女たちなど、もう数え切れなくなってから久しいのだし、巨人たち、娘に化けた悪鬼たち、ガラスの丘、死の謎、おそるべき難題、魔法のリンゴ、指輪、ランプ、秘薬、剣、外套、靴、ネクタイ、ナイトキャップ等々、もう数え切れないほどだ。天馬やバジリスクたち、海蛇たちやその他の家畜たちについては、何も言わないとしても、だ」かれは頭を上げた。その暗青色の瞳は、困惑し、悲しげだった。

「それがみんな役に立たない」かれは言った。「何をしようとも、あの女《ひと》にふれることさえできないんだ。彼女のために、ぼくは英雄になった——このねぼけたリーアが、父上のなぶりもので、名折れのこのぼくが、だ——でも、昔と同じようにのろまなおろか者のままでいる。ぼくの偉大な行為も、彼女には何の意味もない」

モリーは、自分の小刀を取り上げると、胡椒を輪切りにしはじめた。「それじゃ、たぶん、偉大な行為じゃアマルシア姫を勝ち取ることはできないってことでしょうね」王子は、わけがわからず顔をしかめて、モリーを見つめた。

「その他に、乙女の心を得る方法があるのか?」熱心に尋ねる。「モリー、おまえは、他のやり方を知っているのか? ぼくに教えてくれないか?」彼女の手を摑もうと、かれはテーブルの上に身を乗り出した。「ぼくは勇敢であることも、十分に好きだけれども、もしもおまえが、そうした方が良いと考えているなら、もう一度、でれついた臆病者になるよ。あの女《ひと》の姿は、ぼくにすべての悪とみにくさと戦いたいと感じさせる。でも、それと同時に、じっとすわって、みじめな気持ちでいたいと思わせるんだ。ぼくは何をしたらいいんだ、モリー?」

「あたしにはわかりませんよ」突然、当惑して、モリーは言った。「やさしさとか、思いやり、良い仕事、そんなようなことです。良いユーモアのセンスとか」片耳の歪んだ赤と灰のぶちのちっぽけな猫が、彼女の膝に跳び乗ってきた。ごろごろと大げさに咽喉を鳴らし、身体をモリーの手にこすりつけた。話題を変えたいと思って、彼女は尋ねた。「あなたの馬のことは、どうしたんです? 何がおかしかったんです?」

けれども、リーア王子は、片耳のねじれたちっぽけな猫をじっと見ていた。「こいつは、どこから来たんだ? おまえの猫か?」

「いいえ」モリーは言った。「餌をやっているだけ、それにときどき抱いてやるだけですよ」彼女は猫の肉の薄い咽喉をなでてやった。猫は目を閉じた。「この子は、ここに住んでいたんだと思ってましたけどね」

王子は首を振った。「父上は猫が大嫌いだ。あの人は、猫などという動物は存在しないと言っている——つまりだ、それは小鬼や小悪魔といった悪魔のすべての一族たちが、人間の家にたやすく入り込むために、好んでよそおう形というわけだ。もしもおまえがそいつをここで飼っていると知ったら、すぐに殺してしまうだろう」

「馬の話は、どうなりました？」モリーは尋ねた。

リーア王子の顔は再びむっつりとなった。「奇妙なんだ。あの女《ひと》はぼくの贈りものそのものには、ちっともうれしそうにしなかったから、どういう風にしてそれを勝ち得たのかということに興味があるのかと思ったんだ。だから、その光景と攻撃のことを話した——いいかい——しゅうしゅういう音とかむき出しの翼、竜の匂い、ことに雨の朝にはどんな匂いがするか、とかね、それから、ぼくの槍の切先でどんな風に黒い血が吹き出してきたかを話したんだ。でも、あの女《ひと》はそのどれも聴いてやしなかった。一言もさ。ところが、ぼくの哀れな馬の脚を下からほとんど焼いてしまいそうになった炎の奔流のことにふれると、その途端——ああ、その途端、ぼくが話している間にあの女《ひと》はどこへ行っていたのか知らないけれども、そこからあの女《ひと》は我に返った。そして言った。ぼくの馬のところに行って、様子を見たい、と。そこでぼくは、哀れな獣が立ったまま痛さで泣き声をあげている馬小屋まで、あの女《ひと》を案内した。あの女《ひと》は、馬の身体と、脚に手を置いた。すると、馬は泣き声を出すのをやめたんだ。馬が本当に痛がっているときの声ときたら、まったくひどいものだ。やんでしまえば、まるで歌のように思える」

王子の短剣は、ジャガイモの間に置かれ、ギラリと光っていた。外では、一陣の凄まじい雨が、城壁のまわりでうなり声を上げていた。けれども台所にいる者たちは、その音を聴くことができるだけだった。というのは、その冷えびえとした部屋には、ただ一つの窓もなかったからだ。そればかりか、料理用の火の貧弱な光以外、いかなる明りもなかった。そのために、モリーの膝で眠っている猫は、まるで秋の落ち葉のかたまりのように見えた。

「それから、何が起きたんです？」モリーは尋ねた。「アマルシア姫が、あなたの馬に手をふれてから」

「何も起きなかった。まったく何も」リーア王子は、突然、怒ったように見えた。テーブルに手を叩きつけた。ニラとレンズマメが四方に飛び散る。「おまえは、何かが起こるだろうと期待していたのか？　彼女もそう思っていたのだ。おまえは、その瞬間に、あの馬の火傷が治る——ひび割れた皮がくっつき、黒焦げの肉が完全に元に戻ることを期待していたのか？　彼女もそう思っていたのだ。あの女《ひと》にかけるぼくの気持ちにかけて、そう誓う！　そして馬の脚は、彼女の手のもとでは良くはならなかった。そのとき、彼女は走り去ってしまったんだ。今、あの女《ひと》がどこにいるのか、ぼくにはわからない」

話していくにつれ、王子の声は和らいでいった。テーブルの上の手は、さびしげに握られていた。かれは立ち上がり、火の上のつぼをのぞき込んだ。「煮たってるよ。野菜を入れるんだろ。あの女《ひと》は、ぼくの馬の脚が治らなかったとき、泣いていた。あの女《ひと》のすすり泣くのを聴いたんだ。走り去っていくとき、目には涙はなかったけれども。すべてのものが、そこにはあった。けれども、涙はなかった」

モリーは猫を床の上に、そっとおろした。そしてつぼに入れるために、御立派な野菜どもを集めはじめた。リーア王子は、モリーがテーブルのまわりをまわり、濡れた床を横切り、そこここを行き来するのを見つめていた。そして歌った。

もしもあたしが踊れたら、
夢の中のように踊れたら、
仮装した死神のように、
優雅に、きらめいて——
ああ、それなら、素敵。
でもそのとき、

十歳若くなるために、
あたしは飢えているかしら、
お嫁に行っているかしら、
賢くなっているかしら。

「あの女《ひと》は何者なんだ、モリー？　さわっただけで傷を治すことができると信じている——いや、知っているんだ。ぼくはあの女《ひと》の顔を見たんだから——なんて、いったいどういう女《ひと》なんだ？　それに涙を流さずに泣けるなんて？」モリーは、依然として、ハミングしながら、仕事を続けていた。

「どんな女でも、涙を流さずに泣くことはできるものですよ」肩越しに答えた。「それにほとんどの女は、手で傷を治すことができるものです。それは傷によるんです。彼女は女ですよ、陛下、それだけで十分な謎です」

けれども王子は、立ち上がり、彼女の行く手をさえぎった。モリーは足をとめた。エプロンには野菜がいっぱい、目には髪の毛がかかっている。リーア王子の顔が、モリーの顔に向かってつき出された。五頭の竜のために年を取ってはいたが、ハンサムで、依然としておろかであった。

「おまえは歌っている。父上は、仕事の中でも最もきつい仕事をおまえに課した。それでもおまえは歌っている。これまでこの城の中では歌など歌われたことはなかった。あるいは猫も、おいしそうな料理の匂いもなかった。それを引き起こしたのは、アマルシア姫だ。このぼくに、朝から、危険を求めて、馬に乗せるようにしたのと同じように」

「あたしは、いつでも腕の良い料理人でしたよ」モリーは、おだやかに言った。「カリーと手下たちといっしょに森の中で十七年間も過ごして――」

リーア王子は、まるでモリーが黙っていたかのように、言葉を続けた。

「おまえと同じように、ぼくもあの女《ひと》に仕えたい。それが何であろうとも、あの女《ひと》がここに探しに来たものを見つける手助けがしたい。それがどのようなものであろうとも、あの女《ひと》が何よりも必要とするものになりたいのだ。あの女《ひと》にそう言ってくれ。そう言ってくれないだろうか？」

そうしてしゃべっている間でさえ、足音を忍ばせた足取りが、王子の瞳の中にこだまし、サテンのガウンのため息が、かれの表情に影をおとした。アマルシア姫が、戸口に立っていた。

ハガード王の冷えびえとした住居で一つの季節を過ごしたのだけれども、それとても彼女に暗さや、影を付け加えることはできなかった。冬は、彼女の美しさを鋭ぎすまし、一度射込まれたら抜くことのできぬ矢尻のついた矢のように、見る者のうちに食い込んでいった。アマルシア姫の白い髪は、青いリボンでまとめ上げられ、ガウンはライラック色だった。それは彼女の身体には合っていなかった。モリー・グルーは、腕の立つお針子ではなかったし、サテンという生地はいっそう彼女を緊張させた。けれども、アマルシア姫は、その不細工な出来にもかかわらず、冷たい石や球根の匂いにもかかわらず、いっそう美しく見えた。その髪には雨滴が宿っていた。

リーア王子は、おじぎをした。あわてた、不格好なおじぎだった。まるで誰かに腹を殴られたような格好だった。「わが姫」口ごもりながら言う。「こんな天気には、外にお出かけになるなら、頭に何かかぶって下さらねばなりません」

アマルシア姫は、テーブルの席についた。ちっぽけな落ち葉色の猫は、彼女の前から、突然、跳び上がった。続けざまに、おそろしく柔らかに咽喉を鳴らしている。アマルシア姫は手を差し出した。けれども、猫は、咽喉を鳴らしたまま、身を引いた。猫はおびえてるようには見えなかった。けれども、彼女に自分の錆色の毛をさわらせようとはしなかった。アマルシア姫は手招きした。猫は、まるで犬のように全身をくねらせた。けれども、近づこうとはしない。

リーア王子がかすれた声で言った。「ぼくは行かねばなりません。ここから二日ほどのところに、村の乙女たちを食う一種の食人鬼がいるのです。そやつは、オルバン公爵の大斧をたずさえる者によってのみ、打ち殺されると言われているのです。不幸にも、オルバン公自身、最初に食われてしまった者の内に含まれていたのです――そのとき、怪物の目をごまかすために村娘の姿をしていたものですから――おかげで、現在、大斧をたずさえているのが誰か、ほとんど疑う余地はない始末です。もしもぼくが戻らなければ、ぼくのことを心におかけ下さい。さようなら」

「さようなら、王子様」モリーは言った。王子は再びおじぎをし、高貴な仕事を果たすために台所を去っていった。かれは、ただ一度だけ、振り返った。

「あなたは、かれに冷たすぎますよ」モリーが言った。アマルシア姫は顔を上げなかった。片耳のねじれた猫に、開いた片手を差し出していたのだ。けれども、猫は、彼女のもとに行きたいという欲望に身を震わせながらも、動こうとはしなかった。

「冷たい?」アマルシア姫は尋ねた。「どうやったら、冷たくなれるというの? それは死すべき人間たちのためのものです」けれども、そのとき彼女は目を上げたのだ。それは悲しみと、何かおそろしく嘲りに近いものとで、大きく見開かれていた。「やさしさも、同じこと」

モリー・グルーは、深鍋にかかりっきりになっていた。スープをかき回し、味を調え、忙しさに没頭していた。低い声で、彼女は言った。「かれにやさしい言葉をかけてやってもよかったんじゃありません、少なくともね。かれは、あなたのために、大変な試練に耐えてきてるんですから」

「でも、どんな言葉をかければ良いというの？」アマルシア姫は尋ねた。「何も言ってやらないというのに、毎日、かれは首を、角を、皮を、尾を、呪われた宝石を、魔法にかけられた武器を持ってくる。もしもわたしが言葉をかけたら、いったいどんなことになるかしら？」

「あなたに自分のことを考えて欲しいと願っているんですよ。騎士と王子たちは、ただ一つしか心に留めてもらう道を知らないものですよ。別にかれが悪いんじゃありません。かれはとても良くやってると、あたしは思いますね」アマルシア姫は、再び、猫に視線を戻した。長い指は、サテンのガウンの縫いめをねじっていた。

「いいえ、かれは、わたしが考えることを望んでいるのではありません」彼女はおだやかに言った。「わたしを望んではいます。赤い牡牛と同じほどに。そして、牡牛以上にわたしを理解することなく。けれども、赤い牡牛以上にかれの方がこわいのです。なぜなら、かれはやさしい心を持っているから。そうです、かれに希望を持たせるような言葉を決してかけるつもりはありません」

台所のぼんやりとした光の中で彼女の額の青白いしるしは見えなくなった。彼女は、そこに手をふれ、急いで手を引いた。まるでそのしるしが彼女を傷つけたようだった。「馬は死んだの」彼女はちっぽけな猫に向かって言った。「わたしには、何もできなかった」モリーは、さっと振り返った。そしてアマルシア姫の肩に両手をおいた。つややかな布地の下で、肉は冷たく固かった。まるでハガード王の城の石と同じようだった。「ああ、姫」モリーはささやきかけた。「それはあなたが御自分の真の姿ではないからです。御自分を取り戻せば、みんな戻ってきますよ——力のすべて、強さのすべて、自信のすべてが。みんな戻ってくる」もしも勇気があったなら、モリーは白い娘を抱き締め、子供のようになぐさめてやっただろう。以前には、そんなことは夢にも思ったことがなかった。

けれどもアマルシア姫は答えた。「魔術師は、わたしに人間の見せかけを与えただけ——見かけだけ。けれども魂は元のまま。もしもあのとき死んでいたら、わたしは依然としてユニコーンであり続けたでしょう。あの老人、あの魔術師にはわかっていたのです。かれは、ハガードに悪意を持っていたために、何も言わなかったけれども、かれにはわかっていたのです」

彼女の髪は、勝手に、青いリボンから脱け出すと、うなじと肩に駆けおりた。猫は、その髪の熱意にほとんど打ち負かされ、それとたわむれようと前脚を上げた。けれどもまた、かれは身を引き、うずくまった。尾で前脚を巻き、奇妙な頭を横にした。猫の瞳は緑。そこに黄金色が散りばめられていた。

「でもそれはもう昔の話」娘は言った。「今、わたしは二人いる——わたし自身と、もう一人、おまえが〝姫〟と呼んでいる者と。なぜなら、彼女は、今わたしがいるのとまったく同じように本当にここにいるのだから。かつては、わたしをおおっていたヴェールにすぎなかったのに。彼女は、この城の中を歩み、眠り、着飾り、食事を取り、自分自身の考えを持っている。彼女に傷を治す力がなく、静める力がなかったとしても、それでも、彼女には別の魔力がある。男たちは、彼女にアマルシア姫と話しかけ、彼女はかれらに答える。あるいは答えない。王はその蒼ざめた瞳でいつも彼女を、いったい何者なのかと不思議に思いながら見つめる。そして王の息子は、その娘を愛することでわれとわが身を傷つけ、彼女が何者なのか考える。そして彼女は毎日、海を探し、空を、城を、中庭を、砦を、王の顔を探す。いつも思い出すことのできぬ、何かを求めて。何なのか、この奇怪な場所で探しているのは何なのか？　一瞬前までは、彼女もそれを知っていた。けれどももはや忘れてしまう」

　彼女はモリー・グルーに顔を向けた。その瞳は、ユニコーンの瞳ではなかった。それは依然として愛らしくはあったが、どこか名づけるところがあった。ちょうど人間の女を美しいというように。その瞳の深さは、計ることができたし、知ることもできる。その暗さの度合も、言葉にできるほどでしかない。モリーは、その瞳をのぞきこんだとき、そこに恐れと喪失感、驚き、それに自分自身が映っているのを見た。それ以外には何もなかったのだ。

「ユニコーンたちを」モリーは言った。「赤い牡牛は、ユニコーンたちをどこかに追いたてていきました。あなたを除いて、ね。あなたは最後のユニコーン。あなたは、お仲間を見つけ、解放するためにここまでやってきたのです。そしてそうしなければなりません」

ゆっくりと深い謎めいた海が、アマルシア姫の瞳に戻ってきた。海そのもののように、年老い、暗く、知ることもできず、言葉で語ることもできないほどになるまで、彼女の瞳を満たしていった。モリーはそれが起こるのを見つめ、恐れた。けれども、あたかも、自分の両手が避雷針のように絶望を引きずり出すことができるかのように、弓形の肩をいっそうきつくつかんだ。すると、台所の床を震わせて、以前に耳にしたことのある音が伝わってきた。巨大な歯、臼歯が互いに噛み合わさるような音だった。赤い牡牛が眠りの中で寝返りを打ったのだ。かれは夢を見るのだろうか、モリーは思った。

「わたしはかれのところに行かねばなりません。それ以外に道はないし、無駄な時間もない。この姿でか、あるいは自分自身の姿で、かれとまた顔をつきあわせねばならないのです。たとえ、わたしの仲間たちが皆、死に、助けるものが何もないとしても。自分自身を永遠に忘れてしまう前に、かれのところへ行かねばならないのです。けれども、わたしは道を知らないし、たった一人ぼっち」ちっぽけな猫は、尾の向きを変え、咽喉を鳴らすでもなく、鳴き声でもない妙な音をたてていた。

「あたしが、いっしょに行きますよ」モリーが言った。「あたしも、牡牛のところへ降りて行く道は知りません。でもあるにちがいないのです。シュメンドリックも、いっしょに行きますよ。もしもあたしたちが見つけることができなくとも、かれが道を切り開いてくれるでしょう」

「あの魔術師からは、援助なんて期待しません」アマルシア姫は、さげすみをこめて答えた。

「かれがハガード王の道化をつとめている姿を、毎日、見ています。失敗で、本当に簡単な奇術でさえしくじることによって、王を楽しませているのです。かれは、自分の力が再びかれの内で語りはじめるまで、それしかできないと言っている。でも、そんなことは二度とないでしょう。もはやかれは魔術師ですらない。ただの王の道化師なのですから」

モリーの顔が、突然、彼女に痛みを感じさせた。モリーは顔をそむけ、再び、スープの具合を見た。咽喉の奥にひっかかるものをやりすごして、モリーは答えた。「かれは、あなたのためにやっているんですよ。あなたが想いに沈み、ふさぎ込み、誰か別の者になろうとしている間に、かれはハガードのために跳ね回り、ふざけて見せているのです。あなたの仲間をあなたが見つける時間があるようにと、かれの気をそらしているんですよ。もしも、お仲間たちが見つけられるべくあるとしてのことですけどもね。でも、王がかれのことを飽きてしまうのは、そんなに先のことではないでしょう。王がすべてのことに飽きてしまい、かれを地下牢か、あるいはどこか暗いところに放り込んでしまうのは、目に見えています。かれのことを、馬鹿にするなんて、まちがいですよ」

彼女の声は、子供のようにかぼそく、さびしげなつぶやきだった。「でも、そんなことは、あなたには起こりえないことでしょうね。誰もが、あなたを愛しているんですから」

二人の女は、互いに見つめあった。一人は、その冷たく、天井の低い部屋で、美しく、場違いであった。そしてもう一人は、そのような環境に実にしっくりと合っているように見えた――それなりの美しさを持った自分の台所にいる怒った小さなカブト虫といったところだ。そのとき、二人は、長靴が引きずられ、鎧がぶつかり、老いた男たちのしゃがれ声を耳にした。ハガード王の四人の兵士たちが、隊列を組んで、台所の中に入ってきた。

かれらは皆、どう見ても七十歳を越えていた。やせこけ、足を引きずり、積もった雪の表層のようにもろそうだった。それでも全員、頭のてっぺんからつま先まで、ハガード王の貧相な鎧に身を固め、ひねくれた武器を手にしていた。入ってくると、四人は陽気な歓声をあげ、モリー・グルーに夕食は何だと尋ねた。けれども、アマルシア姫の姿に気づくと、四人とも急に黙り込み、息がとまりそうなほど、深々と頭を下げた。

「わが姫君」最年長の男が言った。「あなたのしもべに何なりとお申しつけ下さい。われらは使い古しのすりへった者たちです――しかしながら、もしもあなたが奇跡をごらんになりたいのでしたら、われらに不可能な事をお申しつけになれば良いのです。お望みならば、もう一度若者となってお見せしましょう」三人の戦友たちは、同意の言葉をつぶやいた。

　けれども、アマルシア姫はささやくようにして答えた。「いいえ、いいえ、あなた方は二度と若くはなれません」そして彼女は老兵士たちの前から駆け去った。乱れた目くるめくような髪が彼女の顔を隠し、サテンがさらさらと音をたてた。

「何と賢い方だ！」最年長の兵士が叫んだ。「彼女は、自分の美しささえも、時と戦うことができぬのを御存知なのだ。あの若さには似つかわしくない悲しい賢さだ。モリー、そのスープはうまそうな匂いがするな」

「ここには香ばしすぎるな」全員がテーブルにつくと、二番目の男がうなるように言った。

「ハガードは、良い食物を嫌悪してる。あの人は、どんなに良い食物でも、それを準備するのに費される金と努力を正当化するほどではないと言ってるんだ。『幻想だ』かれは言ったね。『それに無駄だ。わたしのように生きろ、何ものにもたぶらかされることなく』だとさ！」かれは肩をすくめ、しかめ面をして見せた。他の男たちは笑い声を上げた。

「ハガードのように生きることは」モリーが、深皿に湯気の立つスープを盛り分けてくれたとき、もう一人の兵士が言った。「そいつは来世のおれの運命だな、もしも、この世で正しい行ないをしなかったときの」

「それなら、どうしてかれに仕えているんだい？」モリーが尋ねた。彼女は、老兵士たちと共にテーブルにつき、両手で顎を支えていた。「かれは、あんたたちに給料は払わないし、できる限り、僅かしかあんたたちに食べさせようとしない。そしてあんたたちを、最悪の天気のときに、ハグスゲイトで自分のために盗みを働かせようと、追い出す。何しろ、かれは自分の宝物蔵にある財宝の一ペニーだって、使おうとしないんだからね。かれは何から何まで禁止してるし、明りからリュートまで、火から美しいものまで、歌うことから罪深きことまでね。それだけじゃない、本から、ビールから浮かれたおしゃべりから、ひものきれっぱしであんたたちがやってるゲームに至るまで、禁じている。どうしてあんたたちは、かれのもとを去っていかないんだね？　いったい何があんたたちを、ここに引き留めてるんだい？」

四人の老人たちは、不安そうに互いに顔を見合わせ、咳払いし、ため息をついた。最初の老人が言った。「われわれの年齢のせいさ。ここ以外、いったいどこに行ったらいいんだね？　われわれは、仕事と寝る所を求めて、路上をさまようには年を食いすぎてるんだよ」

「おれたちの年のせいさ」二番目の兵士が言った。「年を食っちまうと、心を乱さないものなら何でも、安楽に感じられるのさ。寒さや暗さ、退屈なんてものは、おれたちにはとっくの昔に鋭い刃を失ってしまっている。だが、暖かさ、歌を歌うこと、おしゃべりすることはちがう。それはみんな、心を乱すものだ。この世には、ハガードのように生きる以上に悪いことが、あるもんだ」

三番目の老人が言った。「ハガードは、わしらよりも年老いている。じきに、リーア王子がこの国の王になるだろうさ。その日をこの目で見るまで、わしはこの世におさらばを言う気はしないね。かれが小さな頃から、わしはあの子がいつも大好きだったんだ」

モリーはお腹が空いていないことに気づいた。彼女は老人たちの顔を見回し、彼女のつくったスープを飲む際に、かれらの薄い唇としわだらけの咽喉がたてる音に耳を傾けた。そして突然、ハガード王がいつも一人で食事をすることになっていて良かったと思った。モリーは、自分が、食事をつくって食べさせてやる人間なら、誰にでも愛着を感じざるを得なくなってしまうのだ。

彼女は、慎重に、かれらに質問してみた。「あんたたち、リーア王子は、ハガード王が養子にした甥なんかじゃないって話、聴いたことないかね?」兵士たちは、その質問に驚いた様子も見せなかった。

「ああ」最年長の兵士が答える。「その話は、知っとるよ。たぶん本当のことだろうな。王子には、王家の血筋の特徴など、どこにもないからの。だが、それが何だというんだね? この国を治めるには、ハガード王の実の息子よりも、誘拐されてきた他国者の方が似つかわしい」

「でも、王子が、ハグスゲイトから連れられてきたとしたら」モリーは叫んだ。「そしたら、かれは、この城にかけられた呪いを成就する人間てことになるんだよ!」彼女は、ハグスゲイトの宿で、ドリンという男が口ずさんだ詩をまた口にしてみせた。

されど、ハグスゲイトのすべての民のうち、
ただ一人だけが、
城をして、こぼち落とさしめん。

けれども、老人たちは、その兜と胴鎧と同じように錆ついたような歯を見せて、にやにやと笑い、頭を振った。「リーア王子のことではないね」三番目の老人は言った。「王子は、千頭もの竜を退治するかも知れん。だが、かれは城を打ちこわすことなどしないし、王位を奪うこともしないだろう。それはかれの性質には含まれていないことだ。かれは——残念なことに——自分が父と呼んでいる男の役に立つことだけを望んでいる忠実な子供なんだよ。リーア王子のことではないね。その詩は、誰か、他の人間のことを言ってるにちがいない」

「それに、たとえ、リーア王子がその男だとしても」二番目の老人が付け加えた。「たとえ、その呪いが、王子を使者として定めたとしてもだな、かれは失敗するだろうよ。なぜなら、いかなる破滅であろうとも、それとハガード王の間には、赤い牡牛が立ちはだかっているんだから」

沈黙が、部屋の中に飛び出し、そこに立ちどまった。その荒々しい影で、全員の顔を暗くし、吐息で素晴らしいほかほかのスープを冷たくした。秋色のちっぽけな猫は、モリーの膝の上で咽喉を鳴らすのをやめ、ささやかな料理用の火も、身を縮めた。台所の冷たい壁も、互いに身を寄せたように思えた。

それまで一言もしゃべらなかった四番目の兵士が、暗がりの向こうからモリー・グルーに呼びかけた。「わしらが、ハガード王に仕えている本当の理由があるんだ。王は、わしらが去ることを望んではいない。そして、赤い牡牛が関心を示すのは、ハガード王が望んでいることと、あるいは望んでいないことだけなんだ。わしらはハガードの手先だけれども、同時に、赤い牡牛の囚人でもあるんだ」

猫をなでるモリーの手はしっかりしていた。けれども、しゃべりはじめると、その声は縮み上がり、がらがらしていた。「ハガード王にとっては、赤い牡牛って、何なの？」

答えたのは、最も年老いた兵士だった。「われわれには、わからんね。牡牛は、いつも、ここにいた。ハガードの軍隊として、防波堤として、かれに仕えてきたのだ。牡牛が、かれの力そのものであるし、力の源でもあるのだ。そして、かれの唯一の仲間でもあるにちがいない。というのは、どこかにある秘密の階段で、ハガードは牡牛の住み家まで、よく降りていっているにちがいないと思うからだ。それでも、あの牡牛が、自分で選んでハガードに従っているのか、それとも、強制されてそうしているのか、われわれにはわからないし――あるいはまた牡牛か、王か、どちらがどちらの主人なのか、それもわからない」

一番年少の四番目の老人が、モリー・グルーの方に身を乗り出した。ピンクの濡れたような目が、突然、鋭くなった。「赤い牡牛は魔神なんだ。あいつは、ハガードにかしずくことによって、ついには自分がハガードそのものになることを計算しているんだ」別の男が、牡牛がハガード王の魔法にかけられた奴隷であることは明白な証拠が示しているではないかと言って、かれの発言をさえぎった。そしてその状態は、牡牛が魔法を破り、自分の主人を破滅させる日まで続くにちがいないと言った。老兵士たちは、わめき出し、スープをこぼしはじめた。

けれども、モリーは尋ねた。それは大きな声ではなかったが、どこか、かれら全員を黙らせるようなところがあった。「あんたたち、ユニコーンて、どんなものか、知ってるか？　一度でも、見たことがあるかい？」

その小さな部屋にいた、すべての生きとし生ける物の中で、猫と沈黙だけが、僅かに彼女の言うことを理解して、モリーを見たように思えた。四人の男たちは、目をしょぼつかせ、げっぷをもらし、両の目をこすった。地の底で、眠りについている牡牛が、再び、落ちつかぬように寝返りをうった。

食事を終えると、兵士たちはモリー・グルーに頭を下げ、台所を出ていった。二人はベッドに向かい、二人は雨の中で夜の歩哨に立つために。兵士の中で最年長の老人が、他の兵士たちが全員立ち去るまで待ち、それから静かにモリーに話しかけた。「アマルシア姫のことに注意しておいたほうがいい。はじめて、彼女がここに来たときには、彼女の美しさは、この呪われた城さえも美しくさせる——月のようにな、月だってただの輝く石ころでしかないんだ——と思えるほどだった。けれども、あまりにも長く、ここにとどまりすぎた。今でも、彼女は前と同じほどに美しい。だが、彼女のまわりの部屋や屋根は、彼女の存在によって、どうやら前よりこすからしくなってきたようだ」

かれは長いため息をもらした。それは最後には泣き声のようになった。「わしは、あのような美しさは、見慣れている。だが、それがもたらしたもう一つの方に関しては、一度も経験したことがない。彼女に気を配っておいてくれ。あの娘は、ここから出て行った方が良いのだ」

たった一人で、モリーはちっぽけな猫の伸び放題の毛に顔をすりつけた。料理ガマの火は、ちらちらと小さくなりかけていた。けれども、彼女は立ち上がって、たき木をたそうともしなかった。小さな、動きの早い生き物が、部屋を駆け抜け、ハガード王の声にも似た音をたてた。城壁を打つ雨は、赤い牡牛のように響いた。すると、まるで返事をするかのように、牡牛の声が聞こえてきた。牡牛の雄叫びは、彼女の足もとの石床を打ち砕いた。モリーは、自分と猫が、牡牛のもとに落ちてしまわぬように、必死に、机にしがみついた。悲鳴をあげた。

猫が言った。「かれは出かけるところだよ。陽が落ちるたびに、自分の前から逃げおおせた不思議な白い獣を狩るために、出かけていくんだ。あんたも、そのことは、すっかり御存知のはず。馬鹿な真似しないで」

飢えに満ちたうなり声が、また、轟いた。遠くに離れている。モリーは、はっとして、ちっぽけな猫を見つめた。他の人間ならば、もっと驚いたであろうが、モリーは、それほどびっくりはしていなかった。この頃では、彼女は、他の女たちよりも、はるかに驚かしにくい女になっていた。「おまえ、いつもしゃべることができたのかい？」猫に尋ねる。「それとも、アマルシア姫の姿を見たおかげで、しゃべることができるようになったのかい？」

猫は、考え込むように、前足をなめた。「おいらに話したいと思わせたのは、あの人の姿だね」ようやく、そう言った。「ま、そのことはおいといてもだね。ということは、あれがユニコーンなんだ。あの人は、本当にきれいだもんな」

「どうして、彼女がユニコーンだって、わかったんだね？」モリーがきつい口調で言った。

「それに、どうして、彼女にふれられることをこわがったんだね？　あたしは、おまえのことを見てたんだよ。彼女のことをこわがっていた」

「おいらは、もう長い間、しゃべりたいと思っていたのかもしれない」うらみのかけらも見せずに、猫は答えた。「もしも、おいらがあんたなら、馬鹿なことを言って、時間を無駄にはしないね。あんたの最初の質問だけれども、猫ってものが、この世に毛皮をまとって生まれて以来、外見でだまされちまう猫なんて、一匹もいやしないのさ。だまされることを楽しんでいる人間様とはちがってね。二番目の質問だけれども――」そこで、猫はためらった。突然、自分の身体をきれいにすることに、非常な興味を示しはじめた。まず全身の毛を舌で逆立て、次にもう一度それを平らにしてしまうまで、しゃべろうとはしなかった。それを終えてからも、モリーを見ようともせず、自分の爪を調べ出した。

「もしも、あの人がおいらにさわったら」猫はおそろしく、おだやかに言った。「おいらは、あの人のものになっちまう。自分自身ではなくなっちまって、二度と元には戻らないんだ。あの人にふれて欲しいと願っていたよ。でも、そうさせておくことはできなかったんだ。どんな猫だって、同じさ。おいらたちは、人間がなでるままにさせておく。そいつは、とっても気持ちがいいし、あんたたちの心をなごませるからね――でも、あの人はちがう。その代償は、猫に払いきれる範囲を越えてるんだ」

そのとき、モリーは、かれを抱き上げた。そして、猫が彼女の首もとで咽喉を鳴らし続けていた時間があまりに長いために、モリーは、猫が口をきく時間が過ぎてしまったのではないかと、不安に感じはじめたほどだった。だが、ほどなく、猫が言った。「あんたには、ほんの僅かな時間しか残されてないよ。じきに、あの人は自分が何者なのか、あるいは、何のためにここまで来たのか、思い出せなくなってしまう。そして赤い牡牛も、もはや、彼女を求めて夜ごと、吠えなくなるだろう。自分を愛してくれる良い王子と結婚するようなこともありうるね」猫は、突然動きを止めたモリーの手の中に、自分の頭を強く押し込んだものだ。「やめないでおくれよ」猫は、命令するように言った。「王子はとても勇敢さ。ユニコーンを愛せるくらいにね。猫ってものは、雄々しい馬鹿の価値を認めるに、やぶさかではないんだ」

「駄目」モリー・グルーは言った。「駄目よ。そんなことはありえない。彼女は、最後の生き残りなんだよ」

「そんじゃあ、あの人は、ここまでやりに来たことを、実行すべきだな。牡牛のところまで、王の道をたどって、降りてかなきゃならない」

モリーはきつく猫を抱きしめた。おかげで、猫は、ネズミのような抗議の悲鳴をあげねばならなかった。「おまえ、その道を知ってるのかい？」モリーは、彼女に尋ねてきたときのリーア王子と同じほどに、熱心に尋ねた。「道を教えておくれでないか。どこへ行けばいいのか、教えておくれ」彼女は、猫をテーブルの上に置き、手を離した。

長い間、猫は答えなかった。けれども、その目は、明るく、明るくなっていった。黄金色が、ちらつきながら降りてきて、緑色をおおった。ねじれた耳がぴくついた。尻尾の黒い尖端もぴくついた。それでおしまいだった。

「ワインが自分で自分を呑み干し」猫は言った。「骸骨が語り、時計が正しい時を打つとき――そのときには、赤い牡牛の住み家への地下道を見つけることができる」猫は前脚を胸の下に折り込み、また言った。「もちろん、こいつには、ちょっとした工夫が必要だけどね」

「そうだと思うね」モリーは、重苦しい口調で言った。「あの大広間の柱の上に、ぼろぼろになった無気味な古い骸骨がかかげられてる。でも、もう長い間、あれがしゃべることなんてないはず。あのすぐそばに立ってる時計は狂っちまってる。好きなときに、時を打つ――毎時間、真夜中を打ってみたり、四時に十七時、あるいは一週間というもの、音一つ立ててみなかったり。それにワイン――ああ、猫さんや、あたしにその地下道を見せてくれる方が、よっぽど簡単じゃないかい？　それがどこにあるのか、知ってるんだろ？」

「もちろん、おいらは知ってるよ」歯をきらつかせ、身をよじるようなあくびをしながら、猫は答えた。「おいらにとっても、あんたに教えてやる方が簡単だろうよ。手間ひまを省けるさ」

　猫の声は、半ば寝言のようになってきた。そしてモリーは、猫が、ちょうどハガード王その人のように、興味を失いかけていることに気づいた。急いで、モリーは尋ねた。「じゃあ、あと一つだけ答えておくれ。ユニコーンたちは、どうなったんだね？　どこにいるんだね？」

猫はもう一度、あくびをした。「遠くて近い、近くて遠く」ぶつぶつと言った。「みんなは、あんたのお姫様の目に見えるところにいるよ。でも、あの人の記憶の外にほとんど去りかかってる。みんな、近寄ってくると思えば、遠くへ去っていく」猫は目を閉じた。

モリーの息は、まるで一本の綱のようになって吐かれた。かすれた咽喉をこすっていった。

「畜生め、どうしておまえは、あたしを助けてくれないんだい？」モリーは、わめいた。「どうして、いつも、そんな謎めかしてしゃべらなきゃならないんだい？」

片目だけが、ゆっくりと開けられた。緑と黄金。まるで森の中の陽光のよう。猫は言った。

「おいらはおいらさ。できるもんなら、あんたの知りたいことを、教えてやりたいさ。おいらに良くしてくれたからね。でもおいらは猫さ。どこの猫でも、猫ってもんは、単純な答を口にはできないもんさ」

その最後の数語は、深く規則正しい咽喉を鳴らす音のうちに呑み込まれていった。猫は、片目をちょっぴり開けたまま、眠ってしまったのだ。モリーは、膝の上に彼を抱き上げ、なではじめた。猫は、眠りながら、咽喉を鳴らした。だが、もうしゃべらなかった。

11

リーア王子は、乙女好きの食人鬼退治に出かけてから三日後に、オルバン公の大斧を背負い、食人鬼の首を鞍の脇にぶら下げて、戻ってきた。王子は、それらの戦利品をアマルシア姫に献上しようとも、あるいはまた、怪物の血が茶色くこびりついた手をそのままに、彼女を探し求めて、走り回るようなこともしなかった。あの夜、台所でモリー・グルーと話したときに、心に決めていたのだ。もはや、関心を示すことで、アマルシア姫をわずらわすまいと決めていたのだ。そのかわりに、彼女のことを思いながら、静かに生き、孤独な死のときまで、心から彼女に仕えようとしていた。いっしょにいてもらうことも、讃美を得ることも、愛をかちとることも、望んではいなかった。「ぼくはあの人が呼吸する空気のように、無色透明な存在になるつもりだ。あの人をこの大地につなぎとめている目に見えぬ力のようになるんだ」ちょっと考えてから、付け加えた。「そのうち、あの人に詩を書いて、ドアの下から、あの人のもとにすべり込ませる。あるいは、あの人の目に偶然とまるように、どこかに置いておくかもしれない。けれども、ぼくはその詩に署名はしないつもりだ」

「それはとても高貴なやり方ですね」モリーは言った。王子が求愛をあきらめたことで、ほっとしていたが、同時に、それが面白くも、どこか悲しくも思えた。「娘というものは、死んだ竜や魔法の剣よりも、詩の方を好むものですよ。どちらにしろ、まだ若かった頃には、あたしはそうでしたね。あたしがカリーと駆け落ちしたのは――」

けれども、リーア王子は彼女の言葉をさえぎり、きっぱりと言った。「よしてくれ、希望を持たせるようなことは言わないでくれ。ぼくは、希望を持たずに生きていくことを習わねばならないんだ。父上のように。そしてたぶん、最後にはぼくたち二人は、お互いを理解できるようになるだろう」かれはポケットに手を突っ込んだ。モリーは、紙がかさかさいうのを聞いた。「実際のところ、ぼくはもういくつか詩を書いたんだよ――希望とあの人のことやなんかの詩をね。もしも、見たいなら、見てもいいよ」

「喜んで、そうさせてもらいますよ。でも、これからは、黒騎士たちと戦ったり、炎の輪を駆け抜けるために、外にお出かけになるのをやめていただけませんか？」その言葉は、からかうような意味を含んでいた。けれども、モリーはしゃべりながら、もしもそうだったら、少々悲しいことだと自分が思っているのに気づいた。なぜなら、それらの冒険は、かれをいっそう、ハンサムにし、体重を切り落とし、その上、すべての英雄にまとわりついているぼんやりとした死の香りをかれに与えていたからだ。けれども、王子は頭を左右にふった。ほとんど、当惑しているようにさえ見えた。

「ぼ、ぼくは、手を引かないだろうと思うよ」王子はつぶやいた。「でも、自分のやったことを見せびらかしたいと思うからじゃない。あるいは、あの人がそれを見つけて欲しいと思うからでもない。最初はそうだった。けれども、人々を救い、魔法を破り、邪悪な公爵に正々堂々と戦いを挑むということに慣れてしまうと――一度、それが習慣になってから、英雄であることをあきらめるのは難しいものなんだ。その最初の詩、気に入ってくれたかい？」

「情感たっぷりなことはたしかですね」モリーは言った。「〝花ざかり〟と〝滅びる〟って言葉、本当に韻を踏ませることができるんですか？」

「ちょっと手直しが必要だな」リーア王子は、認めた。「ぼくが気になってるのは、奇跡って言葉なんだ」

「あたしは、〝セキレイ〟って方が気になりますね」

「そうじゃない、つづりのことだ。糸偏だったっけ、人偏、それとも他の偏がつくんだったかな？」

「跡の方には、偏がついてたと思いますけど」モリーは言った。「シュメンドリック」——ちょうど魔術師が、戸口から身をかがめて入ってきたのだ——「奇跡の奇って、何偏だったかしら？」

「車偏だ」かれは疲れきったように言った。「軌跡と同じ語源から来た言葉だよ」モリーは柄杓《ひしゃく》で、薄い肉スープを一杯、かれによそってやった。シュメンドリックはテーブルについた。その目は、ヒスイのように硬く、くもっていた。そして片方のまぶたは、ぴくぴくと痙攣していた。

「こんなこと、もう長くは続けていられない」のろのろと言った。「こんなぞっとする場所じゃなくて、いつもかれの言うことを聴かされなくてすむのなら、まだいいのだが、——まあ、それに関しては、ぼくも少しはうまくなってきたが——たまらないのは、かれがぼくにやらせようとするあの忌々しい安っぽい手品だ。何時間もやらねばならない——昨夜は、一晩かかった。真の魔術を望まれるのなら、あるいはまた簡単な魔法であってさえいい、それならば、ぼくも気にはしない。だがいつだって、金輪に金魚、トランプにスカーフ、それにヒモの手品ばかりだ。ミッドナイト・カーニヴァルにいたときとまったく同じ。もうぼくにはできない。これ以上は、できない」

「でも、それが、かれがあんたに望んでいることのはずよ」モリーは、反論するように言った。「もしも、かれが真の魔術を望むなら、あの老魔術師、マブルクを手元に置いていたはず」シュメンドリックは頭を上げ、ほとんど面白がっているような目で、彼女を見た。

「そんなつもりで言ったんじゃない」彼女は言った。「それに、あと少しの辛抱だよ。あの猫が話してくれた赤い牡牛への道を見つけるまでの間さ」

その最後の言葉をしゃべったとき、モリーはささやき声にまで、声を落とした。そして二人とも、リーア王子の方に、視線を投げた。けれども、王子は、部屋の片隅の丸椅子に腰かけていた。明らかに、もう一つ、詩を書こうとしているようだった。「小夜千鳥」かれはつぶやいた。ペンで唇を軽く叩いた。「さより、小百合、作用、小夜あらし……」かれは、「さようなら」を選ぶと、さらさらと書き出した。

「ぼくらには、その道を見つけることは、できないだろうよ」シュメンドリックは、おそろしく静かに言った。「たとえその猫が、真実を語ったとしても、そいつはぼくには疑わしいがね、ハガードは、その骸骨と時計を調べるだけの時間を、ぼくらには与えてくれないだろう。大広間をきみがうろつかないようにさせるため以外に、どうしてハガードが、毎日毎日、よりいっそうの仕事をきみの前に山積みにさせるのかね？　どうして、カーニヴァル用の手品をやらせて、いつもぼくをそばに置いておくのかね？——事のはじめからして、どうしてかれが、ぼくを自分の魔術師として雇ったのかね？　モリー、かれは知ってるんだ。そうに決まってる！　まだ、本気で信じちゃいないけども、あいつらは彼女が何者なのか、知ってるんだ——もしも本当に信じるようになったら、あいつは、自分のすべきことを知ってる。あいつにはわかってるんだ。時々、かれの顔にそいつがあらわれるのを、ぼくは見てる」

「希望が、盛り上がり、失望が、こぼたれる」リーア王子が言った。「苦々しい、ずんぐりころころ、ずんぐりこ。どんぶりこ、ざんぶりこ。畜生」

シュメンドリックは、テーブルの上に身を乗り出した。「ぼくらは、ここにとどまって、あいつが一撃加えてくるのを待っているわけにはいかない。われわれに残された唯一の希望は、夜の間に逃げ出すことだ。たぶん、海からね。どこかで、ぼくがボートをしつらえることができたらだけども。兵士たちは、他所を向いてるだろうし、門は——」

「でも、彼女の仲間たちは！」モリーは、そっと叫んだ。「どうして、あたしたちが、ここを出ていけるというの？　彼女が、他のユニコーンを見つけるために、こんなに遠くまで来ているのに、そしてあたしたちには、みんながここにいるって、わかっているのに」

けれども、彼女の内なる柔らかな、ちっぽけな裏切り者が、突如として、この探求の旅が失敗であったことを心から納得しようとしはじめた。モリーにもそれがわかった。そして彼女は、シュメンドリックに対して、怒りを感じた。「それに、あんたの魔法は、どうなっちまったの？」彼女は尋ねた。「あんた自身の、ちっぽけな探求は、どうなっちまったのよ。あんたは、それもいっしょにあきらめちまうの？　彼女は、人間の姿で死に、あんたは永遠に生き続けるのかい？　それなら、牡牛が彼女を捕えるがままにさせておいても、良かったじゃないか」

魔術師は、椅子にすわりこんだ。顔は、まるで洗濯女の指のように、青白く、しわが寄っていた。「一つの道をとろうと、他の道をとろうと、たいした問題じゃない」ほとんど、自分に言いきかせるように、つぶやいた。「今の彼女は、ユニコーンじゃない。人間の女だ——無骨者が、ため息をもらし、詩を書く対象となるような存在だ。結局のところは、ハガードは彼女の真の姿を見出すことはないのかもしれない。彼女は、かれの娘になり、かれはついに知らずに終わるだろう。奇妙なものだ」一度も味わわぬままに、スープを押しのけると、両手で頭を抱えた。「もしも、われわれが、ユニコーンたちを見つけることができたとしても、ぼくは彼女をユニコーンに戻すことができないんだ。ぼくの中には、もう魔法は残っていない」

「シュメンドリック——」モリーが言いかけた。けれどもそのとき、かれは跳び上がり、台所から駆け出ていった。彼女には、王がかれを呼んでいるのが、聴こえなかったにもかかわらず。リーア王子が、頭を上げた。韻を打ちつづけ、同韻語を試し続けていた。モリーは、歩哨たちのお茶のために、やかんを火にかけた。

「最後の対句以外は、できたんだけどね」リーアが、ようやく言った。「今すぐ、聴きたいかね、それとも、待ってくれるだろうか？」

「どちらでも、お好きなように」モリーは言った。そこで、かれはその場で読みはじめた。けれども、その一言たりとも、モリーは聴いてはいなかった。幸いなことに、王子が読み終える前に、兵士たちが戻ってきた。そして、かれらがいる前で、彼女に感想を尋ねるには、王子は内気すぎた。兵士たちが、出ていく頃には、王子は別の詩にかかっていた。そしてモリーにおやすみなさいを言ったのは、もうずいぶん遅くなってからだった。モリーは、ぶちの猫を抱きしめて、テーブルにすわっていた。

新作の詩は、セスティナ形式をとったものになるはずだった。自分の部屋に連なる階段を昇りながら、脚韻の言葉をあれこれいじり回しているリーア王子の頭の中では、様々な音が楽しげに渦巻いていた。「あの処女作を、彼女の部屋の前に置いておこう」かれは考えた。「残りは、明日のために取っておくんだ」自分の作品に署名するか、しまいか、かれは考え込んでいた。〈影の騎士〉とか、〈心病む騎士〉というようなペンネームをつける考えをもてあそんでいた。そんなことを考えながら、角を回り、そこでアマルシア姫と出会ったのだ。彼女は、暗い中を急ぎ足で降りてきたところだった。王子の姿を見ると、奇妙な、かぼそい声をあげ、かれよりも、三段、上で立ちどまった。

アマルシア姫は、王の配下の一人が、ハグスゲイトから彼女のために盗んできたローブをまとっていた。髪はおろされ、裸足だった。階段の彼女の姿を見ると、リーア王子の背骨を悲しみが這い上がり、それはかれの詩も見栄も地に堕した。そしてほとんど、逃げ去ろうと、身を翻しかけた。けれども、リーア王子は、いかなる点でも、英雄であった。勇敢にも、落ち着いて、ていねいに声をかけながら、振り返り、彼女と向かい合った。「わが姫、こんばんは、と申し上げます」

暗がりの中で、アマルシア姫は、じっと王子を見つめた。片手を差し出したが、かれにふれる前に、引っ込めた。「あなたは、誰？」ささやいた。「ルク？」

「リーアです」王子は答えた。突然、恐怖を感じた。「ぼくがわからないのですか？」けれども、彼女は、あとずさった。王子には、その足取りが、まるで獣のように流れたように見えた。そして、山羊や鹿がやるように、頭を低くしたようにさえ見えたのだ。かれは言った。「ぼくは、リーアです」

「年老いた女」アマルシア姫は言った。「月が消えた。ああ！」身震いをすると、それから、彼女の目がかれを認めた。けれども、彼女の肉体は、依然として猛りたち、身構えていた。かれに近づこうとしない。

「夢から醒めていないんですね、わが姫」再び、騎士にふさわしい言葉を見つけ、かれは言った。「あなたの夢のことを、知りたいものです」

「前にも、それを夢に見たことがありました」彼女は、ゆっくりと答えた。「わたしは、檻の中にいました。他のものもいたのです——檻の中の獣たちが——それに老婆が一人。でも、あなたをわずらわすつもりはありません、王子様。もう何度も、そのことを夢に見ているのです」

そのまま、彼女は立ち去るべきだったろうけれども、かれはちょうど、多くの獣たちが母親になるときにある種の鳴き声を発達させるように、英雄だけが持つことを許される声で、話しかけたのだ。「そんなにも、何度も訪れる夢は、何かの使者かもしれません。未来のことを警告するために、あるいは、折悪しくあなたが忘れてしまっていることを思い出させるために、やってくるのです。もっとくわしくおっしゃって下されば、あなたのお気持ちしだいですが、あなたのためにその謎を解いてみせましょう」

そこで彼女はためらった。頭を僅かに傾け、王子を見つめた。ほっそりとした身体を、毛皮でおおった生き物が、茂みの中から外をうかがっているという雰囲気を、依然として、まとっていた。けれども、その瞳は、何かを失った人間的な光をたたえていた。それはあたかも、必要としている何かを失ってしまったか、あるいは、突然、それを一度も手にしたことがないのに気がついたという様子だった。まばたき一つしても、彼女は消え失せてしまうだろう。王子はまばたきもしなかった。グリフィンやキメラを抱きとめるためにおそわったとおりに、しっかりと見つめながら、身動きせずに彼女を抱いていた。彼女の裸足は、これまで経験したいかなる試練よりも、引き裂くような爪よりも、王子を深く傷つけた。けれども、かれは真物の英雄だった。

アマルシア姫は言った。「夢の中には、黒い、檻のついた馬車が出てきます。そして、この世に存在する獣と、存在しない獣もいます。月の光を浴びて、金属のような音をたてる翼あるものもいます。背の高い男は、緑色の目、血まみれの手をしています」

「その背の高い男は、あなたのおじさんにちがいないですね。あの魔術師ですよ」リーア王子は、考えながら言った。「その部分は、よくわかりますね、どちらにしろ。その血まみれということも、驚くほどではありません。こんなことを言って、失礼でないとしたら、ぼくはかれの姿など、これっぽっちも気になりませんからね。夢は、それで全部なのですか？」

「あなたに、すべてを話すことなどできません。それには、終わりがないのです」池に、大きな石が落ちたときのように、恐怖が彼女の瞳の内に波紋を描いた。何もかもが雲におおわれ、渦巻き、至るところを素早い影が駆けめぐっていた。彼女は言った。「わたしは、そこにいれば安全なのに、その場所から逃げているのです。夜が、まわりで燃えています。でも、それは昼間でもあるのです。生暖かく、すっぱい雨の中で、わたしはブナの林の下を歩いている。蝶々たちがいる。やさしい音、まだらの道、魚の骨のような町々、そして空飛ぶものが、あの老いた女を殺している。わたしは駆けている。凍りつくような炎の中に駆け込む。それでもわたしは振り返る。わたしの脚は獣の脚――」

「姫」リーア王子が、割って入った。「わが姫、失礼ですが、もう結構です」彼女の夢が、二人の間に、黒々と形をとりはじめた。突然、王子は、その意味するものを知りたくなくなった。「もう、結構です」

「でも、続けなければならない」アマルシア姫は言う。「永遠に終わらないものだから。目覚めているときでさえ、身体を動かし、しゃべり、夕食を食べているときにも、どれが現実で、どれが夢なのか、わからない。起きるはずのないことを憶えているし、今、自分に起きていることを忘れてしまう。みんな、わたしがその人を知っているにちがいないとでもいうように、わたしを見る。わたしは、かれらに、夢の中で知りあっただけなのに。そして火は、いつだって、近づきつつある。目が覚めている間にも――」

「もう結構です」王子は、絶望的に言った。「魔女が、この城を築いたのです。ここで悪夢のことを語ることは、しばしば、それを現実のものとしてしまうのですよ」王子に寒気を感じさせたのは、アマルシア姫の夢ではなかった。それを話しながら、彼女が涙を見せなかったことだった。英雄として、王子は、泣いている女を理解することはできた。彼女たちを泣きやませる方法も知っていた――通常は、何かを殺してやればいい――けれども、アマルシア姫の冷静な恐怖は、かれを混乱させ、男らしさを奪った。彼女の顔の形が、王子が好んで保とうとしていたほのかな威厳を崩していった。再び、しゃべりはじめたとき、王子の声は、若く、つっかえがちなものとなっていた。

「どうすれば良いのか、ぼくにわかるなら、よりいっそう、優雅にあなたにお仕えしましょう。このぼくの竜たちや、武道の腕前は、あなたの重荷になっただけです。でも、ぼくが捧げることができるのは、それしかなかったのです。ぼくときたら、長い間、英雄ではなかったのですし、英雄になる前は、何者でもなかったのです。父の間抜けな、軟弱な息子以外の何者でもなかった。たぶん、今でも、ぼくは新たな間抜けであるに過ぎないのでしょう。でも、ぼくはここにいるのです。ぼくに無駄なことをさせるのは、あなたがいけないのです。あなたが、ぼくに何かを望んで下さったなら、と心から願っているんです。それは何も勇敢な行為である必要はありません――ただ、お役に立てば、いいんです」

そのとき、アマルシア姫は、王子に微笑んだ。ハガード王の城にとどまるようになってから、はじめてのことだった。それはほんのかすかな微笑、まるで新月のような、目には見えぬものを縁どる細い光の線。けれども、リーア王子は、それで暖をとろうと、身を傾けた。できることならば、その微笑みを両手でとらえ、もっと明るくなるようにと息を吹きかけてやりたかった。

「歌って」彼女は言った。「この暗く、さびしい場所で、声をあげるということは、勇敢なことです。それに役に立つことでもあるはず。わたしのために歌って下さいな。大きな声で、わたしの夢を引きずり出し、それが何を思い出させようとしても、それを思い出すことから、わたしを引きはなして下さい。歌って、王子様、それがあなたの望みなら。英雄の仕事には見えません。でも、そうしていただければ、うれしく思います」

そこで、王子はその冷えきった階段の上で、精一杯の声をあげて歌った。王子の声の昼間のような陽気さに、じめついた目に見えぬ生き物たちは、身を隠すものを求めて、のたうち、這いずり回った。王子は、最初に思い出した言葉を歌った。それは次のようなものだった。

若かりし頃、
女たちにもてはやされた頃、
女たちが拒むことどもを、

尋ねることはできなかった。
一つかみの干しブドウのように、
女たちの心を、ねぶった。
愛などと、語ったことすらなかった。
だが、わたしにはわかっていたのだ、
自分が嘘を語っていたこと、を。

だが、わたしは独《ひと》り言《ご》ちた。
女たちは、誰一人、
わたしが隠し、感じ、
秘めている秘事を、
知らないのだ、と。
このわたしの外見を、
見抜く者こそを、
待ち焦がれていた。
恋していることは、

仕草でわかるのだ、と。

年月は、天国なる雲のごとくに、
過ぎ去り、
女たちは、風に舞う雪のごとくに、
通り過ぎた。
たぶらかし、だまし、裏切り、
本心を偽ってきた。
罪を犯し、犯し、犯してきた。

だが、わたしは独り言ちた。
女たちは、誰一人、
このわたしのうちには、
波の泡のごとく、
清らかなるものが、
あること、それを

知らないのだ、と。
わが愛しの人は、
まだまだ来ない。
だが、彼女には、
わかるだろう、
このわたしが忠実で、
あったことを。
恋していることは、
仕草でわかるのだ、と。

何もかもを知り、心やさしき
女が、ついにやってきた。
その女は、こう言ったのだ、
あなたは、他の人々が思っている
人間とは、ちがう人なのだ、と。
彼女の言葉が、終わりを迎える前に、

わたしは、彼女を裏切った。
その女は、冷たき毒をあおり、
海に身を投げた。

そして、語らねば
ならぬときになり、
わたしは、独り言ちた。
ゆるゆると、堕ち、
身をもち崩した故に。
ああ、愛は強きもの、
だが慣れは、より強い。
恋していることは、
仕草でわかるのだ、と。

歌い終えると、アマルシア姫は、笑い声をあげた。その声に、城の古い、古い暗闇が、二人のまわりから、しゅうしゅうと音をたててあとずさったように思えた。「役に立ったわ」彼女は言った。「ありがとう、わが殿」

「どうして、今の歌を歌ったのか、ぼくにもわかりません」リーア王子は、ぎごちなく言った。「父の部下の一人が、よくぼくに歌ってくれたものなのです。歌われていることを本当に、信じているわけじゃありません。愛は、習慣よりも、環境よりも強いものだと、思っています。長い間、一人の人間が、誰かのために自分を取っておくことは、不可能ではないと思います。そして、最後に、その女がやってきたときに、どうして自分が待っていたかを、依然として忘れずにいることはできるのだと、思うのです」アマルシア姫は、もう一度、微笑んだ。けれども、答えはしなかった。王子は、彼女に向かって、一歩、近寄った。

　自分の図々しさに、驚きながらも、王子はそっと言った。「できることならば、あなたの夢の中に入りたい。そして、あなたをまもりたい。あなたを追ってくるものを打ち殺しましょう。それが、真昼の光の中で、ぼくにたちむかってくる勇気があるのなら、打ち殺してやるのと同じように。でも、ぼくはあなたの夢に入っていけないのです。あなたがぼくの夢を見てくれるまでは」

　アマルシア姫が語ろうとする前に、もしも彼女がそうしようとしたのならばだが、曲りくねった階段の上にいた二人のところに、下からやってくる足音が、届いた。そしてハガード王のしゃがれた声が、届いた。「あの子が歌っているのが聞こえた。歌うだなどとは、いったいどうしたというのだ？」

それから、宮廷付き魔法使いのシュメンドリックの声。弱々しく、あわてていた。「御主人、あれは単なる英雄の歌、一種の武勲詩みたいなものでしょうよ。栄光目ざしてあの方が出かけていくときに、しばしば、お歌いになるような、あるいは、その名を高めるために、ここへお戻りになるときに歌うような。そうに決まってますよ、陛下――」

「あの子は、ここでは、歌ったことなどない。あの馬鹿げた放浪の間には、歌い続けているに決まっている。それはわかっている。英雄はそうするものだからだ。だが、あの子は、ここで歌っていた。しかも、戦いの歌でも、騎士道の歌でもない。愛の歌を、だ。あの娘は、どこだ？　あの子の歌を聞かずとも、愛のことを歌っていたのは、わかっているのだ。この城の石どもが、身を震わせておったからな。大地の中で牡牛が身じろぎしたときに震えるのと、同じようにな。あの娘は、どこだ？」

王子とアマルシア姫は、暗闇の中で、互いに顔を見合わせた。そのときには、二人は肩を並べていた、どちらからも動かなかった。それと共に、王の恐怖が伝わってきた。二人の間には何が生まれていたにせよ、それが、王が望んだことであったのだろう。二人の上の踊り場は、廊下に通じていた。二人は身を翻し、一寸先も見えなかったのにもかかわらず、駆けた。彼女の足は、王子に与えた約束と同じように音をたてなかった。けれども王子の重い長靴は、まさに石の床の上で長靴がたてるような音を響かせた。ハガード王は、追おうとしなかった。けれども、かれの声は、魔術師の声の下からささやきとなって、廊下を流れてきた。「ネズミですよ、殿、疑う余地もありません。幸いなことに、わたしは簡単な呪文を持ち合わせておりまして――」

「逃げさせるがいい」王が言った。「あいつらが逃げるというのは、わしにふさわしい」駆けるのをやめると、それがどこであろうとも、二人は、また互いに見つめ合うのだった。

こうして、冬は泣き声をあげ、這いずっていった。いかなる春に向かっていくのでもない。短い、何もかも呑みつくすハガード王の国の夏に向かっていったのだ。城の中の生活は、誰もいかなるものに対しても希望を持たぬ場所を満たしている沈黙の中で、過ぎていった。モリー・グルーは、洗濯をし、料理をし、石をこすり、鎧を修理し、剣を研いだ。木を切り、粉をひき、馬を磨き、馬小屋を掃除し、王の宝物庫のために盗んできた金や銀を溶かし、ワラ無しで、レンガをつくった。夜には、ベッドに入る前に、アマルシア姫へのリーア王子の新しい詩を読んでやるのが常だった。そしてその詩を誉め、つづりをなおしてやった。

　シュメンドリックは、王の命ずるがままに、道化《おどけ》てみせ、奇術を見せ、でたらめをやった。それを憎み、それを自分が憎んでいることをハガードが知り、その故にそこから喜びを見出していることを知っていた。シュメンドリックは、もはや二度と、ハガードが、アマルシア姫にまつわる真相を確信する前に、この城から逃げ出そうと、モリーをそそのかしたりはしなかった。けれども、もはやかれは、赤い牡牛に至る秘密の道を探し求めようともしなかった。自分自身の時間が許されたときであってさえも、だ。シュメンドリックは、すっかり降伏してしまったように見えた。王に対してではない。この冬、この城で、ついにかれに追いついてきた、はるかに年老い、はるかに残酷な敵に対して、降伏してしまったようだった。

　日々が、その前の日よりも陰気に、暗くなっていくにつれ、毎日毎日、アマルシア姫は、よりいっそうその美しさを増していった。雨の中で歩哨の役を終えて濡れそぼち、震えながら降りてきた、あるいは王のために何かを盗んで戻ってきた年老いた兵士たちは、階段や廊下で彼女と出会うと、まるで花のように音もさせず、顔をほころばせた。彼女は、老人たちに微笑みかけ、やさしく語りかけるのだった。けれども、彼女が通り過ぎていくと、城はいつも、よりいっそう暗くなり、外の風は、干し物綱のシーツのように、分厚い空をはためかせるのだった。なぜなら、アマルシア姫の美しさは、人間のものであり、亡ぶべきものだったから。そこには、老人たちの安らぎはなかった。兵士たちにできることは、水のしたたる外套をいっそう強く身体に巻きつけ、台所の小さな火に向かって、足を引きずりおりていくことだけだった。

けれども、アマルシア姫とリーア王子は、あたかもハガードの城が、春を迎えて茂り、色濃くなった緑の森になったかのように、楽しげに共に歩み、語り、歌っていた。二人は、まるで丘であるかのように歪んだ塔に昇り、石の空の下の石の牧場でピクニックをした。固さを失い、谷川のように流れを早めた階段をしぶきを跳ね上げながら、昇ったり、降りたりした。王子は、自分の知っていることを何もかも話し、それについてどう思っているかを話した。彼女のために、嬉々として、一つの人生を創り、意見を創った。彼女は、それに耳を傾けることによって、かれがそうするのを助けた。だからといって、彼女はかれをあざむいているのではなかった。なにしろ、この城と王子以前のことについては、本当に何も覚えてはいなかったのだ。彼女という存在は、リーア王子と共にはじまり、終わるのだ。ただし、あの夢は別だったが、それもじきに消えていった。王子が、それは消えていくと言ったからだ。

もはや二人が、夜に赤い牡牛の狩りの吠え声を聞くことは、ほとんどなかった。けれども、その飢えた声が、彼女の耳に達すると、彼女は震えあがったものだ。すると城の壁と冬は、再び、二人の周囲で力を盛り返すのだった。まるで二人の春が、すべて、彼女の創り出したものであるかのようだった。王子に対する、彼女の喜びの贈りものであるかのようだった。そのようなときには、彼女を抱きしめてやればよかったのだろう。けれども、他人にふれられることに対する彼女のおそれを、王子は、久しい以前から、知っていたのだった。

ある午後のこと、アマルシア姫は城の最も高い塔の上に立ち、前に殺した食人鬼の義弟との冒険から、リーア王子が戻ってくるのを見つめていた。というのは、かつてモリーにそうするだろうと告げたとおり、依然として、時に応じて、王子は武者修業に出かけたからだった。空は、ハグスゲイトの谷の上に積み重なっていた。汚れた石けんのような色だった。けれども雨は降っていない。遥か下では、海が銀と緑、ケルピイのような茶色の硬い筋となって、けぶったような水平線に向かってすべっていく。みにくい鳥たちは、休むことを知らぬ。二羽、三羽とかたまって、何度となく飛び出し、海面で素早く輪をかいた。それから、砂の上を、気取って歩くために戻ってくる。崖の上のハガード王の城に向かって、笑い声をあげ、首を突き出した。「そんなわけ、そんなわけ！」波は低く、引こうとしていた。

アマルシア姫は歌いはじめた。その声は、また別の鳥のように、ゆるやかな、冷たい大気の中で、バランスを保ち、滞まった。

わたしは王の娘。
わたしという牢獄の中で、
血と肉のあばら屋の中で、
年老いた。
逃げようか、
家から家へと
物乞いをして——

その歌を、前に聞いたことがあることを思い出さなかった。けれども、その言葉は、まるで子供たちのように、彼女をつねり、引っぱった。子供たちが、もう一度見たいと思うところに、彼女を引きずり戻そうとするかのように。彼女は、それから逃れようと、肩を振った。
「でも、わたしは年を取っていない」彼女はつぶやいた。「それに、囚人でもない。わたしはアマルシア姫。リーアに愛される者。眠っている間にも、わたしが自分のことに疑いを感じないように、かれは、夢の中に入ってくる。いったい、どこで悲しみの歌を教わったのだろう？　わたしはアマルシア姫、リーア王子が教えてくれた歌しか知らないはずなのに」

　前額のしるしにふれようと、手をあげた。海は、十二宮のように静まり返り、向きを変えた。みにくい鳥たちが、金切り声をあげた。そのしるしが消えようとしないので、彼女は、わずかに困惑した。

「陛下」音一つしなかったのに、彼女は言った。背後で、絹ずれがした。王に顔を合わせようと、振り返った。王は、鎧の上に灰色の外套をまとっていた。頭部はむき出しだった。その顔の黒い筋は、年月の爪が硬い肌の上をすべり落ちていったところを示していた。けれども、かれは、息子よりも強健そうに見えたし、荒々しそうに見えた。

「おまえは、今のおまえにしては、なかなか素早い」王は言った。「だが、かつて、おまえであったものよりは遅いようだな。愛は男を素早くさせ、女をのろまにさせるという。もしおまえが、これ以上、恋におちれば、ついにはわしがおまえをとらえることになるだろう」

　彼女は何も答えずに、微笑んでみせた。リーア王子と二人で分け合っている孤独の端をかすめる動きとして見る以外、滅多に見ることのないこの薄い色の目をした老人に対して、何というべきか、彼女にはわからなかったのだ。そのとき、谷間の奥で、鎧が光った。そして、疲れきった馬が、石にひづめをかけるきしんだ音が聞こえてきた。「あなたの御子息が、戻ってきましたね。いっしょに、かれを見ませんか」

　ハガード王は、胸壁に立つ彼女の横に並ぶために、ゆっくりと近寄ってきた。けれども、王は、家路をやってくる小さな、輝く人影には、ほとんど目をくれようともしなかった。

「いや、おまえにしても、わしにしても、リーアのことで、本当に気にかけることなどあるのかね?」王は尋ねた。「あの子は、わしとは関わりはない。その生まれも、家族も。誰かが、あの子を置き去りにしたところから、拾ってきただけだ。自分が一度たりとも幸せだったことはない、息子を持ったこともない、そう思いながら拾った。最初は、なるほど、心あたたまるものだった。だが、その気持ちもあっという間に死んでしまった。わしが拾い上げると、どんなものでも、死んでしまう。どうしてそうなるのか、わしにはわからん。だが、いつだって、そうなのだ。わしが守っている、冷たくも、退屈なものにもならん、ただ一つのものを除いてはな。それは、わしに属するただ一つのものなのだ」かれの重苦しい顔は、バネ仕掛けの罠のように、突然、飢えた表情に変わった。「そして、おまえがそれを見つけるためには、リーアは、何の役にも立つまい。あの子は、それが何であるか、まったく知らんのだ」

　何の予告もなく、城の全体が、弾かれた弦のように、音をたてた。その根元で眠っている獣が、寝返りして、おそるべき体重のところを変えたのだ。アマルシア姫は、易々と身体の平衡を保った。それには、すっかり慣れっこになっていたのだ。そして、快活に言った。「赤い牡牛ですね。でも、どうして、わたしがあの牡牛を盗みにやってきたなどとお考えになったのですか？　わたしには、守るべき王国もなければ、征服の望みもないのに。いったい、あの獣に、わたしがどんな用があるというのでしょう？　餌は、どれくらい食べるのですか？」

「わしを馬鹿にするのか！」王は答えた。「あの赤い牡牛は、あの子ほどにも、わしのものではない。それに、あれは何も食わんのだし、盗まれることもありえない。あれは、恐れを持たぬ者ならば、誰にでも仕える。そしてわしは、休息を持たぬのと同様、恐れも持ち合わせてはおらん」それにもかかわらず、アマルシア姫は、そのいくつもの予兆が、相手の長い、灰色の顔を横切り、額と骨の影をこそこそと通り過ぎていくのを見てとった。

「わしを馬鹿にするな。どうしておまえは、自分の探求を忘れたようなふりをし、わしにそれを思い出させてもらおうというふりをするのだ？　おまえが、何のためにやってきたのか、わしにはわかっている。おまえも、わしがそれを持っていることを、知っている。

ならば、持っていくがいい。できるならば、持っていくがいい――だが、今は、降参するな！」黒いしわが、まるでナイフのように、鋭く尖った。

馬を進めながら、リーア王子は、歌っていた。けれども、まだアマルシア姫には、その言葉を聴き取ることはできなかった。彼女は静かな口調で、王に言った。「赤い牡牛がもたらしてくれたあなたの城のすべての中で、あなたの領地のすべての中で、あなたの王国のすべての中で、わたしが望むものはただ一つです――そしてたった今、他人に与えるにしても、取っておくにしても、あの人はあなたのものではないとおっしゃいましたね。あなたの宝物が何であろうとも、それはかれではないのですね。あなたが、御自分の宝をお楽しみになることを、心から願います。それでは、陛下」

彼女は、塔の階段に向かって歩きはじめた。けれども、王に行く手をさえぎられ、足を止めた。雪の上のひづめの跡のように暗い目で、王を見た。灰色の王は微笑を浮かべた。かれにしては、奇妙なほどのやさしさに、一瞬、彼女は寒気をおぼえた。なぜなら、自分たち二人が、どこか似ているような気が、突然、したからだ。けれども、そのとき、王が言った。「おまえのことは知っている。おまえが路上にあり、料理人と道化と共に、わしの城の扉に向かってくるのを見たとき、あのときから、もうわしにはほとんどわかっていたのだ。あれ以来、おまえを裏切らなかった動作は、何一つない。足取り、目、頭の回し方、息するときの咽喉の動き、完全に静止して立っているときの姿さえ、な。それらは、みな、わしのスパイ役を果たしてくれた。ほんの僅かの間ではあったが、おまえは、わしを不思議がらせてくれた。わしなりに、感謝はしている。だが、おまえの時は、もう終わったのだ」

王は、肩越しに、海の方を見やった。そして突然、若者の無謀な優雅さを見せて、胸壁に近寄った。「潮の向きが変わっていく」王は言った。「こちらに来て、見るがいい。こちらに来なさい」おそろしくやさしげに言った。けれども、突如として、その声は、あの岸辺にいるみにくい鳥たちの鳴き声に近づいた。「来るんだ」きつい口調で言う。「来るんだ、おまえの身体には、手をふれない」

リーア王子は歌っていた。

できる限り、長く、きみを愛するよ。
それが、どんなに長くとも……

鞍にくくりつけられたぞっとするような首が、一種の低音のファルセットのように、それにハーモニーをつけた。アマルシア姫は、王の横に立とうとした。

波は、分厚く、渦巻いている空の下で、打ち寄せてくる。海を横切って、ふくれあがってくるにつれ、まるで林のように大きさを増してきた。浜辺に近づくにしたがって、波はうずくまり、その背を、高く、高く弓なりにそらせた。そして、烈しい勢いで、浜に跳びかかった。まるで、捕われた獣たちが、壁に向かって跳びかかり、また繰り返して跳びかかろうと、すすり泣くようなうなり声をあげて、落ちていくように。爪は崩れ、割れて。その間にも、醜鳥たちは、嘆きの声をあげていた。波は、破け散るまでは、鳩のような灰色と緑だった。それから、アマルシア姫の目の前を風で流される髪の毛の色になった。

「あそこだ」奇妙な、かん高い声が、彼女のすぐそばで聞こえた。「あそこに、あいつらがいる」ハガード王は、彼女に向かって、にやりと笑い、白い水を指さした。「あそこにいるのだ」まるでおびえた子供のように笑った。「あそこにいる。さあ、あいつらが、おまえの仲間ではないと言ってみろ。あいつらを探しにここにやってきたのではないと言ってみろ。さあ、さあ、おまえが冬の間、わしの城にとどまっていたのは、愛のためだったと、言ってみるがいい」

王は、相手の返事を待つことができず、波を見るために、振り返った。その顔は、信じられぬほどの変化を見せていた。喜びが、くすんだ肌を彩り、頬骨の上に血の気を戻し、弓の弦のような唇をゆるめさせた。「あいつらは、わしのものだ」そっと言った。「あいつらは、わしに属するものだ。赤い牡牛が、わしのために、集めてくれたのだ。一度に一頭ずつ。わしは、そのいずれをも、海の中に追い込むようにと、命じた。ユニコーンを捕えておくには、あれ以上に良い場所があろうか。そして、他のいったいどんな檻が、あいつらを閉じ込めておけようか？　なぜなら、赤い牡牛が、起きていようと眠っていようと、あいつらを見張っているのだ。そして牡牛は、久しい以前に、あいつらの心をくじいてしまっている。今や、あいつらは、海の中で生き、波の一つ一つが、依然として、陸地までほんの一歩というところまで、あいつらを運んでくる。だが、あいつらは、その一歩すら、踏み出そうとしない。水の外に出ようとはしないのだ。あいつらは、赤い牡牛を恐れている」

　近くで、リーア王子が歌っていた。「できる以上のものを、捧げようとする者たちがいるかもしれない。生きる限り、得ることのできるもののすべてを……」アマルシア姫は、両手で胸壁を掴んだ。かれに来て欲しいと願った。なぜなら、今、彼女にはハガード王が狂っていることがわかったからだ。二人の下にあるものは、やせこけ、土気色の浜、岩、盛り上がる波、ただそれだけなのだ。

「あいつらを見つめるのが好きだ。あいつらは、わしを喜びで満たしてくれる」その子供じみた声に含まれていないのは、歌だけだった。「あれは喜びだったのだ。はじめてそれを感じたとき、わしは死ぬのかと思った。あいつらの二頭が、早朝の影の中にいた。一頭は、小川から水を飲み、もう一頭は、自分の頭を牡の背に載せていた。わしは死ぬのではないかと思った。赤い牡牛に言ったのだ。『あれを手に入れねばならぬ。全部、わしは手に入れねばならぬのだ、この世にいるすべてを。なぜなら、わしの欲望は巨大なものなのだから』そこで、牡牛は、ユニコーンを捕えはじめた、一頭一頭な。それは、牡牛にとっては、同じことだ。わしが、糞コガネ虫やワニを捕えると命じたとしても、同じことだったろう。あれは、わしが望むものと、望まぬものの区別しかつけることはできんのだ」

低い壁から身を乗り出したとき、王は、しばらくの間、彼女のことを忘れていた。そのときなら、彼女は塔から逃げ出すことができただろう。けれども、彼女は、自分のいるところにとどまった。というのは、昼間にもかかわらず、あのおなじみの悪い夢が、まわりに湧き起こっていたからだ。波は、岩の上で砕け、再びまとまった。リーア王子は、歌いながら、馬を進めた。「けれど、できる限り、長く、あなたを愛そう。そしてあなたがぼくを愛しているかどうか、決して尋ねまい」

「はじめてあいつらを見たときには、わしは若かったのだろう」ハガード王は言った。

「今や、わしは老いているにちがいない——少なくとも、あの頃よりも、はるかに多くのものを拾い上げ、そのすべてをまた投げ出した。だが、わしにはわかっていたのだ、自分の心を投げ出すほどに価値のあるものはないことを。なぜなら、何物も永遠には続かぬのだから。そしてわしは正しかった。そこで、わしはいつも年老いているのだ。それでも、自分のユニコーンたちを見るたびに、いつもあの森の朝のように感じる。このわしという人間にもかかわらず、本当に若くなってしまうのだ。あのような美しさを保ちうる世界なら、いかなることも起こりうる」

　夢の中では、わたしは、四本の白い脚を見下ろし、割れたひづめの下に大地を感じていた。ちょうど今のように、額に焼けるものがあった。けれども、波に乗ってやってくるユニコーンなど見えはしない。王は気が狂っている。王が言った。「わしがこの世を去ったとき、あいつらは、どういうことになるのだろう。赤い牡牛は、あいつらのことを、すぐ忘れてしまうだろう。そして、新たな主人を探しにどこかに行ってしまうのだ。だが、そのときですら、あいつらが自由を得るのかどうか、わしにはわからん。自由にならぬほうがいい。そうすれば、あいつらは、永遠にわしのものなのだから」

　それから、再び、振り返り、彼女たちを見た。その目は、リーア王子の目が彼女を見るときになるように、やさしく、飢えていた。「おまえが最後だ」王は言った。「女の姿をしていたから、牡牛は、おまえを見逃した。だが、わしには、いつもわかっていたのだ。ところで、おまえはどうやって変身したのだ？　おまえの魔術師には、そんなことができるわけもない。あいつは、バターをクリームに変えられるとも思わぬ」

もしも胸壁から手を離したら、彼女は落ちてしまっただろう。けれども、ひどく落ち着いてかれに答えた。「わたしには、わかりません。水の中には、何も見えないのです」

王の顔が震えた。あたかも炎を通して、かれを見つめているかのようだった。「おまえは、まだ、自分を否定するのか？」王はささやいた。「これでもまだ、自分ではないと言うのか？ いや、それでは、おまえは真に人間であるかのごとく、嘘つきで、臆病ではないか。もしも、おまえがおまえでないと言うのなら、わしが、この手で、おまえを仲間のところに放り投げてやる」王は、彼女に向かって一歩、踏み出した。彼女は、身動きすることもできず、目を見開いたまま、王を見つめた。

潮騒と、リーア王子の歌声、そしてルクという名の男の泣くような断末魔の悲鳴が、彼女の頭を満たしていた。ハガード王の灰色の顔は、まるで鉄鎚のように、彼女の上にのしかかってきた。「そうに決まっている。わしがまちがえるわけがない。だが、この娘の瞳は、あの子と同じように、おろかだ——一度たりともユニコーンたちを見たことのない、自分の姿を鏡の中で見る以外、何も見たことのない者と同じようだ。これは、どういうまやかしなのだ、こんなことが、どうしてありうる？ もはや、この娘の瞳の中には緑の葉がない」

そのとき、彼女は目を閉じた。けれども、外のものを閉め出すというよりも、閉じ込められてしまったのだった。老婆の顔をした青銅の翼のものが、飛来し、笑い、ペチャクチャとしゃべった。そして蝶が、攻撃しようと、羽をたたんだ。赤い牡牛は、その青ざめた角で、むき出しの枝を押しのけながら、音を忍ばせて、森の中を抜けていく。ハガード王が立ち去った。彼女には、それがわかっていたが、目を開けようとはしなかった。

ずいぶんたってから、あるいは、ほんの僅かしかたっていなかったのかもしれない、背後で、魔術師の声がした。「静かに、静かに。もう大丈夫」自分が音を立てていたとは、彼女にはわからなかった。

「海の中だ」かれは言った。「海の中。さて、さて、そのことはあんまり気に病まないほうがいい。ぼくにも、それは見えなかった。今度だけじゃない。いつだってここに立ち、波が寄せてくるのを見たときでも、同じことだ。だが、あいつには、みんなが見える――もしも、ハガードが何かを見てるのなら、それがそこにあるってことさ」魔術師は、木に斧を打ち込むような声をたてて、笑った。「気に病まないで。これは魔女の城。ここに住んでいるものを、しっかりと見極めるってのは、難しいことなのだから。見る目を用意するだけじゃ十分じゃない――いつも見続けている必要があるんです」また笑った。よりやさしく。「さあ、今度はぼくたちが、みんなを見つけるんです。来て、ぼくといっしょに来て下さい」

彼女は、かれの方に向きなおった。言葉を出そうと口を動かした。けれども、いかなる言葉も出てこない。魔術師は、その緑の目で、彼女の顔を探った。「顔が濡れてる」当惑したように言った。「潮のしぶきであることを祈りますよ。もしも、泣くほどに、あなたが人間になってしまったのなら、この世のいかなる魔法でも——いや、しぶきに決まってる。さあ、いっしょに行きましょう。しぶきの方が、ましなんだ」

12

ハガード王の大広間では、時計が六時を打った。実際には、真夜中を十一分過ぎたところだ。けれども、大広間は、六時のときよりも、あるいは正午のときと、ほとんど同じように暗かった。それでも城に生きる者たちは、闇の濃さの違いで時を知るのだった。この大広間には、ただ単に、暖かさが欠けているために冷たく、光がないために薄暗い時間があった。空気がかび臭く、淀んでいる時間があった。石は、古い水の匂いがしみついていた。すべてを清める風を入れる窓がなかったからだ。それが昼の時間だった。

けれども、夜には、一日中活発な光を溜めるある種の木のように、日が沈んでからも長い間、葉の裏で光をとどめておくある種の木のように——つまり、夜になると、城は、闇に満たされ、充電される。闇で生き返るのだった。そのときには、大広間が冷たいのにもわけがある。そのときには、昼間には眠っていた小さな音の数々が、そこここの隅で、ひっかき、打つために、目覚めてくる。石の古びた匂いが、床のはるか下方から立ちのぼってくるように思えるのは、夜になってからのことだった。

「明りをつけて」モリー・グルーが言った。「お願いだから。あんた、明りをつけられる？」

シュメンドリックは、何か、ぶっきらぼうに、素人にはわからぬことをつぶやいた。一瞬、何も起こらなかった。けれども、それから、不可思議な、色あせた光が、床の上に広がった。輝き、きいきいいって走り回る何千もの切れ端に、自ら分かれ、部屋中に散った。城のちっぽけな夜の生き物たちが、ホタルのように光を放った。生き物たちは、広間をあちら、こちらと突走り、自分の無気味な光で、素早く動く影を造り出し、闇を以前よりもいっそう寒々としたものにした。

「こんなこと、してくれなければ、良かったのに」モリーが言った。「もう一度、消すこと、できるの？　とにかく、あの紫の光を、あー、足のあるやつ」

「駄目だ。ぼくにはできない」シュメンドリックは、不機嫌に言った。「静かに。骸骨はどこだ？」

柱の上で、それが薄笑いを浮かべているのが、アマルシア姫には見えた。影の中でレモンほどの大きさ、夜明けの月のようにぼんやりと。けれども、彼女は何も言わなかった。塔から降りてきてからというもの、一言も口をきいていなかった。

「あそこだ」魔術師が言った。骸骨のもとに歩み寄ると、その割れ目と、崩れかけた眼窩を長い間、のぞき込んだ。ゆっくりとうなずき、重々しく何かをつぶやいた。モリー・グルーも、同じように、熱心さを示して見つめた。けれども、彼女は、何度となく、アマルシア姫を見やった。ついに、シュメンドリックが言った。「これでよし、あんまり近づくな」

「骸骨を、本当にしゃべらせる呪文なんてあるのかい?」モリーが尋ねた。魔術師は手の指を伸ばすと、頼りがいのある微笑をかすかに浮かべた。

「いかなるものをも、語らせる呪文がある。魔法使いの巨匠たちは、偉大なる聴き手なのだ。かれらは、この世界のすべてのもの、生きているものも、死んだものも、語らせてしまう魔法を工夫したのだ。それは、魔法使いであるということの、基本を成すことなのだ。見、聴くということは」かれは、深々と息をすると、突然、目をそらし、両手をこすり合わせた。「それ以外は、技術ということになる」かれは言った。「さあ、はじまるぞ」

唐突に、シュメンドリックは、骸骨に向きなおり、片手をその青白い頂点に軽く置いた。そして、太い、命令するような声で、話しかけた。言葉は、兵隊のように、かれの口から隊列を組んで出ていった。その足音は、暗い空気を横切るにつれて、力強く響いた。けれども、骸骨は、何も答えなかった。

「どうも、変だな」魔術師は、声をひそめて言った。骸骨から、手を上げると、もう一度、話しかけた。今度は、呪文の響きは、いかにもそれらしく、相手を言いくるめるようで、ほとんど訴えるようだった。骸骨は、沈黙したままだった。けれども、モリーには、その顔を失った前面に、目覚めが忍び込み、また去っていったように思えた。

光を放ち、逃げまどう害獣たちの光の中で、アマルシア姫の髪は、まるで花のように輝いた。興味を示すでも、無関心なようにも見えなかった。けれども、戦場がしばしば静かであるのと似た静かさを保っていた。彼女は、シュメンドリックが、彼女自身と同様、一言たりとも口をきかぬ砂色の骨の固まりに向かって、次から次へと呪文を唱えるのを、見まもっていた。それぞれの呪文は、その前のものよりも、いっそう絶望的な響きを伴って、発された。骸骨は語ろうとはしない。それにもかかわらず、モリー・グルーは、それが意識を取り戻し、耳を傾け、面白がっていると、信じていた。彼女は、それを死の沈黙とまちがうには、あまりにも嘲りをこめた沈黙のことを知りすぎていたのだ。

　時計は二十九を打った――少なくとも、だ。そこで、モリーは数え切れなくなったのだ。その錆びついた音が、依然として床に響きわたっている時に、シュメンドリックは、突然、骸骨に向かって両のこぶしを震わせ、叫んだ。「わかった、もうたくさんだ、この嘘つき骨め！　目に一発、食らいたいのか？」その最後の言葉に至って、かれの声は、完全にばらばらになり、みじめさと怒りのうなり声になってしまった。

「そうだ」骸骨が言った。「叫べ。老いたハガードを起こせ」その声自身は、風の中で、互いにきしみ合い、ぶつかり合っている木の枝のように響いた。「もっと大声で叫べ。あの老いたる男は、おそらく、この近くのどこかにいるはず。あの男は、僅かしか眠らぬ」

モリーは、小さく、喜びの声をあげた。アマルシア姫でさえ、一歩、近づいた。シュメンドリックは、両のこぶしをしっかりと握りしめ、その顔には勝利の色はなかった。骸骨が言う。

「さあ、来い。赤い牡牛をどうすれば見つけられるか、おれに尋ねろ。おれの助言を得ることについては、まちがいではない。おれは、牡牛に至る道を守るために置かれた王の見張り、リーア王子でさえ、この秘密の道は知らぬ。だが、おれは知っているのだ」

少々、びくつきながら、モリーが尋ねる。「もしも、本当に、あんたがここで見張りについているのなら、どうして、警告を発しないんだい？　どうしてあんたは、あたしたちに助けの手を差し出すんだい、兵士たちを呼び寄せるかわりに？」

骸骨は、がらがらと、舌打ちした。「おれはもう長い間、この柱の上にいた。ハガードの首切り役人の隊長だったのだ。何の理由もなく、王が、おれの首を打ち落とすまでは。それが、自分が本当にやりたいことかどうか、確かめようとするほどに、王が邪悪であった頃のことだ。それは、王の望んでいたことではなかった。けれども、王は考えたのだ。おれの首を何かに利用できるのではあるまいか、と。そこで、王は、その頭蓋骨をここに載せ、自分の見張りとして役立たせようとしたのだ。こういう状況なのだから、おれは、望まれるほどには、ハガード王に忠実というわけではない」

シュメンドリックは、低い声で言った。「それでは、謎々に答えてくれ。赤い牡牛に至る道を教えてくれ」

「いやだね」骸骨は言った。それから狂ったように笑った。

「何故なんだい？」モリーは、烈しい声で叫んだ。「いったい、どんなつもりなんだい――？」骸骨の黄ばんだ長い顎は、まったく動かなかった。けれども、そのいやらしい笑い声がやむまでには、かなりの時間があった。せかせかと動き回っていた夜の生き物たちでさえ、その笑いが止むまで、しばらくの間、立ち止まっていた。そのキャンディのような光は、じゅずつなぎに、連なっていた。

「おれは死んでる。死んでるんだ。そして、ハガードの財産を見守って、この暗闇の中に置かれているってわけだ。おれの唯一のちょっとしたお楽しみは、生きている者たちを困らせ、怒らせることだけだ。しかも、その機会も、それほどないときてる。それを失ったのは、悲しむべきことだ。生きていた頃には、おれの人生は、ことさらに怒りに満ちていたものだったからな。おれが、あんた方にちょいとばかり甘えたとしても、許してくれるだろうな、もちろん。明日また、ためしてみてくれ。たぶん、明日になれば、話してやれるだろうよ」

「でも、あたしたちには、時間がないのよ！」モリーが頼み込んだ。シュメンドリックが、押し戻そうとしたのだが、モリーはあとに退かなかった。骸骨に近寄ると、その空ろな目に向かって直接、訴えかけた。「あたしたちには、時間がないのよ。今でさえ、もう遅いのかもしれないんだから」

「おれには、時間がある」骸骨は、打てば響くように、答えた。「時間があるってのは、本当は、そんなに良いもんじゃない。あわて、緊急、必死、これを見逃し、あれを置き忘れる。それにこんな小さな空間にしっくり入るにはあまりにも大きすぎるその他のもろもろ――人生ってものは、そういうものなのだ。おまえだって、もういくつかのことに、すっかり遅れているのかもしれぬ。気にすることはあるまい」

モリーは、もっともっと嘆願したかもしれない。けれども、魔術師は、彼女の腕を掴み、脇にどけた。「黙れ！」口早に、烈しく言った。「一言たりとも、もう何も言うな。あの忌々しいものが、口をきいたんだ、そうだろ？　これが、あの謎々の要求していたすべてかもしれない」

「そうじゃないね」骸骨が、かれに告げた。「おまえの好きなだけ、おれはしゃべるよ。だが、おまえには何も教えてやらない。何て、汚ないやり方じゃないか、え？　おまえも、生きているときのおれを、見とくんだったな」

シュメンドリックは、それには注意を払わなかった。「ワインは、どうした？」モリーに尋ねる。「ワインで、何ができるか、試してみるんだ」

「見つけられなかったのよ」不安そうに言った。「どこからどこまで探してみた。でも、この城に、ほんの一滴でもワインがあるとは思えないよ」凄まじい沈黙を保って、魔術師は、モリーを見つめた。「あたしは、探したんだよ」モリーは言った。

シュメンドリックは、両腕を、そろそろと上げ、身体の脇に落とした。「なるほど」かれは言った。「なるほど、そういうことだ。それでは、もし、ぼくらがワインを見つけられなかったら。幻覚を造ることはできる。だが、空気から、ワインを造ることなどできやしない」

骸骨は、ぺちゃぺちゃ、かたかたと、含み笑いをもらした。「物質は、創ることも、破壊することもできない。どちらにしろ、大部分の魔術師には、な」

ドレスのひだから、モリーは小さな水筒を取り出した。暗闇の中で、かすかに光っている。

「手がかりに、水があったらどうかと思って……」シュメンドリックと、骸骨は、ほとんど同じような表情で、モリーを見た。「これなら、大丈夫よ」モリーは、大きな声で言った。「まったく新しいものを造り出さなきゃならないってことじゃないわ。あんたに、そんなこと、頼んだりしない」

　自分の言ってることを聞きながら、モリーは、横目で、アマルシア姫を見た。けれども、シュメンドリックは彼女の手から水筒を取り、考え込みながら、じっと調べた。ひっくり返し、奇妙な、繊細な言葉をぶつぶつとつぶやいた。そして、最後に言った。「できないわけなどはない。きみのいうとおり、こいつは、標準的な術だ。一時期、大変な流行りになったものさ。でも、このところ、ちょっと時代遅れになってしまったけれどもね」片手を水筒の上で、ゆっくりと動かし、空中で言葉を織りなした。

「何をしてる？」骸骨が、勢い込んで尋ねてきた。「おい、もっと近くでやってくれ。ここで、やってくれ。何も見えやしないじゃないか」魔術師は、背を向けた。胸元に水筒を抱え、その上に頭を下げた。ささやくような呪文を唱えた。それはモリーに、燃えつきたたき火がたてるような、最後の炭が消えてから、しばらくしてから、たてるような、そんな音のことを、思い出させた。

「いいかね」シュメンドリックは、自分で自分の言葉をさえぎって、言った。「これは、特別なものじゃない。言ってみれば、二級ってところだ」モリーは、おもむろに、うなずいてみせた。シュメンドリックが言う。「それに、だいたいにおいて、甘すぎる。しかも、いったいどうやったら、こいつに、自分自身を飲ませることができるというのだ。これっぽっちも思い浮かばない」再び、かれは呪文を唱えはじめた。いっそう、そっと言う。その間にも、骸骨は、何も見えない、聴こえないと、不平たらたらだった。モリーは、アマルシア姫に、何か、望みありげに、静かな口調で言った。アマルシア姫は、モリーを見ようともせず、返事もしない。

　突然、呪文がやんだ。シュメンドリックは水筒を唇にあてた。最初は、香りをかぎ、つぶやいた。「弱い。弱いな。宴には向かぬ。誰も、魔法で、良いワインを造ることなどできない」それから、飲もうと、水筒を傾けた。ついで、ゆすった。ついで、見つめ、ついで、恐れに似た微笑みを浮かべ、ついで、水筒を逆さにした。何も出てこなかった。まったく、何も。

「やったぞ」ほとんど歓声に近かった。乾いた舌で、乾いた唇にふれ、繰り返した。「やったぞ、ついにやったんだ」微笑み続けながら、また水筒を持ち上げると、大広間の方に放り投げようとした。

「よせ、待った――おい、やめろ！」その骸骨の乾いた声の必死の抗議に、シュメンドリックは、手から水筒が離れる前に、動きをとめた。かれとモリーは、振り返り、骸骨に目を向けた。あまりの苦悩に、骸骨は、吊されている場所で、本当にのたうっていた。自由になろうともがき、柱にひからびた後頭部をがちがちと打ちあてていた。「そんなことしないでくれ！」泣きわめいた。「おまえたちは気が狂ってるにちがいない。そんな風に、ワインを放り投げようだなんて。いらないんなら、おれにくれ。とにかく、捨てないでくれ！」泣き声をあげながら、柱の上で、身もだえした。

シュメンドリックの顔を、夢見るような、驚いたような表情が横切っていった。干からびた土の上にただよっている雨雲に似ていた。ゆっくりと、シュメンドリックは尋ねた。「で、いったい、おまえ、ワインにどんな用があるっていうんだね？　味わうべき舌もなく、風味を感じる口蓋もなく、飲みこむべき咽喉もなしで。五十年間も死んでいながら、それは、まだおまえの記憶にあるものなのかね？　まだ望んでいるものなのかね――」

「五十年間、死んでいた、そうは言っても、ほかにおれに何ができた？」骸骨は、グロテスクな痙攣を止めた。けれども、欲求不満が、その声をほとんど人間らしいものに変えた。「覚えているさ。ワイン以外のことも、覚えている。一口だけ、やらせてくれ、それで十分だ――ちょっとなめるだけでいい――そうすれば、おまえたちが経験したことのないほどに、存分におれは味わってみせる。そのおまえたちの水気たっぷりの肉体や、舌や五臓六腑以上にな。おれには考える時間がたくさんあった。ワインがどんなものか、よく知っている。さあ、おれにくれ」

シュメンドリックは、にやりと笑うと、頭を振った。「雄弁なものだ。だがね、最近は、どうも自分が少々、意地悪のような気がしてるんでね」かれは空の水筒を振り上げた。それで三度目だ。骸骨は、人間のような悲しみの呻きをあげた。

同情に駆られて、モリー・グルーが、しゃべりかけた。「でも、それは――」けれども、魔術師が、彼女の足を踏んだ。「もちろん」かれが、考えながら言った。それは、大きく響いた。「もちろん、おまえが、万が一、ワインのことを思い出したのと同じように、赤い牡牛の洞への入口のことを思い出してくれるのなら、考えないでもないがね」二本の指で水筒をつまみ、何げない様子で、ひねくりまわした。

「わかった！」すぐさま、骸骨は叫んだ。「わかった。一杯、もらうためだ。だが、いますぐに、飲ませてくれ！ワインのことを考えたおかげで、生きていたときよりも、はるかに咽喉が渇いてきやがった。渇くべき咽喉があった頃の話だがな。今すぐ、ほんの一口でいい。そうすれば、おまえたちの知りたがってることを、話す」錆びついた顎が、互いに、横にすり合わされはじめた。スレート色の歯が、震え、かけていく。

「あげなさいよ」モリーが、シュメンドリックにささやきかけた。彼女は、空ろな眼窩から、涙が盛り上がってくるのではないかと、おびえていた。けれども、シュメンドリックは再び、頭を振った。

「おまえに、全部やるよ」骸骨に言った。「牡牛を見つける方法を教えてくれればな」

骸骨は、ため息をついた。けれども、まったくためらいはしなかった。「道は、時計の中を通り抜けていくことだ。ただ、時計の中を通り抜ければいい。そうすれば、着く。これで、ワインをもらえるかね？」

「時計を通り抜ける」魔術師は、時計が据えられている大広間の遠くの隅を振り返った。それは背が高く、黒く、きゃしゃだった。時計という存在の日没時の影のように見えた。文字盤のガラスは割れ、短針は、なくなっていた。灰色のガラスの裏に、器械仕掛けがかろうじて見えた。まるで魚のように、いらいらと、身をよじり、回っていた。シュメンドリックが言う。「正しい時を打ったら、時計が開き、するとそこにトンネルか隠し階段が現われる、そういう意味かね」疑っている声だった。というのは、そんな通路を隠しておくには、時計があまりにも細かったからだ。

「そのことに関しては、おれは、何も知らない」骸骨が応えた。「もしもおまえたちが、この時計が正しい時を打つまで、待つつもりなら、おれと同じように禿げちまうまで、ここにいることになるだろうな。どうして、簡単な謎を、難しくするんだね？　おまえは、時計を通り抜ける。そうすれば赤い牡牛は、反対側にいる。さあ、くれ」

「だが、猫が言うには――」シュメンドリックは、言いかけた。それから、背を向けると、時計に向かって歩いた。闇が、かれの姿を、あたかも丘をくだっていく者のように見せた。しだいに小さく、背が低くなっていく。時計のところに達しても、足も止めずに歩み続けた。まるで、時計が、本当に影以外の何ものでもないかのように。けれども、かれは、鼻をぶちあてた。

「馬鹿げてる」戻ってくると、かれは骸骨に冷たく言った。「どうして、われわれを、だませるなんて、思ったんだ？　牡牛に至る道は、時計から通じてるのかもしれない。だが、そこには、もっと知るべきことがある。教えてくれ、さもなければ、ワインを床の上にこぼしてしまうぞ。おまえに、その香りと姿を思い出させてやるためにね。なにしろ、それがおまえの選んだことなのだからな。さあ、早く！」

けれども、再び、骸骨は笑った。今度は、考え込むような、ほとんどやさしげな音だった。

「時間のことについて、おれが話してやったことを思い出すんだな。生きていた頃には、おれも、おまえと同じように信じていたものだ。時間というものは、少なくとも、おれ自身と同じほどに、確実に、実在するものだと、いや、もしかしたら、それ以上のものだと、な。まるで、この目で見ることができるように、〝一時〟と言ったものだ。まるで、地図の上に見ることができるかのように、〝月曜日〟と言ったものだ。そしてまた、分から分へ、日から日へ、年から年へと、自分が急ぐにまかせたものだ、あたかも、自分が実際に、一つの場所から別の場所へ移っていくかのように。皆と同じように、おれも、秒と分、週末と元旦を積み上げて造った家に住んでいたのだ。そして死ぬまで、その外に出たことはなかった。なぜならば、死ぬこと以外に出口はなかったからだ。今ならば、自分が壁の中を歩き抜けることができるのが、わかっている」

　驚いたように、モリーは、目をぱちくりさせた。けれども、シュメンドリックは、うなずいたのだ。「そうだ」かれは言った。「それは、本当の魔術師のやり方なのだ。そうは言っても、時計は――」

「時計は、決して、正しい時を打たない」骸骨は言った。「久しい昔に、ハガードがあの器械を無茶苦茶にしてしまったのだ。ある日、振り子と共に過ぎていく時間を、摑まえようとしたときに、な。だが、おまえたちが理解すべき重要なことは、時計が、次に十を打とうが、七を、十五を打とうが、そんなことは問題ではないということなのだ。おまえたちは、自分で自分の時を打つことができる。どこからでも数えはじめることができるのだ。それがわかれば――そのときには、どんな時間でも、おまえたちにとっては正しい時間となるのだ」

その瞬間、時計は四時を打った。最後の音の余韻がまだ消えぬうちに、大広間の下から、それに答える音が聞こえてきた。赤い牡牛が、夢見ているときにたてるうなり声でも、荒々しい呻き声でもなかった。低い、何かを尋ねるような音だ。あたかも、牡牛が、この夜の中に、何か新たなものを感じ、目覚めたかのようだった。至るところの敷石が、蛇のようにしゅうしゅうという音をたて、光を放つ夜の生き物たちが、狂ったように広間のはずれに駆け去っていくにつれ、夜そのものが震えたように思えた。突然、モリーは確信した。ハガード王が、近くにいるのだ。

「ワインをくれ」骸骨が言った。「おれは、自分の分の取引きは守ったぞ」黙ったまま、シュメンドリックは、空ろな口に空の水筒をあててやった。骸骨は、がつがつと呑み、ため息をもらし、舌つづみを打った。「ああ」ようやく、そう言った。「ああ、こいつは真物だ。こいつがワインだ！　おまえは、思った以上の魔術師だ。もう、おれの言ったことはわかったか、時間のことだ」

「わかった」シュメンドリックは答えた。「わかったと思う」再び、赤い牡牛が、あの奇妙な音をたてた。骸骨が、柱にがたがたと自分をぶつけた。シュメンドリックが言う。

「いや、ぼくにはわからない。他の道はないのか？」

「どうして、そんなものが、ありうる？」モリーは、足音を聞いた。それから、何も聞こえなくなった。そして、かぼそい、息を潜めた呼吸の音を聞いた。どこから聞こえてくるのか、モリーにはわからなかった。シュメンドリックが振り向いた。かれの顔は、ランプのガラスのように、恐怖と混乱で、内側からいぶされたように見えた。そこにはまた光もあった。だが、嵐の中のランプのように、震えていた。

「ぼくは、わかっていると思う」シュメンドリックは言った。「だが、わかっていないのも確かなんだ。試してみよう」

「あたしには、まだあれが、現実に真物の時計と思える」モリーが言った。「でも、それはかまやしない。あたしは、真物の時計を、歩いて通り抜けることができるんだ」彼女は、半分は、かれをなぐさめるために言ったのだ。けれども、自分の言ったことが真実であることを悟ったとき、自分の身体の中で何かが輝いたのを感じた。「あたしたちが行くべき場所は、あたしにはわかっている。そしてそれは、いつの日にか、正しい時を知るのと同じぐらい、良いことなんだよ」

骸骨が、彼女の言葉をさえぎった。「おまえに忠告してやろう。何しろ、あのワインは本当に良いワインだったからな、そのお礼だ」シュメンドリックは、罪悪感に満ちた顔をした。「おれを、打ち砕け。おれを床に叩きつけるだけでいいんだ。おれを粉々にしてくれ。理由は尋くな。ただ、そうすればいい」骸骨は、おそろしく口早に言った。ほとんどささやくようだった。

シュメンドリックとモリーは、声をそろえて言った。「何だって？　どうして？」骸骨は、同じ願いを繰り返した。シュメンドリックは、きつい口調で尋ねた。「何を言ってるんだ。いったいどうして、われわれが、おまえを打ち砕かなきゃならない？」

「やるんだ！」骸骨も譲らない。「やるんだ」息の音は、四方八方から近づいてくる。だが、それを運んでくるのは、二本の足だけなのだ。

「駄目だ」シュメンドリックは言った。「おまえは狂ってる」かれは背を向け、もう一度やせこけた黒い時計に向かって、歩もうとした。モリーは、アマルシア姫の冷たい手を摑んで、かれに続こうとした。白い娘をまるで凧のように、引いているように見えた。

「そうかい」骸骨は、悲しげに言った。「警告したはずだ」凄まじい声で、鉄の上にあられが降ってきたような声で、あっという間に叫びはじめた。「助けてくれ！　王よ！　衛兵！　泥棒だ！　盗賊だ！　略奪者だ！　人さらいだ！　押し込みだ！　人殺しだ！　暗殺者だ！　盗作屋だ！　ハガード王！　おーい、ハガード王！」

かれらの頭上からも、まわりからも、足音を鳴り立たせ、駆けながら叫んでいる老いた兵士たちの笛のような声が聞こえた。たいまつは点けられなかった。というのは、王自身が命じないかぎり、城の中では、光は禁じられていたからだし、そのハガードは、依然として沈黙していたからだ。三人の盗賊たちは、うろたえ、狼狽した。ただ茫然と、骸骨を見つめるだけだった。

「悪かったな」骸骨が言った。「おれってやつはそういうやつなのさ。裏切り者だ。だが、出来るだけのことは――」そのとき、突然、消え失せた目が、アマルシア姫を見た。その目は大きく見開かれ、輝いた。そのようなことができるわけもないのだが。「何てことだ」かすかにつぶやいた。「そんなことが、おまえだなんて。おれは不忠者だ。だが、そこまで、不忠者ではない」

「走れ」シュメンドリックは、久しい以前に、自由の身にしてやったばかりの野生の、海の白さのような伝説に対して言ったのと、同じように言った。かれらは、大広間を、突っ切って駆けた。兵士たちは、闇の中で鈍重な足音を騒々しくたて、骸骨は金切り声をあげた。「ユニコーンだ！　ユニコーンだ！　ハガード、ハガード、ユニコーンが行くぞ、赤い牡牛に向かって行くぞ！　時計に気をつけろ、ハガード――どこだ？　ユニコーン！　ユニコーンだ！」

そのとき、喧噪の中から、ハガード王の声が、荒々しく響きわたった。「馬鹿者め、この裏切り者、彼女に話したのは、おまえではないか！」王の素早い、ひそやかな足音が、すぐうしろで聞こえた。シュメンドリックは、振り向き、戦おうと身構えた。けれども、そのとき、うなり声と、何かにひびが入る音、そして、何かを引っかく音がした。それから、古びた骨が、古びた石の上で弾み、割れる音が続いた。魔術師は、走り続けた。

かれらが、時計の前に立ったとき、疑い、あるいは理解するための、ほんのちょっとした間ができた。今や、兵士たちは、広間の中に入ってきた。かれらの不器用な足音が造り出すこだまが、壁と壁の間を、あちらこちらと反響した。その間にも、ハガード王が、声を吐き散らし、シュメンドリックたちを呪い続けた。アマルシア姫は、ほんのかすかにも、ためらおうとはしなかった。彼女は、時計の中に、入り、消えた。まるで、月が、雲の影に入ってしまうときのようだった——雲によって隠されてはいる、だが、その中にいるのではなく、何千マイルも彼方に、たった一人でいるのだ。

彼女は、森の精のようだ。モリーは狂ったように考えた。時間は、彼女の木にあたるのだ。薄暗い、まだらになったガラスを通して、モリーには、重りと振り子、それに性悪なチャイムが見てとれた。そのすべてが、彼女の目の前でよろめき、燃えていた。その向こうには、扉などなかった。アマルシア姫の通っていったはずの扉はなかったのだ。ただ、モリーの目を雨の中にいざなっていく錆ついた器械の小径があるだけだった。重りが、はじからはじへと、まるで、海草のように揺らめいていた。

　ハガード王は、怒鳴っていた。「止めろ、やつらを！　時計を、打ちこわせ！」モリーは、頭をめぐらせようとした。あの骸骨の言ったことの意味が、わかったような気がすると、シュメンドリックに告げるつもりだったのだ。けれども、魔術師の姿は消えていた。それと共に、ハガード王の広間も、消えていた。時計もまた消え、モリーは、冷たい場所に、アマルシア姫の横に立っていたのだった。

　遥か遠くから、思い出す限り聴いた覚えのないほどの遠方から、王の声が聞こえてきた。彼女はそのまま、頭をめぐらせ、自分がリーア王子の顔を見つめているのに気づいた。王子のうしろには、魚の横腹のようにきらきらとしている明るい霧がたちこめていた。それは、あの腐食しかけた時計仕掛けとは、似ても似つかなかった。シュメンドリックの姿は、どこにも見当らなかった。

　リーア王子は、モリーに、丁重に頭を下げた。けれども、かれが最初に話しかけたのは、アマルシア姫であった。「ぼくを置いて、去ろうとしましたね。あなたは、ぼくの言っていることを、まったく聴いてはいなかったんだ」

　モリーや魔術師に対しては、一言も口をきかなかったのに、そのとき、彼女は答えた。低い、はっきりとした口調で言った。「戻るつもりでした。どうしてここにいるのか、自分が何者なのか、わたしにはわからない。でも、わたしは戻るつもりでした」

「いや」王子が言った。「あなたは、戻ってこなかったでしょう」

それ以上、王子が何か言う前に、モリーが、割って入った――彼女自身、それにはびっくりしていたのだが――叫んだ。「そんなこと、気にしてるときじゃない！　シュメンドリックはどこなの？」二人の異邦の者は、おだやかな驚きを見せて、モリーを見つめた。この世の他の者たちにも、口をきくことができて、当り前なのだ、そう思っているようだ。モリーは、頭から足の先まで、一度、震えが走ったのを感じた。「かれは、どこ？」彼女は詰問するように言った。「あなた方が、いやなら、あたしが行ってきます」モリーは、再び、振り向いた。

霧の中から、かれが出てきた。あたかも強い風に逆らって進むように、頭を下げて、歩いてきた。片手をこめかみに押し当てていた。その手を離したとき、血がゆっくりと垂れてきた。

「大丈夫だ」血が、モリー・グルーの両手にしたたったのを見て、かれは言った。「大丈夫だ。深い傷じゃない。こんな目に遭う前に、抜けてくることができなかったんだ」シュメンドリックは、ふらつきながらも、リーア王子に礼をした。「あの暗闇の中で、わたしの横を通り抜けていったのは、あなただと思ってましたよ。どうやって、あなたはあの時計を、あんなに簡単に通り抜けてしまったのですか？　教えて下さい。あの骸骨は、あなたは道を知らないと、言っていたのです」

　王子は、わけがわからぬという顔をした。「どんな道だね？」かれは尋ねた。「何か知るべきことがあったのか？　ぼくは、彼女が消えたところを見、そのあとについていっただけだ」

　かれらの目が、この新たな闇に慣れるにつれて、ごつごつとした壁が、揺らめきながら姿を現わした。シュメンドリックは、突然、笑い、その笑い声が、壁に自らをこすりつけた。「もちろんでした。ある物は、自然に、自分の時を得るのです」再び、頭を震わせながら、笑った。血が流れた。モリーが、自分の服から、布きれを破り取った。

「あのあわれな老人たち」魔術師は言った。「かれらは、ぼくに怪我をさせたくなかった。ぼくも、かれらを傷つけたくなかっただろう、たとえできたとしても。ぼくたちは、身をかわしながら、ぐるぐると回った。互いにあやまりながら、ね。ハガードは、わめいていた。ぼくは、時計に身体をぶつけ続けた。あれが、真物の時計でないことはわかっていた。だが、その感触は、真物だった。ぼくは、そのことが気にかかっていたのだ。そのとき、ハガードが現われ、剣で、ぼくを打ったのだ」モリーが、頭に布を巻くのにつれて、かれは目を閉じた。「ハガードだ」かれは言った。「ハガードが好きになりかけていた。今でも、そうさ。あんなにも、おびえているように見えた」遠く隔たり、ぼんやりとした王とその配下の男たちの声が、大きくなってきたように思えた。

「ぼくにはわからない」リーア王子が言った。「どうして、あの人がおびえていたんだ——ぼくの父が。いったい何を？」ちょうどそのときだった。遠い時計の方角から、言葉にはならぬ勝利のどよめきと、大きな破壊音がしはじめるのが聞こえてきた。ちらちらと輝く靄は、あっという間に消え去り、黒い沈黙が、かれら全員を取り巻き、のしかかってきた。

「ハガードが、あの時計をこわしたのだ」しばらくして、シュメンドリックが言った。「これで、戻り道も、出口もなくなったわけだ。牡牛の道を除いては」ゆっくりとした、重々しい風が、吹きはじめた。

13

道は、かれら全員が、横一列になって歩くのに十分なほど、広かった。けれども、かれらは、一人、一人、列をつくって進んだ。アマルシア姫が先頭を歩いた。彼女自身が選んだのだ。リーア王子、シュメンドリック、そしてモリー・グルーが、それに続いた。かれら三人には、アマルシア姫の髪が、ランタンのかわりになった。けれども、彼女自身の前には、いかなる明りもなかった。それにもかかわらず、アマルシア姫は、まるで、以前にこの道を通ったことがあるかのように、やすやすと、進んでいった。

自分たちが、実際に、どこにいるのか、かれらには知る術もなかった。冷たい風は、現実のものと思えたし、それに乗ってくる冷たい臭気もまた、同じことだった。そして暗闇は、あの時計よりも、はるかに、いやいやながら、かれらが抜けるにまかせているようだった。道そのものは、傷ついた足には、十分すぎるほどに現実そのものであった。そして、所々で、洞窟の横腹から崩れてきた真物の石と真物の土で、ふさがれていた。けれども、その道筋ときたら、夢のあの非現実的なやり方、そのものだった。落ち込み、ひずみ、折りたたまれ、ほとんど断崖のように落ち込むかと思うと、今度はちょっぴり持ち上がったように思える。今度は、あきらめ、ゆっくりと下に向かう。すると今度は、たぶんまた、老いたハガード王が、依然として、こわれた時計と砕けた骸骨に怒りをぶつけているにちがいないあの大広間の下まで、かれらをさまよい戻らせる。魔女の仕事だ、まちがいなく。シュメンドリックは考えた。最後になってみれば、魔女の造ったものは、いかなるものでも現実のものではありえない。それから、かれは付け加えた。だが、これが最後であるにちがいない。もしも、これが最後のものでなければ、すべては、十分に、現実そのものなのだ。

かれらは、よろめきながら進んだ。シュメンドリックは、大急ぎで、リーア王子に、自分たちの冒険の物語を話してきかせた。かれ自身の奇妙な経歴と、それ以上に奇妙な運命からはじめ、ミッドナイト・カーニヴァルの最後とユニコーンとの逃飛行をくわしく語り、続けて、モリー・グルーとの出会い、ハグスゲイトへの旅、その町と城の塔にかけられた二重の呪いについてのドリンの話を語った。そこで、かれは、口をつぐんだ。なぜなら、その彼方に、赤い牡牛の夜が横たわっていたからだ。善か、邪悪かわからぬが、魔法で終わる夜――そしてあたかも流砂の中の牛のように、自分の身体の中でもがいている裸の娘によって終わる夜があった。シュメンドリックは、王子が、アマルシア姫の正体よりも、自分自身の英雄的な生まれを知ることに、興味を引かれるように祈っていた。

リーア王子は、疑わしく思いながらも、驚きを感じていた。それは、どうやっても、ぎごちなくしか扱えないものだ。「ずいぶん前から、王が本当の父でないことは、知っていた。だが、それはどうあれ、かれの息子たるべく、必死に努力してきた。ぼくは、かれに害しようとするすべての者の敵だ。かれの没落に、ぼくに手を貸させるためには、妖婆のたわけ言以上のものが必要だ。もう一つのことについては、ぼくはもはやユニコーンは一頭も存在していないと思っている。そしてハガード王が、一頭のユニコーンも見たことがないことを知っている。一波ごとに、何千頭もいるというユニコーンのことは別にして、たとえ一度なりとも、ユニコーンを見たことのある人間が、ハガード王のように、悲しげでいられるとは、ありえることだろうか？　なぜなら、もしもぼくが、彼女を一度でも見たのなら、もはや決して——」そこで、王子は混乱して自分から、言葉を止めた。というのは、自分の話が、決して呼び戻すことのできない一種の悲しみに連なっていくことを、かれもまた感じ取っていたからだった。モリーの首と肩は、一生懸命に聞いていた。けれども、アマルシア姫は、たとえ二人の男の話していることを耳にしていたとしても、それを素振りにはあらわさなかった。

「それでも、王には、自分の人生のどこかに隠されている喜びがありました」シュメンドリックが指摘した。「あなたは本当に、その痕跡を見たことがないのですか――かれの目の中にその痕《あと》があるのを、一度も、見たことがないのですか？　わたしはあります。ちょっと考えてみて下さい、リーア王子」

王子は黙った。そしてかれらは、よこしまな闇の中に、いっそう、入り込んでいった。いつだって、昇っているのか、降りているのか、かれらにはわからなかった。それどころか、時には、通路が、再び曲っているのかどうか、肩のすぐそばにあったごつごつとした石が、突然荒々しい壁の熊手となって、顔に突き出されるまで、わからないこともあった。赤い牡牛のたてるほんのかすかな音も、聞こえなかった。あるいは、あの邪悪な光のかけらさえ目に入らなかった。けれども、シュメンドリックが、自分の湿った顔に手をふれたとき、牡牛の匂いが、その指に移った。

リーア王子が言った。「時々、あの人が、塔の上にいるとき、顔に何かが現われていた。正確に言えば、光ではない。明るさだ。思い出したよ。ぼくは小さかった。ぼくを見るときにも、他の何かを見るときにでも、あんな風に見えたことは、一度もない。ぼくは夢を見たよ」かれはひどくゆっくり歩いていた。足を引きずっている。「昔はよく夢を見たものだ。同じ夢を何度も、何度も見たものだ。真夜中に、自分の部屋の窓を見つめているんだ。そして牡牛を見ていた。赤い牡牛が――」最後まで、話さなかった。

「牡牛が、ユニコーンたちを海の中に追い込んでいくのを見たんですね」シュメンドリックが言った。「それは夢じゃない。今や、ハガードは、自分の喜びのために、ユニコーンたちをみんな、波の中に入れ、引いたり、寄せたりするにまかせているのです――ただ一頭を除いて、みんな」魔術師は、深々と息を吸い込んだ。「それが、アマルシア姫なのです」

「知っている」リーア王子が答えた。「ああ、知っているよ」

シュメンドリックは、王子を見つめた。「どういうことですか、あなたが知っているとは？」怒ったように、問いただした。「いったい、どうして、アマルシア姫がユニコーンだと、あなたが知ることができたというのですかね？　彼女は、あなたに話すことなど、できっこなかった。なぜなら、彼女自身、そのことを覚えていなかったから。あなたが、彼女の気持ちをかちえて以来、彼女は、人間の女でいることだけを考えていたはずです」真実は、別の道をいったところにあることは、かれも、重々、承知していた。けれども、そのときのかれには、それはたいしたちがいではなかったのだ。「どうやって、知ったのです？」もう一度尋ねた。

リーア王子は、歩みをとめ、振り向いて、シュメンドリックと顔を合わせた。あまりにも暗すぎた。王子の見開かれた目の位置を示す冷たい、ミルク色の輝きしか見えない。

「今に至るまで、彼女が何者か、ぼくにはわからなかった。だが、はじめて彼女を見たとき、彼女は、ぼくの目が見ることのできる以上の何ものかであることが、わかったのだ。ユニコーン、人魚、魔女、妖術使い、ゴルゴン——きみが、彼女にどんな名を与えようとも、ぼくを驚かせたり、おびえたりさせることはなかったろう。ぼくは自分の愛しているものを、愛しているのだ」

「それは素敵な感情です」シュメンドリックは言った。「だが、彼女が赤い牡牛と戦い、自分の仲間たちを自由にすることができるように、わたしが彼女を、真の姿に戻してしまったら——」

「ぼくは、ぼくの愛するものを、愛す」リーア王子は、断固として繰り返した。「きみは、重要な事柄に関しては、何の力も持っていない」

　魔術師が返答できる前に、アマルシア姫が、二人の間に立っていた。どちらの男も、彼女が通路を戻ってくるのを見もせず、聴きもしなかったのに。暗闇の中で、流れる水のように、彼女は輝き、震えていた。「わたしは、もうこれ以上進みません」

　彼女が、語りかけたのは、王子に対してだった。けれども、答えたのは、シュメンドリックだった。「もう選ぶことはできないのです。われわれは、前進することしかできないのです」モリー・グルーが近づいてきた。不安げに、一目見ると、頬骨のあたりから、血の気が失せていった。魔術師は、もう一度、言った。「前進あるのみです」

アマルシア姫は、かれをまっすぐ見ようとはしなかった。「かれは、わたしの姿を変えてはならないのです」リーア王子に向かって言った。「かれに、わたしに魔法をかけぬようにさせて下さい。赤い牡牛は、人間には関心を示しません――わたしたちは、そのそばを通り抜け、逃げることができるはずです。牡牛が望んでいるのは、ユニコーンなのです。わたしをユニコーンに変えるなと、かれに言って下さい」

リーア王子は、音がするまで、自分の手の指をねじった。シュメンドリックが言った。

「それは本当です。その手をつかえば、今からでも、われわれは赤い牡牛から逃げ出すことができる。前に逃れたときと同じように。けれども、もし、われわれがそうしたならば、もはや、二度とチャンスはなくなるのです。世界中のユニコーンたちは、みんな永遠に王に囚われたままということになるのです。ただ一頭を除いては。そして、その一頭は死んでしまう。彼女は、年老い、死んでしまうのです」

「すべてのものは死ぬのです」彼女は、依然としてリーア王子に語りかけた。「すべてのものが死ぬということは、良いことです。あなたが死んだら、わたしも死にたい。かれに、わたしに魔法をかけさせないで。わたしを不死のものにさせないで。わたしはユニコーンではありません。魔法の生き物ではないのです。わたしは人間、あなたを愛している人間です」

かれは彼女に答えた。やさしい口調だった。「ぼくは、それをどう破るかということ以外、方法については、くわしくは知りません。でも、最も偉大な魔法使いであっても、互いに離れたがらない二人に対しては、無力であるということは、知っています――それに、結局のところ、ここにいるのは、あのあわれなシュメンドリックでしかないのです。こわがることはない。何も、恐れることはない。あなたが何であったとしても、今は、ぼくのもの。あなたを、どこにもやりはしません」

ようやく、彼女は、魔術師の方を向き、見た。闇を通してさえ、かれは、彼女の瞳の内の恐怖を感じ取ることができた。「駄目よ」彼女は言った。「駄目よ、わたしたちは、それほどには強くない。かれは、わたしを変えてしまうでしょう。そして、そのあとで、何が起ころうと、あなたとわたしは、お互いを失ってしまう。ユニコーンになったら、わたしはあなたを愛さないでしょうし、あなたは、そうせずにはいられないということだけのために、わたしを愛するでしょう。わたしは、この世のいかなるものよりも美しくなるのだし、永遠に生き続けるのです」

シュメンドリックがしゃべろうとした。けれども、そのかれの声音が、彼女を、ろうそくの炎のように、すくませてしまった。「そんなこと嫌よ、そんなこと、嫌」彼女は、王子から魔術師と何度も、目を移した。傷口を合わせるかのように、声をしっかりと保とうとした。「かれがわたしを変えたときに、もしも愛の時が一かけらでも残っていたら、あなたには、それがわかるでしょう。なぜなら、わたしは、赤い牡牛が、海の中の仲間たちのもとに、自分を追い込ませるにまかすからです。そうすれば、少なくとも、あなたのそばにいられるのですから」

「そんな必要は、まったくありませんよ」シュメンドリックは、笑いにまぎらせようと、軽い口調で言った。「もしも、あなたが望んだとしても、あなたを元に戻すことができるかどうか、自分でも疑っているのです。ニコスその人でさえ、人間をユニコーンに変えることなんて、できなかったのです——そして、今や、あなたは真に人間となっています。愛することができ、おそれ、物事が元通りになるのを妨げ、必要以上に大仰に振るまっている。それでは、ここで終わりにしましょう。探求の旅を終わらせることにしましょう。ユニコーンたちを失ったからといって、この世界が、もっと悪くなるなんてことがあるのでしょうか、あるいは、ユニコーンたちが再び自由に駆け回ったとしても、少しでも良くなるのでしょうか？　この世界に、善良な女が一人増えるということは、すべてのユニコーンたちがいなくなるというだけの価値がある。終わりにしましょう。王子と結婚して、末長く幸せに暮しなさい。めでたし、めでたし」

洞窟が、明るくなったように思えた。シュメンドリックは、赤い牡牛が、自分たちにこっそりと忍び寄ってきているのだと考えた。グロテスクに、慎重に、アオサギのようにきちょうめんに、ひづめを降ろしながら。モリー・グルーが、顔をそむけると、頬骨のあたりのほのかな光が消え失せた。「そのとおりです」アマルシア姫が言った。「それが、わたしの望みです」

けれども、それと同時に、リーア王子が言った。「ちがう」

その言葉は、尋ねるようなきしみ声となって、くしゃみのように、突然、かれの口から飛び出したのだ――裕《ゆた》かで、恐るべき贈り物に、心から当惑してしまったおろかな若者の声だった。

「ちがう」もう一度、言った。今度は、その声は、また別の響きを持っていた。王の声だった。ハガードのそれではない。その悲しみが、得ることのなかったものに対する悲しみではなく、与えることのできないものに対する悲しみであるような、そんな王の声だ。

「わが姫」かれは言った。「ぼくは英雄です。それは職業です。それ以上ではない。織ったり、酒を醸造するのと同じようなもの、そしてそれらと同じように、そこにも、ちょっとした仕掛けや、こつ、技があるのです。魔女を認識するやり方、毒の川を知る術がある。

すべての竜には、ある弱点があるのですし、顔を隠した異邦の者たちが、問いかけてきがちな謎々がある。けれども、英雄になるための真の秘密は、物事の秩序を知るということにあるのです。豚飼いが、冒険に乗り出していくときに、すでに、王女と結婚していることなど、ありえないのです。あるいは、魔女が休暇で出かけているときに、魔女の小屋の扉を叩くということもありえない。悪いおじが、何も悪いことをしないうちに発見され、悪だくみができないということも、ないのです。すべての物事は、起こるべき時に、起こらねばならないのです。探求の旅は、簡単に放棄されてはなりません。予言は、ついに摘まれることのなかった果実のように、腐るために放置されるべきではないのです。ユニコーンたちは、長い間、助け出されないかもしれません。けれども、永遠にそうであってはならない。ハッピー・エンドは、物語の最中にやってきてはならないのです」

アマルシア姫は、何も答えなかった。かわりにシュメンドリックが言った。「なぜ、駄目なのです？　誰がそんなこと、言ったのです？」

「英雄たちさ」リーア王子は、悲しげに答えた。「英雄たちは、秩序についてよく知っている、ハッピー・エンドについても——英雄たちは、あるものが、他のものよりも、優れているということを知っている。大工たちは、木目のことを、屋根板のことを、直線のことを知っているものだ」アマルシア姫に両手を差し出し、一歩、足を踏み出した。アマルシア姫は、身を引こうとも、顔をそむけもしなかった。それどころか、頭を高くかかげてみせた。目をそらしたのは、王子の方だった。

「教えてくれたのは、あなただった」王子が言った。「あなたといるとき、この世界が調和していることの素晴らしさを見、あるいはそれがそこなわれていることの悲しさを見ることなく、あなたを見たことはなかった。あなたに仕えるために、あなたに似ているものすべてに仕えるために、ぼくは英雄になった。もちろん、あなたと話をするきっかけをつくるためでも、あったのだが」

けれども、アマルシア姫は、かれに、一言もしゃべりかけなかった。

石灰のようにぼんやりと、洞窟の中に、明るさが増してきた。今や、人々は、互いをはっきりと見ることができるようになった。いずれもが、恐怖のために、ロウ色になり、奇怪に見えた。アマルシア姫の美しささえ、どんよりとした、飢えきった光のもとでは、干上がってしまった。他の三人のいずれよりも、彼女は、人間らしく見えた。

「牡牛が近づいてくる」リーア王子が言った。王子は、向き直ると、洞窟の道を降りはじめた。その足取りは、勇敢で、力に満ちた英雄の足取りだった。アマルシア姫は、そのあとに続いた。軽く、誇らしげに歩いた。王女たちが、そのように歩けと教えられる歩き方の見本のようだった。モリー・グルーは、魔術師に寄りそっていた。かつては、孤独になったときには、ユニコーンに手をふれたものだが、それと同じように、魔術師の手を取っていた。魔術師は、彼女に、微笑みかけた。自己満足にひたっているようだった。

モリーが言った。「彼女を、今のままにしておいて。今のままに」

「リーアに、言うんだね」ほとんど楽しげに答えた。「秩序がすべてだと言ったのは、ぼくだったかい？　彼女は赤い牡牛に挑まねばならない、そうすることが、より正しく、適切な道なのだと言ったのは、ぼくだったかい？　ぼくは、規則にのっとった救出やら、公式的なめでたし、めでたしといったものには、何の興味もない。リーアさ」

「でも、あの人にそうさせたのは、あんただ。この世で、あの人が望むすべては、彼女に彼女の探求をあきらめさせ、自分といっしょに暮してもらうことだってこと、あんたは知ってる。そして、かれは、そうしようとしたのだ。でも、あんたが、自分が英雄であることを、かれに思い出させ、そしてかれは、英雄たちのすべきことを、今、やろうとしている。あの人は、彼女を愛してる。そしてあんたは、かれをうまくひっかけたんだ」

「そんなこと、してはいないよ」シュメンドリックは言った。「静かに。かれに聞こえるぞ」モリーは、牡牛に近づいたために、頭が空になり、自分が馬鹿みたいになりつつあるのを感じた。光と匂いは、まるでねばねばした海のようになっていた。その中で、モリーは、まるでユニコーンたちのように、希望もなく、永遠にもがくのだった。道は、下方に向かって、明るさを増していく光の中で、急角度で傾きはじめた。はるか前方には、リリーア王子とアマルシア姫が、まるで燃え尽きていくろうそくのように、静々と、破滅に向かって歩を進めていた。モリー・グルーは忍び笑いをもらした。

彼女は続けた。「どうしてあんたが、そんなこと、したのか、それもあたしにはわかってる。彼女を、元の姿に戻さない限り、あんた自身、人間にはなれないんだ。そうじゃないかね？ 彼女に何が起ころうと、あるいは他の人たちに、何が起ころうと、あんたはかまいやしない。最後に、自分が真の魔法使いになれるんならね。そうじゃないかい？ あんたは、真物の魔法使いにはなれっこないよ。たとえ、あんたが牡牛を、食用ガエルに変えてしまったとしても。だって、あんたがそれをやってのけても、結局は、小手先の技でしかないんだ。あんたは、魔法以外のことは、これっぽっちも気にかけちゃいない。魔術師なんて、いったい、何者なんだい？ シュメンドリック、気分が悪くなってきたよ。すわらしておくれ」

そのしばらくの間は、シュメンドリックが彼女を運んでいたにちがいない。というのは、彼女は、まったく歩いてはいなかったのだし、その頭の中では、シュメンドリックの緑の目が渦巻いていたからだ。「そのとおりだ。魔法以外のことは、ぼくにはどうでもいい。そうすることで、毛一筋ほどでも、ぼくの能力が高まるというのなら、ぼくも、ハガードのためにユニコーンを狩りたてただろう。そのとおりさ。ぼくには、好みも、忠誠もない。あるのは、魔法だけだ」かれの声は硬く悲しげだった。

「本当に？」モリーは尋ねた。恐怖の中で、夢見るように身体を揺らし、明るい光が、流れ過ぎていくのを見つめていた。「それは、あんまりだよ」モリーは、ショックを受けていた。「あんたって、本当に、そんな人なの？」

「ちがうよ」そのとき、あるいは、もっとたってから、かれは答えた。「ちがうさ、本当じゃない。どうして、ぼくが、そんな人間でありうるだろうか、こんな様々なやっかい事に巻き込まれているというのに」それから、かれは続けた。「モリー、そろそろ、自分で歩かなきゃ。やつはそこだ、すぐそこだ」

最初に目に入ってきたのは、角だった。その光に、モリーは、顔をおおわざるを得なかった。けれども、その青白い角は、手を貫き、まぶたを貫き、彼女の心の底にまで達した。リーア王子とアマルシア姫が、その角の前に立っているのが見えた。その間にも、炎は、洞窟の壁を彩り、天井のない暗闇の中に燃え上がっていった。リーア王子は剣を抜いた。けれども、それは手の中で燃え上がり、王子は手を放し、落とした。剣は、氷のように砕けた。赤い牡牛は、足を踏み鳴らし、その場にいた者たちは、皆、地に倒れた。

シュメンドリックは、牡牛の住み家、あるいは戦うだけの広さがある場所で待ちうけている牡牛を探さねばならないだろうと、考えていた。けれども、牡牛は、かれらに立ち向かうために、音もさせずに、道を上ってきたのだ。そして今、牡牛は、かれらの視界をさえぎって、立ちはだかっている。一方の燃え上がる壁と、もう一方の壁の間にいるのではなく、なぜか、その壁の中に食い込んで立っているのだ。そしてその壁の向こうは、永遠の彼方に向かってたわんでいた。それでも、かれは幻ではなかった。依然として、赤い牡牛であったのだ。湯気をたて、鼻を鳴らし、目の見えぬ頭を振りたてていた。呼吸と共に、顎は噛み合わされ、泥の中をのたうっているような、ぞっとする音をたてていた。

今だ。今こそが、その時なのだ。ぼくが破滅を紡ぎだすにしろ、立派な行ないをもたらすにしろ。これが、終わりの時なのだ。魔術師は、ゆっくりと立ち上がった。牡牛を無視し、あたかも貝殻に対するように、自分の奥深くにしまいこまれた自己に、耳を傾けた。けれども、かれのうちでは、いかなる力も身動き一つせず、語りかけてこなかった。耳には、ただはるか彼方の、かすかな空虚の咆哮しか聞こえてこないのだった。ちょうど、老いたハガード王が、寝ても覚めても、その音を聴き、他の音を聴くことがなかったにちがいないのと、同じように。あの魔法の力は、ぼくにはやってこないのだ。ニコスはまちがっていた。ぼくは、見かけどおりの人間なのだ。

アマルシア姫は、牡牛から、一歩、あとずさった。だが、そこで踏みとどまった。牡牛が前脚で地面をかき、その巨大な鼻孔から、凄まじくも音をたてて、水まじりの鼻息を吹き出すのを、黙って見つめていた。牡牛は、彼女のことを奇妙な存在と思っているようだった。ほとんど、間抜けのように見えた。かれは吠えなかった。アマルシア姫は、牡牛の凍てつくような光の中で、かれの全身を見ようと頭を上げ、立っていた。頭を動かさずに、彼女は、手を出し、リーア王子の手を探した。

それでいい、それで。ぼくにできることは何もない。そのことが、ぼくにはうれしい。牡牛は、彼女が通り過ぎるにまかせるだろう。そして彼女はリーアと共に去っていくのだ。それは、どのようなことであろうとも、それらと同じように、正しいことなのだ。ぼくはただ、ユニコーンたちが、かわいそうだと思うだけだ。王子は、まだ、差し出された王女の手には気づいていなかった。けれども、すぐに、そちらを見、ついにはじめて彼女にふれることになるだろう。彼女が自分に何を与えたのか、かれが、そして彼女もまた気づくことはあるまい。赤い牡牛が頭を下げ、突進してきた。

牡牛は、何の警告もなく、やってきた。そのひづめの地を引き裂く音以外、何の音もさせずにやってきた。もしも、その気になれば、その一度の音のせぬ攻撃で、四人全員を、押しつぶしてしまえただろう。けれども、牡牛は、かれらが自分の前から逃げまどい、でこぼこの壁の間に身を寄せるにまかせた。そして、かれらに危害を加えることなく、通り過ぎていったのだ。ツル草でできたような、その浅い隠れ場所から、かれらを、角で簡単にほじくり出すことができたにもかかわらず。炎のようにしなやかに、向きを変えるほどの空間もないところで、牡牛は向きを変えた。そして再び、かれらと向き合った。牡牛の鼻先は、ほとんど、大地にふれんばかりだった。首は、波のように、盛り上がっていた。そして、吠えたのは、そのときだった。

四人は逃げ、牡牛が、それを追った。攻撃をかけてきたときほどには、速くはなかった。けれども、かれらを互いに一人ぼっちにし、ぞっとする暗闇の中で孤独にしておくには、十分なほどに速かった。四人の足の下では、大地が裂け、かれらは悲鳴をあげていた。けれども、その自分の声さえも、聞く余裕はなかった。赤い牡牛が吠えるたびに、凄まじい量の石や土が、かれらの上に降り落ちてきた。そして、それでも、かれらは、足をもがれた虫けらのように駆け、牡牛はそのあとを追い続けた。牡牛の狂ったような鳴き声を通して、かれらは、もう一つの音を聞いた。城が、牡牛の怒りの風の中でまるで旗のようにはためき、自らその根を張りつめさせるにつれて巻き起こった城そのものの重苦しい泣き声だった。そして、本当にかすかに、海の香が、洞窟の中を伝ってきた。

やつは知っている、知っているのだ！　この手で、一度は、あざむくことができた。だが、二度は、効かない。女であろうが、ユニコーンであろうが、今度は、やつは彼女を海の中に追い込むつもりだ。命じられたとおりに。ぼくの魔法では、かれを命令にそむかせることはできない。ハガードの勝ちだ。

駆けながら、魔術師は、そのように考えていた。かれの長い、奇妙な人生にあって、はじめて、すべての希望が失せた。突然、道が広がり、かれらは一種の岩屋の中に出た。ここそが、牡牛の住み家であったにちがいない。そこには、牡牛の眠りの臭気がたちこめ、あまりに濃く、古いために、おぞましい甘ったるささえ生まれてくるほどだった。岩屋は、食道のような赤に彩られていた。あたかも、牡牛の光が、壁でこそぎとられ、割れ目や裂け目に堆積してしまったようだ。その向こうには、再び、狭い洞窟が連なり、流れる水がぼんやりと輝いていた。

アマルシア姫が、手折られた花のように、崩れ落ちた。シュメンドリックは、身を翻し、モリー・グルーを引き寄せると、脇に跳んだ。二人は、割れ落ちた平らな岩に身体をぶつけた。猛りたった牡牛が、脇目もふらずに通り過ぎていくのを、そこにうずくまってやりすごした。だが、牡牛は、駆ける途中で止まった。その突然の静けさは——牡牛の吐息と、遠い潮騒だけが、それを破っていたが——それを引き起こしたもの以外にとっては、ほとんど不条理なものと思えただろう。

彼女は、片方の足を身体の下に折り曲げ、横たわっていた。ゆっくりと、身体を動かす。

だが、音はたてない。リーア王子は、彼女の身体と牡牛の間に立ちはだかっていた。武器は持っていない。だが、あたかもまだ剣と盾をかかげているように、両の手を差し上げていた。その終わりのない夜の中で、もう一度、王子は言った。「いけない」

その姿は、途方もなく、間抜けて見えた。そして、ぺしゃんこに、押しつぶされようとしていた。赤い牡牛には、王子を見ることができない。そして、そんなものが途中にいたと気づくこともなく、かれを殺してしまうことだろう。そのとき、驚きと、愛情と、大いなる悲しみが魔術師シュメンドリックを震わせた。そのすべてが、かれの内に押し寄せ、かれを満たした。そのいずれでもないものが、自分を満たし、流れ出すのを感じるほどに、かれを満たしたのだ。シュメンドリックは、それを信じはしなかった。だが、とにかく、それはやってきたのだ。前に二度、かれにふれ、そして以前にも増してかれを空ろにさせて去っていったのと同じように。今度は、つなぎとめておくことができないほどに、たくさん、やってきたのだ。肌からもれ、指先と爪先からはじけ、目にも、髪にも、肩のくぼみにも同じように湧き出したのだ。押さえておくには多すぎる。使うには、多すぎる。それでも、かれは、自分がそのこの世のものならぬ欲望の痛みにさいなまれて涙を流していることに気づいたのだった。かれは思った、いや言ったのかもしれぬ、歌ったのかもしれぬ。知らなかった、自分がこれほどまで満たされるほどに、空っぽであったとは。

アマルシア姫は、今や、立ち上がろうとしていたけれども、依然として、倒れた場所に横たわっていた。そして、リーア王子も、依然として、彼女を守ろうとしていた。自分の上にそそり立った巨大な姿に向かって、素手を振りかざしていた。舌の先が、口の端から見えている。おかげで、何かを分解しようとしている子供のような、真剣な表情になっていた。それから遥か後のこと、シュメンドリックの名が、ニコスのそれよりも偉大になり、その名の響きに降参する悪魔たちよりも悪名を轟かすようになった時にも、シュメンドリックは、自分の目の前にリーア王子の姿を思い浮かべることなく、最も簡単な魔法すら、使うことはできなかった。その目は、光のためにやぶにらみになり、舌を突き出すのだった。

　赤い牡牛が、また、足を踏み鳴らした。リーア王子は、顔から倒れ込み、鼻血を流して起き上がった。牡牛のうなり声がはじまった。大きくふくれ上がった盲目の頭が、運命の天秤の皿の片方のように、下に降りはじめた。リーアの勇敢な心臓は、青白い角の間にかかっていた。その切先から、血を滴らしているも同然だった。リーア自身も、ずたずたにされ、蹴散らされたも同然だった。リーア王子の唇は、僅かに歪められた。だが、決して動こうとはしなかった。角が低められるにつれ、牡牛のもたらす音は、ますます大きくなっていった。

そのとき、シュメンドリックは、岩屋の中に踏み出し、数語、声を発した。それは、短かな単語のかたまりだった。美しい響きとも、荒々しい響きとも、聴き分けられない。シュメンドリック自身も、赤い牡牛の恐ろしいうなり声のために、聴き取ることができなかった。けれども、それが何を意味しているかは、わかっていたし、それをどのように語るべきかも正確に知っていた。そして、同じやり方でも、ちがったやり方でも、自分が望むときに、それを口にすることができるのを、知っていた。今や、かれは、それらの言葉をやさしく、喜びをこめて口にしていた。そうしていると、シュメンドリックは、自分の不死性が、離れていくのを感じた、あたかも鎧のように、あるいは屍衣のように。

その呪文の最初の一言を聞くと、アマルシア姫は、か細い、苦しげな悲鳴をあげた。彼女は、もう一度、リーア王子に手を差し伸ばした。けれども、王子は、彼女を守るために、彼女には背を向けていた。そしてかれの耳には呪文は届いていなかった。悲嘆にくれて、モリー・グルーは、シュメンドリックの腕を摑んだ。けれども魔術師は、唱え続けた。不思議が、彼女のいたところに、花開きはじめたときでさえ――海の白さのごとく、海の白さのごとく、牡牛の力強さのごとく、限りなく美しく――それでも、アマルシア姫は、しばらくの間、自分自身にしがみついていた。もはや、彼女はそこにはいなかったのにもかかわらず、それでも、その顔は、寒い日の息のごとく、おぼろに光って、宙にただよっていた。

彼女が消え去ってしまうまで、リーア王子が振り返らずに済めば、その方が良かっただろう。だが、かれは振り返ったのだ。そこにユニコーンを見た。そしてガラスを照らすように、ユニコーンはかれの中まで光を射込んだ。けれども、かれが呼びかけたのは、もう一方の方だった――捨て去られた者に、アマルシア姫に。かれの声が、彼女の最後だった。その名をかれが呼んだとき、彼女は消えた。あたかも、かれが、一日のはじまりの時を告げたかのように。

すべてのことが、夢のように、同時に早く、またゆっくりと起こっていった。夢の中では、それは本当に同じことなのだ。ユニコーンは、おそろしいほどに、ひっそりとたたずみ、心をどこかに置き忘れたような、遠い目でまわりの者たちを見つめた。彼女は、シュメンドリックが記憶していた以上に美しかった。なぜならば、誰も、長い間ユニコーンを自分の頭の中にとどめておくことはできないのだから。そしてまた、彼女も、かれと同じように以前のままではなかった。モリー・グルーは、ユニコーンの方に近寄ろうとした。何かやさしく、おろかしく、話しかけた。けれども、ユニコーンは、モリーを知っているなどと、素振りにも見せなかった。あの素晴らしい角は、雨のように鈍い色のままだった。

住み家の壁を、まるでサーカスの帆布のようにふくらませ、ひびを入らせたうなり声をあげると、赤い牡牛は、二度目の攻撃にかかった。ユニコーンは、身を翻し、洞窟を横切って闇の中へ逃げ込んだ。リーア王子は、身体を回しながら、一歩、脇へ足を踏み出した。そして、再び、振り向くことができる前に、追撃するために突進してきた牡牛のために、跳ね飛ばされた。かれは、口を開けて、呆然としていた。

モリーは、王子のところに行こうとした。けれども、シュメンドリックは彼女を摑まえ、牡牛とユニコーンの後を追って、彼女を引きずった。どちらの獣の姿も見えなかった。けれども、洞窟は、獣たちが必死に通り抜けていったために、依然として、轟々という音をたてていた。驚き、呆然として、モリーは苛酷な見知らぬ者の横で、よろめき歩いた。その男は、彼女を倒れさせてもくれなかったし、足取りをゆるめてもくれなかった。頭上からも、周囲の至るところからも、城が呻き、抜けかけた歯のように、岩の中できしんだ音をたてているのが、感じられた。魔女の呪いが、彼女の記憶の中で、何度も何度も繰り返された。

されど、ハグスゲイトのすべての民のうち、
ただ一人だけが、
城をして、こぼち落とさしめん。

突然、砂が、二人の足を遅くさせた。それは海の砂だった——あの臭気と同じように冷たかった。けれども、それはあまりにも心地良く、親しみがあった。そこで、二人は、駆けるのを止め、大声で笑った。頭上、崖の上には、ハガード王の城が、薄い、ミルクのような雲を貼りつけた灰緑色の夜明けの空に向かって、そそり立っていた。王その人が、あのぞくっとする塔の一つから見つめているにちがいない、かれの姿を見ることはできなかったが、モリーは確信していた。水の上の暗青色の空には、まだ、いくつかの星がしがみついていた。潮は引いていた。むき出しの浜は、むき身にされた貝の灰色の濡れた輝きを見せていた。けれども、磯の遥か彼方では、海は、弓のようにたわめられていた。モリーにはわかっていた。引き潮は終わったのだ。

ユニコーンと赤い牡牛は、その弓の最もたわめられた地点で、互いに向かい合って立っていた。ユニコーンの背後は、海だった。牡牛は、ゆっくりと前に進んだ。突進しているのではない。ほとんどやさしげに、けっして、ふれることなく、ユニコーンを水の方向に押しやっているのだ。ユニコーンは、それに逆らおうとはしていなかった。彼女の角は、暗かった。頭はうなだれていた。彼女がアマルシア姫となる前、ハグスゲイトの平原のときと同じように、牡牛が彼女を支配していたのだ。それは同じ絶望的な夜明けのことであったのかもしれない。ただ、海だけが異なっていた。

それでも、彼女は、完全に打ち負かされていたわけではなかった。片方の後ろ脚が、水の中に実際に入り込むまで、あとずさった。その瞬間、赤い牡牛の陰気な妖気の中を駆け抜け、浜辺に沿って駆け去った。凄まじくも速く、軽やかだった。そのために巻き起こった風が、彼女が砂の上に残した足跡を消し去ってしまうほどだった。牡牛は彼女のあとを追った。

「何とかしてやってくれ」かすれた声が、シュメンドリックに語りかけた。昔、モリーが同じことを言ったものだ。リーア王子が、かれのうしろに立っていた。顔は血にまみれ、目は狂ったようだった。ハガード王によく似ていた。「何とかしてくれ」かれは言った。「おまえには力がある。彼女をユニコーンに変えてしまった——彼女を救うために、何とかしてくれ。もしやらぬと言うなら、殺してやる」王子は、魔術師に自分の両手を見せた。

「わたしにはできない」シュメンドリックは、静かに答えた。「この世の魔法をすべて合わせたとて、今の彼女を助けることはできない。もし、彼女が、やっと戦おうとしないのなら、他のユニコーンたちといっしょに、海に入るよりない。魔法も、殺人も、彼女を助けることにはならないのです」

モリーは、さざ波が、砂を打ったのを聞いた。潮が満ちはじめたのだ。彼女には、水の中でもがいているユニコーンは見えなかった。ユニコーンたちがそこにいると信じ、探し求めたにもかかわらず。もしも、遅すぎたのだとしたら？　もしも、海魔や海坊主によって、あるいはユニコーンたちさえからめとられ、溺れさせられてしまう難破船の墓場のために、先ほどの引き潮で、外海に投げ出され、船も通わぬ深い海にただよい出たのだとしたら？　そうしたら、二度と、彼女は、仲間を見つけることはないだろう。そうしたら、彼女はあたしといっしょにいてくれるだろうか？

「それでは、何のために魔法はあるのだ？」リーア王子は、声を荒げて詰問した。「ユニコーンを救うことができないというのなら、魔法は、何の役に立つ？」王子は、倒れまいとして、魔術師の肩をきつく掴んだ。

シュメンドリックは、振り返りもしなかった。その声には、悲しげな自嘲の響きがあった。「そのために、英雄が、いるのです」

牡牛の巨大さのために、ユニコーンの姿は見えなかった。けれども、ユニコーンは、突然、元来た道を戻りはじめると、飛ぶようにして浜をかれらの方向に駆け出した。海のように、目も見えず、辛抱強く、赤い牡牛はそのあとを追った。かれのひづめは、湿った砂の上に大きな溝をえぐった。煙と炎、水しぶきと嵐、二頭は、一かたまりになってやってきた。どちらも相手を引き離すことも、追いつくこともできない。リーア王子は、わかったという柔らかなうなり声をあげた。

「そうだな、当然のことだ」かれは言った。「まさしく、そのために、英雄がいるのだ。魔法は、いかなる違いも造り出すことはできない。そこで、かれらは、いかなるものも同じだと言う。だが、英雄たちは、ユニコーンたちのために死ぬつもりでいるのだ」王子は、一人、微笑みながら、シュメンドリックの肩を離した。

「あなたの考えには、基本的な誤りがあります」シュメンドリックは、怒りにかられて、言いはじめた。けれども、王子は、それが何であるのか、ついに聞くことはなかった。ユニコーンが、かれらのかたわらを駆け抜けた——その息は青白く湯気をたて、その頭はあまりにも高々とかかげられていた——そして王子は、赤い牡牛の通り道に、跳び出した。一瞬、炎の中の羽毛のように、王子の姿は完全に消えた。牡牛はかれの上を通り過ぎ、あとには、大地に横たわった王子が残った。顔の片側が、しっかりと砂に抱き締められていた。片足が、三度、空気を蹴りつけ、止まった。

声もなく、王子は倒れ、シュメンドリックとモリーも、まったく同じように、黙りこくって、身体をこわばらせた。けれども、ユニコーンは、身を翻転させた。そのとき、赤い牡牛も立ち止まった。そして彼女を、もう一度自分と海の間にはさみこむために、回り込もうとした。牡牛は、再び、そのおどすような、踊るような前進をはじめた。けれども、ユニコーンが、それに対して払った注意からすれば、牡牛はあたかも求愛の踊りをしている鳥のようなものであった。ユニコーンは、リーア王子のねじれた身体を見つめ、身じろぎ一つしなかった。

今や、波は、激しい音をたてていた。浜辺は、すでに、一片の切れはしのようにせばまっていた。白い波頭も、高い波の先端も、広がりはじめた夜明けの中に、あふれていった。けれどもモリーは、依然として、自分のユニコーン以外のユニコーンを見てとることはできなかった。城の上では、空は真紅に染まっていた。そして最も高い塔の上では、ハガード王が、冬の木のようにはっきりと、黒々と立っていた。モリーは、かれの一直線の傷跡のような口と、手すりを握っている爪が黒ずんでいるのを見てとることができた。けれども、もはや城を崩すことはできないのだ。リーアだけが、城を崩すことができるのだ。

突然、ユニコーンが悲鳴をあげた。それは彼女がはじめて赤い牡牛と出会ったときに発した挑戦の響きとは、似ても似つかなかった。不死の生き物が、決して発することのない、悲しみと喪失と怒りのみにくい、きしるような泣き声だった。城は震え、ハガード王は、片手を顔の前に上げながら、あとずさった。赤い牡牛はためらっていた。砂をかき、疑わしげに呻いた。

ユニコーンは、再び叫んだ。そして半月刀のように、後足で立った。ユニコーンの身体の美しい線に、モリーは目を閉じた。けれども、再び目を開けると、ユニコーンが、赤い牡牛に跳びかかるところだった。赤い牡牛は、ユニコーンに道をゆずって、脇に避けた。ユニコーンの角には、再び光が宿っていた。蝶のように燃え、輝いていた。

再び、ユニコーンは攻撃をかけ、再び、牡牛は後退した。当惑して、重い動きだったが、依然として、魚のように素早かった。かれ自身の角は、稲妻に似た形と色。ちょっぴり頭を振るだけで、ユニコーンをよろめかせることができた。けれども、牡牛は後退に後退を重ねた。先ほどまでのユニコーンと同じように、徐々に浜辺を下っていった。ユニコーンは牡牛に向かって、突きかけていった。殺そうと突進した。けれども、牡牛に届くことはなかった。影に向かって、あるいは記憶に向かって、突っかかっていたのかもしれない。

こうして赤い牡牛は、戦うことなく後退し、やがて、水辺まで追いたてられた。そこで、牡牛は立ち止まった。ひづめのまわりでは、波が渦巻き、砂が、その下から逃げ去っていった。牡牛は、戦おうとも、飛ぼうともしなかった。ユニコーンには、相手を破壊することができぬということが、今ではわかっていた。それでも、彼女は、次の攻撃のために身構え、牡牛は、咽喉の奥で、不思議そうにつぶやいていた。

モリー・グルーにとっては、そのガラスのような瞬間には、世界が動きを止めたように思えた。あたかも、ハガード王のいる塔よりも、もっと高い塔の上に立っているかのように、彼女は色青ざめた大地のかけらを見降ろしているのだった。そこでは、おもちゃの男と女が、縫いつけられた目で、粘土の牡牛とちっぽけな象牙のユニコーンを見つめているのだった。放り出され、見捨てられたおもちゃたち――そこにはまた、もう一つ、半ば埋められた人形があり、砂の城があった。その城の傾いた塔の上には、木製の王がたてかけられていた。そのすべてを、一瞬の間に、波が呑み込んでしまうだろう。そして、浜辺で輪をかいて跳ねているぐんにゃりとした鳥以外、何も残るまい。

　そのとき、シュメンドリックが、彼女を自分の横に引き戻した。「モリー」と、言いながら。海の遥か奥から、長い白波がやってきた。長く、重いうねり、緑の心臓の上に白い波頭を巻き込んで。砂州や濡れそぼった岩の上で、われとわが身を、煙に砕き、炎のような音をたてて砂浜で身をすりへらす。鳥たちは、悲鳴の群となって舞い上がった。そのきいきいという怒りは、針のように、波の泣き叫ぶ音の中に呑み込まれてしまう。

　そして、ずたずたにされた波に花開く白さ、その白さの中に、かれらの身体が、しまの大理石の波の空洞にそって、弓なりにしなっていた。そのたてがみと尾、それに牡たちのもろそうな頬髭が、陽光の中で、燃えたっていた。その瞳は、深い海のように、暗く、宝石が散りばめられていた――角の輝きといったら、貝殻のような輝きだった！　その角の群は、銀の船の虹のマストのように、押し寄せてくるのだった。

けれども、ユニコーンたちは、牡牛がいるかぎり、陸には上ってこようとしない。かれらは、網が頭上に投じられたときのおびえきった魚のように、浅瀬で身をよじり、狂ったようにひとかたまりになって泳ぎ回った。もはや、海と共にあるのではなく、それを失いつつあった。何百頭ものユニコーンが、一波ごとに押しやられ、すでに浜に押し上げられまいとしてもがいている一団にぶつかっていく。そして今度は、かれらが、凄まじい勢いで、押し上げられる。棹立ちになり、よろめき、長い、雲のような色の首を、必死にそらす。

ユニコーンは、最後の一撃を加えるべく、頭を下げ、身体ごと、赤い牡牛にぶつかっていった。牡牛が、真物の肉体を持っていたか、あるいは空気のような亡霊であったならば、その一撃で、腐った果実のように、はじけてしまっただろう。けれども、牡牛は、何事もなかったかのように、向きを変えると、ゆっくり、海の中に歩み入った。水の中のユニコーンたちは、押し合いへしあいしながら、牡牛に道を開けた。足を踏み鳴らし、波を切り、乱れた霧を作り出した。そして、その霧は、ユニコーンたちの角のおかげで、虹になった。けれども、砂浜の上、崖の上、そしてハガード王国の上から下まで、至るところで、大地が、牡牛の重量が去っていったことで、ため息をもらした。

牡牛は、長い間、歩み、それから泳ぎはじめた。最も大きな波でさえ、牡牛のくるぶしよりも高くなかったし、臆病な波が、かれから逃げ出していった。けれども、ついに、波の間に、自分から身を沈めたとき、かれの背後に大波がそそり立った。緑と黒の大波、まるで風のように、分厚く、滑らかで、そして硬かった。それは音もたてずに集まり、水平線から水平線へと折りたたまれ、ついには、一瞬のことではあったけれども、本当に赤い牡牛の盛り上がった肩と、スロープを描く背を隠してしまうほどになった。シュメンドリックは、死んだ王子を抱え上げた。そしてモリーと二人で、崖面が、二人をとどめるまで、駆けた。波は、鎖がどしゃ降りになるように、落ちかかってきた。

　そのときだった、ユニコーンたちが、海から出てきた。

　モリーには、ついにかれらをはっきりと見ることはできなかった。ユニコーンたちは、彼女に向かって跳ねてくる光、目をくらます叫びだった。モリーは、人間というものが、世界中のすべてのユニコーンを見るためには造られていないということを理解するには十分なだけ、賢かった。そこで彼女は、自分のユニコーンを見つけようとし、彼女だけを見つめようとした。けれども、ユニコーンの数はあまりに多かったし、あまりに美しすぎた。牡牛のように盲目になり、モリーは、両の手を差し出しながら、かれらの方に歩み出した。ユニコーンたちは、牡牛がリーア王子を踏みにじったように、彼女をひづめにかけることもできただろう。というのは、かれらは自由であることに、狂ったようになっていたからだ。けれども、シュメンドリックが、何事か、声をかけた。ユニコーンたちの流れは、モリーとリーア、それにシュメンドリックのところで、左右に分かれた——あるものたちは、かれらの頭上を跳び越えた——まるで、海が、岩で砕け、それからまた一緒になって渦巻いていくかのようであった。モリーのまわりの至るところで、光が流れ、花を咲かせた。その光はまるで雪が燃えたような、不可能としか思えぬものだった。そしてその間というもの、何千というひづめが、シンバルのように歌っていた。モリーは、おそろしいほどに、静かに立っていた。泣きもせず、笑ってもいなかった。というのは、彼女の喜びは、彼女の身体が理解するにはあまりにも大きかったからだ。

「上を見ろ」シュメンドリックが言った。「城が崩れる」

　モリーは振り返った。ユニコーンたちが、崖を駆け上がり、城の周囲を駆け抜けていくと、城の塔が溶けはじめた。まさに、まるで塔が砂で造られ、海が流れ込んできたかのようであった。城は大きな冷たいかたまりとなって崩れ、つむじ風のように渦巻き、おぼろになり、蠟のようになり、やがて消えてしまった。音もなく、崩れ、消えてしまったのだ。そのあとには、いかなる廃墟も残らなかった。陸の上にも、その崩壊を見つめていた二人の人間の記憶の中にも。一瞬の後には、二人は、城がどこに建っていたか、どんな格好をしていたか、思い出すことができなかった。

けれども、まさに現実そのものであったハガード王は、魔法のとけた城の残骸の中を、墜落していった。それはまるで、雲の中を落ちていくナイフに似ていた。モリーは、あたかも、そうなることを予期していたように、王が一度だけ笑ったのを聞いた。ハガード王が驚くことは、滅多にない。

14

海が、ユニコーンたちのダイアモンド形の足跡を取り戻してしまうと、ハガード王の城と同じように、そこにかれらがいたという徴《しる》しはなくなってしまった。違うのは、モリー・グルーがユニコーンたちのことを、よく覚えているということだけだった。

「さよならも言わずに、彼女が去ってしまって、良かった」モリーは、自分に言いきかせた。「あたしはずっと、おろかだった。またすぐに、おろかになってしまうだろう。でも、この方がずっといい」そのとき、まるで陽の光のように、暖かなものが、頰をなで、髪の中に入ってきた。モリーは、振り返り、ユニコーンの首に両手を巻いた。

「ああ、残ってくれたんだね！」彼女はささやいた。「残ってくれたんだね！」そのとき、モリーは、途方もなく、おろかになろうとしていた。そして尋ねたものだ。「ずっと、残ってくれるんだね？」けれども、ユニコーンは、そっと、モリーの手から抜け出し、リーア王子が横たわっているところに向かった。王子の暗青色の瞳は、ほとんど色を失いかけていた。ユニコーンは、王子の上に立ちつくした。かれがアマルシア姫を守っていたのと同じように。

「彼女には、かれを元に戻すことができる」シュメンドリックは、おだやかに言った。

「ユニコーンの角は、死そのものを防ぐのだ」モリーは、じっとかれを見つめた。もう長い間、そんなことをしたことはなかった。そして彼女は、ついにシュメンドリックが自分の力を得、自分自身を生きはじめたことを知った。どのようにしてわかったのか、モリーには、言うことはできなかった。というのは、そのときには、シュメンドリックのまわりで、栄光が輝きを放っていたわけでもないし、かれの栄誉を讃えたいかなる吉兆があったわけでもなかったからだ。これまでと同じように、かれは魔術師のシュメンドリックであった——それでも、どういうわけか、それがはじめてのことであるようでもあった。

ユニコーンは、リーア王子の横に長い間立っていた。それから、角で、かれの身体にふれた。彼女の探求の旅が、喜びのうちに終わりを迎えたにもかかわらず、自分自身を保っている彼女の姿には、どこか疲れがあった。そして、その美しさの中の悲しさは、モリーがこれまで目にしたことのなかったものだった。突然、ユニコーンの悲しみは、リーアに対するものではなく、戻ってくることのなかった失われた娘に対するもの、王子と共に幸せに暮すことができたかもしれぬアマルシア姫に対するもののように、モリーには感じられた。ユニコーンは、頭を下げた。角が、はじめての接吻のように、不器用に、リーアの顎をかすかに横切った。

目をぱちくりさせて、かれは起き上がり、はるか昔の何かに対して微笑んでみせた。

「父さん」せっかちな、驚いたような声だった。「父さん、夢を見たよ」そのとき、かれはユニコーンを見た。そして立ち上がった。顔の血が再び光り、流れはじめた。王子は言った。「ぼくは死んだんだ」

ユニコーンは、もう一度、王子の心臓の上にふれ、しばらくの間、角をそのままにしておいた。かれらは、両方とも、震えていた。リーア王子は、まるで手が言葉であるかのように、彼女に向かって差し出した。ユニコーンは言った。「あなたを覚えている。覚えている」

「ぼくが死んだとき――」リーア王子は言いかけた。けれども、ユニコーンは立ち去った。彼女のあとから、ただの一つの石も転げ落ちてはこなかった。彼女が崖を駆け上がっていっても、ただの一つの茂みも、踏みにじられることはなかった。ユニコーンは、鳥の影のように、軽やかに駆けた。そして、振り返ったとき、そのとき、彼女は先の分かれたひづめの脚の一本を宙に止め、横腹に陽の光を受け、頭と首は、角の重みのために信じられぬほどにもろそうだった――そのとき、下にいた三人は、口々に、悲痛な声で彼女に呼びかけた。ユニコーンは、前を向き、消え去った。けれども、モリー・グルーは、自分たちの声が、矢のようにユニコーンのうちに射込まれたのを見てとった。そして、ユニコーンが戻ってきてくれることを祈る以上に、自分がその名を呼ばねばよかったのにと思った。

リーア王子が言った。「あの姿を見た途端、自分が死んでいたことがわかった。あのときもいっしょだった。ぼくが父の塔から見下ろし、彼女の姿を見たときも」そのとき、かれは上を見、息を呑んだ。それだけが、生きとし生けるものが発する音の中で、ハガード王を悼むために発された音だった。

「ぼくがやったのか？」王子はささやいた。「呪いは、城を崩壊させるのはぼくだと言っていた。けれども、ぼくがそんなことをするわけはなかった。あの人は、ぼくに、良くはしてくれなかった。でも、それはただ、ぼくがあの人の望む者ではなかったという理由からだ。あの人を落としたのは、ぼくのやったことなのか？」

シュメンドリックが答えた。「あなたがユニコーンを救おうとしなかったら、ユニコーンは赤い牡牛に立ち向かい、海の中に追い落とすようなことを、決してしなかったでしょう。あの沖波をもたらしたのは、赤い牡牛です。そして、他のユニコーンたちは解放されたのです。城を破壊したのは、ユニコーンたちでした。もし、そのことを知っていたなら、ちがうことをしましたか？」

リーア王子は、頭を振った。けれども、何も言わなかった。モリーが尋ねる。「でもどうして牡牛は、彼女から逃げたのかしら？　どうして踏みとどまって、戦わなかったのかしら？」

　こんな僅かの間に、視界の外に泳ぎ出るには、牡牛の身体は巨大すぎるはずなのに、かれらが海に目をやったときには、そのかけらもなかった。けれども、牡牛が他の岸辺に泳ぎついたのか、あるいは水がその巨大な身体をついに引きずり込んでしまったのか、それははるか後になるまで、かれらの誰にもわからぬことだった。そして牡牛は、その王国には二度と再び、姿を見せなかった。

「赤い牡牛は、決して戦わぬ」シュメンドリックが言った。「かれは征服するのだ。決して戦わない」

　シュメンドリックは、リーア王子の方を振り向くと、肩に手を置いた。「さあ、あなたが王様です」シュメンドリックは言った。モリーの肩にも手を置くと、何事か、つぶやいた。それは言葉というよりも、口笛のようであった。すると、三人は、まるで綿の羽毛のようにふんわりと宙に浮き、崖の頂上に昇った。モリーは、おびえてはいなかった。魔法は、あたかも彼女が音階であり、それが彼女自身のことを歌っているかのように、やさしく持ち上げてくれたのだ。モリーは、その魔法が、荒々しく、危険なものとほとんど差がないことを感じていた。けれども、地面に降りたったとき、残念にさえ思えた。

城の石のかけらも残ってはいなかった。傷跡すらなかった。城があった場所の大地は、かすかに色青ざめてさえいなかった。錆びたおんぼろの鎧の四人の若者が、ぽかんと口をあけて、消え失せた廊下の中をさまよい、大広間であったはずの空間を、ぐるぐる回っていた。リーアとモリー、それにシュメンドリックを見ると、四人は、笑い声をあげながら、駆け寄ってきた。かれらは、リーアの前にひざまずき、声をそろえて呼ばわった。「陛下！　リーア王、万歳！」

リーアは顔を赤らめ、本当に、四人を立ち上がらせようと、一生懸命だった。「そんなことは、いい」リーアは口ごもった。「そんなことは、いいんだ。おまえたちは、何者なんだね？」リーアは、一人、一人の顔を、びっくりしたように見回して言った。「おまえたちのことは、知ってる——本当に知ってる——だが、どうしてこんなことが？」

「そのとおりです、陛下」若者の最初の一人が、楽しそうに言った。「わたしたちは、本当に、ハガード王の兵士です——あんなにも多くの冷たく、つらい年月の間、かれに仕えてきた者と、同じ人間なのです。わたしたちは、あなたが時計の中に消えた後で、城から逃げ出しました。というのは、赤い牡牛が吠え、塔がみんな震えはじめたからです。わたしたちは、こわかったのです。あの古い呪いが、ついに真実となるにちがいないと、わかっていたのです」

「大波が、城を呑みました」二番目の兵士が言った。「魔女が予言したとおりです。まるで雪のように、ゆっくりと城が崖をすべり落ちていくのを見ました。どうしてわれわれが、それといっしょに持っていかれなかったのか、わたしにはわかりません」

「波は、わたしたちのまわりで分かれていったのです」別の若者が言った。「そんな波の動きは、一度も見たことはありません。奇妙な波でした。まるで波の亡霊のような。虹の光でわきたっていました。一瞬でしたが、わたしには――」かれは、目をこすり、肩をすくめ、あきらめたように微笑んだ。「わかりません。夢のようでした」

「だが、おまえたちみんなには、いったい何が起きたんだ」リーアは尋ねた。「わたしが生まれたときには、おまえたちは老人だった。だが、今は、わたしよりも若い。これは、どういう奇跡なのだ？」

すでにしゃべった三人は、くすくす笑い、当惑しているように見えた。けれども、四人目の男が答えた。「わたしたちが言ったことの意味がもたらした奇跡です。かつて、わたしたちは、アマルシア姫に言いました。もしも彼女が望むなら、再び若くなってみせる、と。そしてわたしたちは、真実のことを告げていたのです。彼女は、どこですか？　もしも、それが赤い牡牛と戦うことを意味しているとしても、わたしたちは、彼女を助けに行くつもりなのです」

リーア王が言った。「彼女は去ってしまった。わたしの馬を見つけて、鞍を載せろ。馬を見つけてくれ」王の声は、かすれ、飢えていた。兵士たちは、新たな主人に従うべく、駆け去っていった。

けれども、かれの後ろに立っていたシュメンドリックは、静かに言った。「陛下、それはいけません。彼女のあとを追ってはならないのです」

王は振り返った。ハガードに似ていた。「魔術師よ、彼女はわたしのものなのだ！」そこで、言葉を切った。それから、よりやさしい口調で続けた。それは、哀願に近かった。「彼女は、二度、わたしを死から救い出してくれた。彼女なしでは、三度目の死を迎える以外、わたしはどうすればいいというのだ？」かれは、シュメンドリックの手首を強く握った。それは骨を粉にするほどの力だった。けれども、魔術師はぴくりとも動かなかった。

リーアが言った。「わたしはハガード王ではない。彼女をとりこにしたいとは思わない。ただ、自分の人生を彼女のあとを追うことに費やしたいと思うだけだ――何マイルも、何リーグも、何年も後にして――たぶん、二度と彼女を見ることはないかもしれぬ、だが、それで満足なのだ。それはわたしの権利だ。英雄は、ついに終わりがやってきたなら、ハッピー・エンドを迎える権利が与えられているものだ」

けれども、シュメンドリックは答えた。「これは、あなたにとっても、彼女にとっても、終わりではありません。あなたは、これまで王といったら恐怖以外になかった荒れ果てた土地の王なのです。あなたの真の試練は、これからはじまるのです。失敗するとき以外、御自分がそれをやりとげたかどうか、生きている間には、あなたはわからないのです。彼女の方はと言えば、彼女は、幸福なものにしろ、悲劇的なものにしろ、終わりというものがない物語なのです。彼女は、自分を望むほどに人間的な存在に、属することなど、決してできないのです」

それから、非常に不可解なことだったが、シュメンドリックは、若き王の身体に両手を回し、長い間、抱き締めていた。「それで、満足なさい、陛下」低い声で言った。「あなた以上に、彼女の気持ちを受けた者は、いないのです。他のいかなる者も、彼女の想い出の恩恵を受けることはないでしょう。あなたは、彼女を愛し、仕えました。それで満足なさい。そして王となりなさい」

「だが、それはわたしの望むことではない！」リーアは叫んだ。魔術師は、一言も、答えなかった。ただ、かれを見つめただけ。青い瞳が、緑の瞳を見返した。やせこけ、王らしくなった顔が、ハンサムでも、勇敢でもない顔を見つめた。王は、目をそらし、しばたたかせはじめた。あたかも、太陽を見つめているかのようだった。そしてまもなく、目を落とし、つぶやいた。「そのようにする。ここにとどまり、自分の憎む土地のみじめな者たちを、たった一人で治めることにしよう。だが、あのあわれなハガードが得たよりも、多くの喜びを、その統治から得ることはあるまい」

　片耳がねじれたちっぽけな枯葉色の猫が、どこか空中の秘密の隙間から、歩み出てきた。そして、モリーに向かって、あくびをしてみせた。モリーは、猫を抱き上げ、顔に押しつけた。猫は、前脚を、髪の中に突っ込んだ。シュメンドリックは微笑み、王に向かって言った。「もう、わたしたちは、去らねばなりません。あなたの支配する土地のはずれまで、友だちとして、わたしたちといっしょに行って、見送って下さいませんか？　こちらとあちらの間には、あなたの勉強に価《あた》いすることが、たくさんあります。それに、その間には、何らかのユニコーンたちのしるしがあると、お約束することもできます」

　そのとき、リーア王は、もう一度、馬を呼んだ。家来たちは、馬を探し求め、見つけだした。けれども、シュメンドリックとモリーの分はなかった。王の家来たちが、王の馬を連れ帰ってくる途中で、かれらは、王が驚きに目を見はっているのに気づき、振り返った。そして自分たちのうしろに、二頭の馬が従順にしたがっているのを見た。一頭は黒、一頭は茶。両方とも、すでに鞍を載せられ、手綱をつけられていた。シュメンドリックは、自分用に黒馬を取り、モリーには茶色の方を与えた。

　モリーは、最初は、その馬たちをこわがった。「この馬たちは、あんたのものなの？」シュメンドリックに尋ねた。「おまえが創ったのか？　今では、このようなことまで、物を創り出してしまうということまで、できるようになったのか？」王のささやきは、モリーの驚きをこだまさせていた。

「見つけたのです」魔術師は答えた。「けれども、わたしが見つけるという言葉で意味したのは、あなた方が意味していることとは、ちがいます。これ以上、わたしに尋ねないで下さい」かれは、モリーを鞍の上に押し上げると、今度は、自分の馬に跳び乗った。

　こうして三人は、馬で歩み去った。兵士たちは、徒歩で、それに従った。一人として、振り返る者はなかった。というのは、そこには見るべきものが、何もなかったのだから。けれども、一度だけ、振り返ることなく、リーア王が言った。「一つの土地で、大人になるまで育ち、それから、その土地を失い、すべてが変わってしまうというのは、奇妙なものだ――それに、突然、王になってしまうというのも。そのどれもが、現実などではなかったのだろうか？　それでは、このわたしは、現実なのだろうか？」シュメンドリックは答えなかった。

　リーア王は、急いで行こうと望んだ。けれども、シュメンドリックは、一行をゆっくりとしたペースにとどめ、遠回りの道を行かせた。王が、速度を早めようといらだったときには、歩いている家来たちのことを考えるように、さとした。もっとも、驚くべきことに、その旅の長さにもかかわらず、兵士たちは決して疲れを見せなかったのだが。けれども、すぐにモリーは気づいた。魔術師は、リーアに自分の領地を少しでも長く、細かなところまで見せるために、歩みを遅らせているのだ。そして、彼女自身も驚いたことに、モリーは、この土地が見るにたるものであることを発見していた。

というのは、とてもゆっくりではあったけれども、ハガードの領土であった不毛の国にも、春がやってきたからだった。異邦の人間はその変化に気づかなかっただろうが、モリーには、ひからびていた大地が、まるで煙のようにおずおずとした緑で彩られつつあるのが見てとれた。うずくまり、人目につかぬようにしていた、これまで一度たりとも花をつけたことのない木々も、花を咲かせつつあった。軍隊が斥候を派遣するような、慎重なやり方を思わせた。長い間、涸れていた小川が、その寝床の中で、さらさらと音をたてはじめていた。小さな動物たちが、互いに呼びかけていた。匂いが、リボンになって、すり抜けていった。青白い草と黒い土、蜜とくるみ、ハッカと枯草と腐りかけたリンゴの木、午後の太陽の光さえ、モリーがよく知っている柔らかな、鼻をくすぐる匂いを持っていた。春のやさしい前進を見つめ、どうしてそれが、自分のところにやってきたのか、遅くはあったけれども、長続きするような形でやってきたのか、それを考えながら、モリーは、シュメンドリックと並んで馬を進めた。

「ユニコーンたちが、ここを通っていったんだね」モリーは、魔術師にささやきかけた。「春がやってきたのは、それが理由だったんだろうか、それともハガードの転落と赤い牡牛が去っていったことが、理由なんだろうか？　どういうことなの？　何が起きているの？」

「何もかもさ」シュメンドリックが答えた。「何もかもが、一度に起きた。これは一度の春じゃない。五十回の春なのだ。一つ、二つの巨大な恐怖が飛び去ったのでもない。この土地から、何千という小さな影が取り払われたのだ。よく見てごらん」

リーア王の耳に語りかけながら、かれは付け加えた。「これが、この国を訪れたはじめての春というわけでもないのです。昔は、ここも良い土地でした。そして再びそのようになるためには、本当の王が欠けていただけなのです。あなたの前で、それがどのように柔らいでいくか、ごらんなさい」

リーア王は、何も言わなかった。けれども、馬を進めていくにつれて、かれの目は左に、右に動いた。あたりが熟しはじめているのを見ずにはいられなかった。ハグスゲイトの谷間、邪悪な想い出の谷間さえも、ありとあらゆる野生の花で、揺れていた――オダマキ、イトシャジン、ラヴェンダー、ルピナス、ジギタリス、セイヨウノコギリソウ。赤い牡牛の足跡の溝には、ゼニアオイが茂っていた。

けれども、午後遅く、かれらがハグスゲイトにやってきたとき、奇妙な、荒々しい光景が、かれらを待っていた。耕やされた畑は、無惨にも、荒され、掘り返されていた。裕かな果樹園とブドウ畑はと言えば、踏みにじられ、まだ立っている木立も、樹木も、一本たりとも残っていなかった。あの牡牛がもたらしたかもしれぬと思えるほどに、無惨な破壊の跡だった。けれども、モリーには、あたかも五十年分、溜められていた悲しみが、一時に、ハグスゲイトを襲ったかのように見えた。ちょうど、同じ数だけの春が、この国の他の土地を、ついに暖めつつあるのと同じように。踏みにじられた大地は、傾きかけた光の中で、奇妙に色あせて見えた。

リーア王が、物静かに尋ねた。「これは、どうしたことだ？」

「前進しましょう、陛下」魔術師は答えた。「前進です」

かれらが、倒された街の門を抜け、街路に沿ってゆっくりと馬を進めた頃、太陽は沈みかけていた。街路には、板きれや、家財道具、割れたガラス、壁や窓、煙穴、椅子、炊事道具、屋根、風呂桶、寝台、暖炉、化粧台といったものの破片が、散乱していた。ハグスゲイトのすべての家、破壊できるものは、崩れ落ちていた。その街は、あたかも、踏みつぶされたかのような外見を呈していた。

ハグスゲイトの人々は、その破壊に思いを沁《にじ》ませて、自分の家を見つけることができたものは、その入口のところに、腰をおろしていた。富裕の最中にあっても、かれらは、いつも貧者の雰囲気を持っていた。そして、本物の廃墟がかれらをほんの僅かにでもよけいに貧乏に見せるどころか、ほとんどそこから救済された者たちのように見せていた。リーアが声をかけるまで、かれらは、リーアが近寄ってきても、ほとんど気づいていなかった。

「わたしが王だ。ここで、おまえたちに、何が起きたのだ？」

「地震です」一人の男が、夢見るように、つぶやいた。けれども、もう一人の男が、かれに反論した。「暴風でした。海から、まっすぐやってきた北東風でした。それが街を、粉々に、揺り動かし、ひょうが、ひづめのように降り注いだのです」それでもまた、別の男は、大津波がハグスゲイトを洗い流してしまったのだと言い張った。ハナミズキのように白く、大理石のように重く、一人も溺れさせず、すべてを破壊していった波のせいだ、と、言い張った。リーア王は、暗い笑みを浮かべながら、人々の言うことすべてに耳を傾けた。

「いいか」人々が話を終えたとき、リーアが言った。「ハガード王は死に、かれの城は崩れ落ちた。わたしはリーアだ。魔女の呪いを現実のものとはさせず、このようなことが起こらぬようにさせるために、生まれてすぐ捨てられたハグスゲイトの子供だ」かれは、打ちこわされた家々を示して、片腕で半円を描いた。「おろかな、哀れな者たちよ、ユニコーンたちが戻ってきたのだ――あのユニコーンたちだ。おまえたちが、赤い牡牛に駆りたてられているのを見、見ないように装っていた、あのユニコーンたちだ。城や、それと同じようにこの街を崩壊させたのは、ユニコーンたちだ。だがおまえたち自身を破滅させたのは、おまえたちの強欲と恐怖なのだ」

街の住人たちは、あきらめたように、ため息をついた。けれども、中年の女が、一歩前に出、ちょっぴり威勢よく言った。「失礼を言うようですが、それは少し不公平じゃありませんか。ユニコーンたちを救うために、いったいわたしたちに何ができたというのですか？　わたしたちは、赤い牡牛がこわかった。いったい、何ができたというのですか？」

「その問いには、一言で、十分だろう」リーア王が答えた。「今となっては、おまえたちには決してわからぬことだ」

王は、馬を回し、かれらをそこに置き去りにしていこうとした。けれども、弱々しい、しわがれた声が呼びかけた。「リーア――、かわいいリーア――、わが子よ、わが王よ！」両腕を広げ、足を引きずって近寄ってくる男を、モリーとシュメンドリックは思い出した。男は、まるで本当の年よりも老いているかのように、咽喉をぜいぜい言わせ、片足を引きずっていた。ドリンだった。

「おまえは、何者だ？」王が問いただした。「わたしに、何の望みだ？」ドリンは、王のあぶみに手をかけ、長靴に顔をすりつけた。「わたしのことがわからないのかね、わが子よ？ そんなことが――どうしておまえが？ どんなに、おまえにわたしのことを知って欲しいと、望まねばいけなかったことか。おまえの父さんだよ、――おまえの年老いた、あわれな、大喜びしている父さんだよ。昔、あの冬の夜に、おまえを市場に置き去りにしていったのは、このわたしだったんだ。おまえを、英雄としての運命に手渡したのは、このわたし。何とわたしは賢かったことか、この長い年月の間、どれほどに悲しかったことか、そして今、どれほどに誇りに思っていることか！ わが子よ、かわいいわが子よ！」かれは、本物の涙を流して泣くことはできなかった。けれども、鼻水が流れてきた。

一言も語らぬまま、リーア王は、手綱を引き、群衆の外に出た。老いたドリンは、伸ばした腕をだらりと落とした。「これが、子供を持つということなのだ！」金切り声で叫んだ。「恩知らずの息子よ、おまえは、自分の父親が困惑のうちにいるときに、見捨てていくのか？ おまえのお気に入りの魔術師が一言、言えば、何もかもが元通りになるというのに。わたしを軽蔑したいのなら、そうするがいい、だが、現在の地位におまえを置くために、わたしはわたしなりの役割を果たしたのだ。それは否定できないだろう！ 悪徳にも、それなりの権利はあるのだ」

それでも、王は、立ち去ろうとした。けれども、シュメンドリックが、かれの腕にふれ、身を寄せてきた。「それは本当ですよ」かれはささやいた。「かれなくしては、かれら全員なくしては、この物語は、まったく別のものになっていたはず。そちらの結末も、これほどに幸福なものになるとは、誰に言えるでしょう？ あなたは、かれらの王にちがいないのです。そして、もっと勇敢で、忠実な人々に対するのと同じように、やさしく、かれらを治めなければならないのです。なぜなら、かれらは、あなたの運命の一部なのですから」

そこで、リーアは、ハグスゲイトの人々に向かって手を挙げた。人々は、静かにしようと、互いに押し、ひじを突き合った。リーアは言った。「わたしは、友人たちと行かねばならない。しばらくの間、かれらと共にいなければならない。だが、ここに、わたしの兵士たちを残していく。かれらは、おまえたちが再び自分の街を築きはじめる手伝いをしてくれるだろう。戻ってきたら、すぐに戻ってくるつもりだが、わたしも手を貸そう。再び、ハグスゲイトが建つまでは、自分の新しい城を築くつもりはない」

人々は、シュメンドリックなら、一瞬のうちに、魔法でそれをやってのけることができると、不平を言いたてた。けれども、シュメンドリックは、人々に答えた。「もしも、やってあげたいと思っても、わたしにはできないのだ。魔術師の術を支配している法則がある。季節や海に命令する法則があるのと同じように。かつて、この国の他のすべてが貧しさのうちにあったとき、魔法が、あなた方を富ませていた。けれども、あなた方の富んだ時は終わったのだ。今、あなた方は、もう一度、はじめなければならない。ハグスゲイトの時代に、荒野だった土地は、再び緑を育て、寛大になるだろう。けれども、ハグスゲイトは、そこに住む者たちの心と、まさしく同じように、みじめな生活を送らねばならないのだ。再び、畑に作物を植えても良い、果樹園やブドウ畑を育てなおすのも良い。けれども、それらは決して以前ほどに繁茂することはない。決して。あなた方が、無条件に、それらのもののうちから、喜びを得ることを知るまでは」

シュメンドリックは、黙りこくった街の人々を見つめた。その目の中には、怒りはなかった。ただ哀れみだけがあった。「わたしがあなた方だったら、子供を持つようにするだろう」かれはそう言った。そしてリーア王に向かって言った。「陛下からおっしゃることは？　今夜は、ここに泊まり、夜明けに出発しましょうか？」

けれども、王は馬を回し、拍車をかけられるだけかけると、大急ぎで、破壊されたハグスゲイトから駆け去っていった。モリーとシュメンドリックが、かれに追いついたのは、長い時間が経ってからだった。そして眠りにつくために身を横たえたのは、それ以上に長い時が過ぎてからだった。

何日もの間、かれらは、リーア王の領土を旅した。一日ごとに、知ることは減り、喜びを見出すことが増した。まるで火のように、春はかれらの前を駆けていった。裸でしかなかったものに服を着せつけ、昔には固く口を閉ざしていたすべてを開け、ユニコーンがリーアにふれたように、大地にふれていった。熊からカブト虫に至るまで、ありとあらゆる種類の動物たちが、ふざけながら、ふらつきながら、せかせかと歩みながら、やってきた。かつては、大地の土と同じように砂色で、乾ききっていた高い空は、鳥たちで満開になっていた。一日のほとんどが、夕暮れ時のように思えるほどに、鳥たちがぎっしりと空を舞っていた。はじけるようなせせらぎの中では、魚が、身をたわめ、きらきらと輝いていた。野生の花たちは、脱走した囚人たちのように、丘を駆け上がり、駆けおりていった。すべての土地は、生命の喧噪に満ち満ちていた。けれども、夜に、三人の旅人たちを眠らせなかったのは、花たちの沈黙の歓呼だった。

　村々の住民たちは、おそるおそる、かれらを迎えた。そしてはじめてシュメンドリックとモリーがこの道を来たときに示したのと同じように、かれらはむっつりとしたままだった。かれらの中の最も年老いた者だけが、前に春を見たことがあった。多くの者たちは、乱舞する緑を、疫病か侵略ではないかと考えていた。リーア王は、かれらに、ハガードが死に、赤い牡牛が永遠に去ったことを告げ、新しい城が出来たら、自分を訪れるようにと、かれらを招待し、先に進んでいった。「かれらが花で心がなごむように感じるまでには、時間が必要だ」王は言った。

どこに立ち寄っても、王は、すべての無法者たちは、許されたのだという言葉を残していった。そしてモリーは、キャプテン・カリーと楽しい仲間たちのもとに、その報せが届くことを祈った。その報せが届いたとき、カリーその人とジャック・ジングリイを除いて、楽しい仲間たちは皆、すぐさま森の生活を捨てた。二人は吟遊詩人という仕事を選び、その地方では、かなり有名になったということだ。

ある夜、リーアの王国の最もはずれで、高い草の中で寝床をしつらえ、三人は眠りについた。王は、朝になれば、二人に別れを告げ、ハグスゲイトに戻るつもりだった。「さみしくなるだろう」闇の中で、王は言った。「おまえたちといっしょに行き、王などにならない方がいい」

「それが好きになりますよ」シュメンドリックは答えた。「村の最もすぐれた若者たちが、あなたの宮廷に行こうとするようになるでしょう。そしてあなたは、かれらに、騎士になるように、英雄となるように、教えるのです。最も賢い大臣たちが、あなたに助言するためにやってくるでしょうし、最も技にたけた楽人や芸人、語り部たちが、あなたの寵を求めてやってくるでしょう。そして、そのうちに、王女も現われるでしょう――口にできぬほどよこしまな父親や兄弟たちから逃れた、あるいは、かれらのための正義を求める王女が。たぶんあなたは、火打石と金剛石の砦に幽閉された彼女の噂を耳にしますよ、同情心に満ちたクモだけを友にした王女の話を――」

「そんなことは、どうでもいい」リーア王は言った。その後、あまりにも長い間、黙っていたので、シュメンドリックはもう寝たものと思ったのだが、ようやく、王は言った。「もう一度、彼女に会いたい。わたしの思いのたけを、彼女にきかせたい。彼女は、わたしが本当に何を言いたいのか、ついに知ることがないだろう。おまえは、わたしが彼女に会えると約束した」

魔術師は、すぐさま、答えた。「わたしがお約束したのは、あなたがユニコーンたちのしるしを見ることができるだろうということだけでした。そして、あなたは、それを見たはずです。あなたの領土は、他のいかなる土地が望むよりも、はるかに祝福されています。それは、ユニコーンたちが、自由を得て、駆け抜けていったからなのです。あなたと、あなたの心、あなたの言ったこと、言わなかったことについて言うなら、彼女は、ウサギたちによって書かれた本の中で、人間たちがおとぎ話になってしまう時になっても、そのすべてを覚えているでしょう。そのことを考え、お黙りになることです」その後、王は一言もしゃべらなくなった。シュメンドリックは、自分の言葉を悔んだ。

「彼女は、二度、あなたにふれました」しばらくして、シュメンドリックは言った。「最初にふれたのは、あなたにもう一度生命を与えるためでした。けれども、二度目は、あなたのためだったのです」リーアは答えなかった。かれが聞いていたのか、いなかったのか、シュメンドリックには、ついにわからなかった。

月の昇る頃、シュメンドリックは、ユニコーンがやってきて、自分の横に立っている夢を見た。かすかな夜風が、彼女のたてがみを持ち上げ、なびかせた。彼女の小さな頭の雪片の芸術を、月が照らした。シュメンドリックには、夢だとわかっていた。けれども、彼女に会えて、幸せだった。「あなたは、何と美しいのだ」かれは言った。「そのことを、一度も、ちゃんと話したことはありませんでしたね」他の二人を起こした方が良かったかもしれない。けれども、彼女の瞳が、二羽のおびえた鳥のように、はっきりと、警告をかれに歌いかけていた。もしも、モリーとリーアを呼ぶために動いたら、自分自身も起こしてしまうことがわかっていた。そうなれば、彼女は消えてしまうだろう。そこでかれはただ、こう言っただけだった。「ぼくも最善を尽してはいるのだけれども、かれらの方が、あなたを、より愛しているようです」

「それが、理由なのです」ユニコーンは言った。そしてシュメンドリックは、彼女が何を答えたのか、わからなかった。自分が朝、目覚めたときに、彼女の耳の正確な形を思い出せることを望みながら、シュメンドリックは、身じろぎ一つせずに、横たわっていた。

「今、あなたは人間の、本物の魔法使いです。あなたが、いつも、望んでいたとおりに。それであなたは幸福ですか？」ユニコーンが言った。

「ええ」かれは、音もなく笑いながら、応えた。「ぼくは、それを得るために、心の欲望を失うような、哀れなハガードじゃない。けれども、世の中には、たくさんの魔術師たちがいる。黒魔術も白魔術も、その中間には、無限に様々な濃さの灰色もある――今、ぼくには、そのすべてが同じものなのだということがわかりました。人々が賢く、良い魔術師と呼ぶような者になろうと、ぼくが心を決めようと――つまり、英雄に手を貸し、魔女と邪悪な君主と、非常識な親たちを打ち負かし、雨を降らし、羊の炭疽と、牛や馬の暈倒症を治し、木から猫たちをおろしてやるような、そんな魔術師たろうと決心しようと――あるいはまた、秘薬と元素、粉薬と薬草、毒のつまった蒸溜器を、名のないままにしておいた方が良い皮で装丁された錠前付きの魔術の本を、部屋の中にたちこめる泥のような霧を、内から舌足らずに語りかけてくる甘い声を、それらを選ぼうと――結局は、人生は短いのです、どれだけの人を、ぼくが助け、あるいは害することができるというのです？とうとう、ぼくは自分の力を手に入れました。けれども、依然として世界は、身動きできぬほどに重いのです。もっとも、友人のリーアは、ちがうように考えているでしょうが」そして夢の中で、もう一度、ちょっぴり悲しげに笑った。

ユニコーンが言った。「それは本当です。あなたは人間、そして人間には、何か違いを造り出すようなことは、何一つできないのです」けれども、彼女の声は、奇妙に、ゆっくりと、重荷を背負っているようだった。「あなたは、どちらを選ぶつもりですか？」

魔術師は、笑った。三度目だった。「それは、親切な魔術の方になるでしょうね、疑いなく。その方が、あなたのお気に召すでしょうから。もう一度、あなたに会えるなんて、思ってもみませんでした。でも、あなたが知れば、喜んでもらえるようなことをしようとつとめるつもりだったのです。そしてあなたは——あなたは、ぼくの残りの人生の間、どこにいるのですか？ 今頃は、あなたの森に帰っているものだとばかり、思っていたのです」

ユニコーンは、かれから、ちょっぴり顔をそむけた。突然、星の光が彼女の肩にあたり、それは、かれの魔法の会話のすべてを、咽喉の奥で砂のような味に変えてしまった。蛾と蚊、それに、見分けるにはあまりにも小さすぎる夜の虫たちが、彼女の輝く角のまわりに集まり、踊った。それは、彼女を、馬鹿げたものと見せはしなかった。彼女を讃えるそれらの虫は、彼女を何よりも賢く、愛らしく見せていた。モリーの猫が、彼女の前足に身体をすりつけて、その間を出たり入ったりしていた。

「仲間たちは、去りました。みんな、自分がやってきた森に散っていきました。一頭ずつ。そして、人間たちには、たとえば、みんなが依然として海の中にいたとしても、それ以上に、その姿を見ることは難しいでしょう。わたしもまた、自分の森に帰るつもりです。けれども、そこで、あるいはそれ以外のどこであっても、満足して生きていけるかどうか、わたしにはわからない。わたしは、人間でした。そして、わたしの内のある部分は、いまだに、人間のままなのです。泣くことも、何かを望むことも死ぬこともできないのに、わたしは、涙と飢え、死の恐怖に満たされているのです。もう、わたしは仲間たちと同じではないのです。後悔することのできるユニコーンなど、生まれたことはないのですから。でも、わたしは後悔することができるのです。わたしは後悔しています」

シュメンドリックは、偉大な魔術師であったにもかかわらず、子供のように顔をおおった。「ごめんなさい、ごめんなさい」自分の手首につぶやきかけた。「ぼくはあなたに、おそろしいことをしてしまった。ニコスが他のユニコーンたちにしたのと同じように、同じように善意から。そしてぼくには、それを元に戻すために、かれにやれたのと同じようなことしか、出来ないのです。ぼくに比べれば、フォーチュナ婆さんと、ハガード王、それに赤い牡牛をみんな合わせても、まだあなたには親切でした」

けれども、ユニコーンは、やさしくかれに答えた。「わたしの仲間たちが、再び、この世界に戻っています。いかなる悲しみも、この喜び以上にわたしのうちで長く残りはしないでしょう――ただ一つの悲しみを除いては。そして、それについても、わたしはあなたに感謝しているのです。さようなら、素晴らしい魔術師さん。家に帰るつもりです」

かれのもとから去るときに、ユニコーンは何一つ音をたてなかった。けれども、シュメンドリックは目を覚ましてしまった。ねじれ耳の猫が、さびしげに、鳴いていた。頭を回し見ていると、リーア王と、モリー・グルーの開かれた目の中で、月の光が震えていた。三人とも、朝まで、目を覚ましたまま、横になっていた。三人とも、一言もしゃべらなかった。

夜明けに、リーア王が起き上がり、馬に鞍を載せた。馬にまたがる前に、王は、シュメンドリックとモリーに話しかけた。「いつの日にか、おまえたちが、訪ねてきてくれたなら、うれしいのだが」二人は、そうするだろうと、請け合った。けれども、それでも王は、ぶら下がっている手綱を指に巻きつけながら、二人のもとを立ち去ろうとはしない。

「昨日の夜、彼女の夢を見たんだ！」王は言った。

モリーが叫んだ。「あたしも、そうよ！」シュメンドリックも、口を開いたが、また、閉じた。

リーア王が、しゃがれた声で言った。「われわれの友情にかけて、おまえたちに願いたいことがある——おまえたちに、彼女が何と言ったか、教えてくれないか」両手で、それぞれ一人の手を摑んだ。それは、冷たく、痛かった。

　シュメンドリックは、かれに、弱々しい微笑を見せた。「陛下。わたしは、夢を覚えていることなど、滅多にないのです。わたしたちは、馬鹿げたことを、重要そうに話していたような気がします。誰もがよくやるように——まじめな無意味なこと、空虚で、はかない——」王はかれの手を離した。そして、半ば狂ったような目をモリー・グルーに向けた。

「あたしは、絶対に言いません」彼女は、少々、おびえながら、そう言った。けれども、奇妙なことに、顔を赤らめた。「あたしは、覚えています。でも、たとえ、そのために死ぬことになろうとも、他の人には絶対、話すつもりはありません——たとえ、あなたにでも、です。わが殿」話をしている間、彼女は王の方を見ているのではなく、シュメンドリックを見つめていた。

　リーア王は、彼女の手をも、同じように離した。そして鞍の上に飛び乗った。そのあまりの烈しさに、牡鹿のようにいななきながら、馬は、棒立ちになった。その姿が、昇りくる朝日にかかった。けれども、リーアは、鞍の上にとどまり、モリーとシュメンドリックを見おろした。その顔は、ひどく暗く、しわが刻まれ、やせこけ、前王たるハガードと同じほど長い間、かれも王であったのかと思えるほどだった。

「彼女は、わたしには何も言わなかったのだ」王はささやいた。「わかるか？　何も言わなかったのだ、まったく何も」

　ハガード王の顔さえも、海の中のユニコーンたちを見るとき、ちょっぴりやさしくなったものだが、それと同じように、そのとき、王の顔が和らいだ。その瞬間、かれは、台所でモリーといっしょにすわることが好きだったあの若い王子に、戻った。「彼女は、わたしを見た。夢の中で、わたしを見、そして何も言わなかった」

　さよならも言わずに、かれは、馬を駆って去っていった。そして二人は、丘がかれを隠してしまうまで、じっと見送った。ひたむきな、悲しい騎手が、王になるために、帰っていく。最後に、モリーが言った。「ああ、かわいそうな人。かわいそうなリーア」

「かれは、そんなにひどい報酬を受けたわけじゃない」魔術師は答えた。「偉大な英雄たちは、大いなる悲しみと重荷を必要とするものだ。さもなければ、かれらの偉大さの半分は気づかれずに終わってしまう。みんな、このおとぎ話の中で決まっていることなのだ」けれども、かれの声は、少々、疑い深げだった。シュメンドリックは、そっと腕をモリーの肩に回した。「ユニコーンを愛するなんて、悪い運命であるわけがない。それをわが物にするのは、途方もなく困難ではあるけれど、それこそが、何よりも素晴らしい幸運であるにちがいない」

徐々に、シュメンドリックは、手の指の先まで、モリーを押し離した。そして尋ねた。「さあ、彼女が、きみに何を言ったのか、話してくれるかね？」けれども、モリー・グルーは、笑い、髪の毛がふりほどかれるまで頭を振っただけ。そして彼女は、アマルシア姫よりも美しかった。魔術師は言った。「わかった。それなら、ぼくは、もう一度、ユニコーンを見つけよう。たぶん、彼女が話してくれるだろう」そしてシュメンドリックは、自分たちの馬を口笛で呼ぶために、静かに、振り返った。

シュメンドリックが、自分の馬に鞍をつけている間、モリーは一言も口をきかなかった。けれども、かれが、彼女の分に取りかかったとき、モリーはかれの腕に手を置いた。「あんたは——あんたは本当に、あたしたちが彼女を見つけることを望んでいるの？　あたし、言い忘れていたことがあるの」

シュメンドリックは、肩越しに、彼女を見つめた。朝の日の光は、かれの目を草のように楽しげなものにしていた。けれども、時々、馬の影の中に身を屈めた際に、かれのまなざしの内により深い緑がうごめくことがあった——かすかな、冷たい苦さをもった針のような松葉の緑だった。「ぼくは、彼女のために、それを恐れるよ。それは、今では、彼女もまた放浪者となってしまったということを意味しているのだから。そしてそれは人間のたどる運命であって、ユニコーンのものではない。だが、ぼくはそれを望んでいる。もちろん、望んでいるとも」それから、モリーに微笑みかけ、彼女の手を取った。「どちらにしろ、きみとぼくとは、たどるべき道を一つ選ばなきゃならない。最後には、同じ場所に至るいくつもの道の中からね。それはあのユニコーンが、たどった道と同じであるのかもしれない。ぼくたちは、二度と、彼女に会うことはないだろう。だが、いつだって、彼女のいたことのある場所なら、ぼくたちにはわかるだろう。さあ、おいで。ぼくといっしょに、おいで」

こうして、二人は、新たな旅をはじめた。その旅は、その時間の間に、二人をこの甘やかな、よこしまな、しわだらけの世界の折り目のほとんどの中に連れ込み、連れ出した。そして、最後に、かれら自身の不思議な、素晴らしい運命に導いた。けれども、それはみんな、後になってからのこと。最初は、リーアの王国の外に出てから、ものの十分もたたぬうちに、二人は、徒歩でかれらのところに急いでくる娘に出会った。彼女のドレスは裂け、汚れていた。けれども、その造りのぜいたくさは、依然として、一目でわかった。髪の毛は乱れ、イバラにかき乱されていたにもかかわらず、腕は引っかかれ、美しい顔は汚れていたにもかかわらず、彼女が、悲惨な不幸のうちにある王女以外の何ものでもないことを、見誤るわけがなかった。シュメンドリックは、彼女を支えるために、馬から降りた。まるでかれがグレープフルーツの皮ででもあるかのように、王女は、両手で取りすがった。

「助けを！」彼女は、叫んだ。「助けを！　救いを！　もしや、御身が、勇気と義侠の者であるならば、今すぐ、わらわを助けておくれ。わが名は、王女、アリスン・ジョゼリン、ジャイルス良王の娘。王は、弟君、ウルフ血侯爵の手により、弑されました。ウルフ血侯爵は、わが三人の兄殿、コーリン王子、コリン王子、カルヴィン王子を捕え、わらわを太った息子デュードリイ殿と添わせる人質として、兄殿たちをおそろしき牢へ幽閉してしまいました。けれども、わらわは、見張りにわいろを使い、犬の機嫌をとって――」

けれども、魔術師シュメンドリックは片手を上げ、王女は、その大きなライラック色の瞳に驚きを込めて、かれを見上げ、黙った。「麗しの王女様」かれは、重々しい口調で言った。「あなたのお望みの者は、ただいま、あちらへ向かったところです」シュメンドリックは、自分たちがついさっき、出てきたばかりの土地の方角を指さした。「わたしの馬をお使いなさい。そうすれば、御自分の影が、まだあなたのうしろにあるうちに、かれに追いつくことでしょう」

かれは、アリスン・ジョゼリン王女のために、両の手を組み、彼女は、疲れきったように、どこかびっくりしたように、それを足がかりに、鞍にのぼった。シュメンドリックは、馬の向きを変えて、言った。「簡単に、かれに追いつくことができますよ。というのは、かれはゆっくりと馬を進めているからです。かれは良い人ですし、百万言を費やすよりも、偉大な英雄なのです。わたしは、すべての王女様を、かれのもとに、送りつけるのですよ。かれの名は、リーアです」

それから、馬の尻をぴしゃりと叩くと、リーア王が去っていった方角へ、追いやった。それから、長い間、笑い、あまりに笑い続けたために、モリーのうしろにのぼることができぬほど、弱ってしまった。おかげで、しばらくの間、かれは彼女の馬の横を歩かねばならなかった。再び、呼吸を整えたとき、かれは歌いはじめ、彼女もそれに加わった。これが、いっしょに去りながら、二人が歌った歌である。この物語から、別の物語に連なる歌である。

「わたしは王様でもない。殿様でもない。
兵士でもない」とかれは言った。
「わたしはただの竪琴奏《び》き、
とても貧しい竪琴奏き、
わたしはおまえと添うために
ここに来た」

「もしもあなたが殿様でないのなら、
わたしの殿になればいい。
あなたが盗賊であっても同じこと」
と、彼女は言った。
「そしてあなたが竪琴奏きなら、
わたしの竪琴奏きにおなりなさい。
わたしには、そんなこと、どうでも
いいのです。
そんなこと、どうでもいいのですから」

「でも、もしも、わたしが竪琴奏き
ではないことが明らかになったなら？
おそろしいほどに、おまえの愛を
だましていたことが、わかったなら？」
「そのときには、わたし、あなたに
弾き方と歌を教えます。

なぜなら、わたし、心から良い竪琴を愛しているのですから」と、彼女は言った。

訳者あとがき

誰にでも、心からほれこみたくなる作家がいるはずです。ぼくにとっては、このピーター・S・ビーグルという作家が、その一人です。ただ、このビーグルという人の場合、どこがどう良いんですか？　こうきかれても、返事に困るのが、難しいところなのです。ストーリーを話そうが、イメージを話そうが、あるいはキャラクターのことを語ろうが、ビーグルの作品そのもの、そして自分の言いたいことそのものから、話はどんどんはなれていってしまうのです。だから、とにかく、読んでごらんなさいよ。ぼくに言えるのは、それだけ。ああ、もちろん、言いたいことは、それこそぼくの身体の中、一杯にありますよ。でも、それは、うまく言えないのですね。悲しいことに。

何はともあれ、作者のことを、少し言っておくべきです。

ピーター・ソーヤ・ビーグルは、一九三九年、ニューヨークのブロンクスで生まれ、そこで育ちました。大学はピッツバーグ大学。卒業後、しばらくパリで暮していたのだそうです。それからアメリカに戻り、スタンフォード大学に数年、在籍しました。それからまたニューヨークで過ごし、現在はカリフォルニア州のワトソンヴィルの近くの農場で、奥さんと三人の子供、それにガリー・ジムソンという名の黒猫、チャールスというプードルその他の動物と暮していることです。もっとも、これは二年程前の話。現在は、ちょっと様子が変わっているかもしれません。

作家としてのピーター・S・ビーグルの活動は、二つの長い物語、二つの短い物語、いくつかのノンフィクション。それだけです。現在のビーグルは、映画のシナリオ・ライターを職業にしていると言ってよいように思います。昔の例を挙げるならば、ヨットで世界を一周した少年の話を映画化した『ダブ』という作品が、たしか、ビーグルのシナリオであったはずです。残念ながら、これは、たいした映画ではありませんでした。そして最近で言うならば、例のバクシの『指輪物語』のシナリオ・ライターの一人に、ビーグルの名が入っていました。そして、これまた、シナリオの出来そのものは、どちらかといえば、良くなかったと言わざるを得ません。

実際、どうしてビーグルが、映画のシナリオ・ライターになったのか、ぼくには、まったくわからないのです。ビーグルの作風が、映画にどう関わるのか、よくわからないということです。気のきいたせりふのうまさ。そのあたりからでしょうかね。

作家としてのビーグルに話を戻します。このビーグルという作家に、どうあっても、かなわないと思わされるのは、そのデビューの早さです。十七歳のときに、すでにエージェントがついており、最初の作品は十九歳のときに書かれ、二十一歳のときに本として出版されました。それが『心地よく秘密めいたところ』という名で翻訳された *Fine & Private Place* です。一九六〇年のことでした。「それがぼくの望んだすべてだった。それ以外、何もいらなかった。その本を出版するためなら、何もかも犠牲にしてもいいと思っていた」ビーグルは、あるインタヴューで、そう語っています。

この物語は、ニューヨークの墓地でカラスに養われながら、死者の魂と語ることを仕事と考えている初老の男を主人公にしています。そのときのビーグルの年齢を考えると、本当に、かなわないな、そう思ってしまうのです。

ビーグルの二冊目の本は、*I See by My Outfit* というノンフィクションでした。ニューヨークから、サンフランシスコまで、友人と二人で、バイクでアメリカ大陸を横断していく旅行記です。一九六五年に出版されました。読んでいくうちに、思わず涙がこみあげてくるのを何度か感じたものです。

『素晴らしき飛行機野郎たち』という喜劇映画があったのを、おぼえていますか？そのストーリーはどうでもいいのです。あの映画の中で飛んだ飛行機たち、それはみんなオリジナルそのままだったのです。造られた当時は飛ぶことのできなかった飛行機たちですが、エンジンを現在のものに変えた途端、ああやって、みんな見事に空に浮かんだのです。馬鹿な話ですが、あの姿を見た途端、何だか泣きたくなりました。何というのですかね、半世紀以上もの間、断たれていた夢が現実になったとでも言っておきますか、そんな感動があったのです。そして、ビーグルのアメリカ横断旅行記にも、それに似た感動があったのです。

　この旅行記の三年後に、二作目の長篇が出版されました。それが *The Last Unicorn* つまり、この『最後のユニコーン』です。そして、この作品が、作家としてのビーグルの評価を定めました。早過ぎるといえば、早過ぎるような気もします。けれども、長い物語といえば、二作しか書いていないのですから、それも仕方がないことでしょう。この作品を読んだ人は、誰もが絶讃しているように思います。ぼく自身が会った人で言うなら、ジュディス・メリルも、ポール・ウイリアムスもそうでした。ポール・ウイリアムスはデヴィッド・G・ハートウェルと共に選んだ（と言っても、実際はハートウェルの好みが強く出てるんだそうですがね）「六〇年代の重要な長篇ＳＦ」というベスト・リストに、この作品を含めています。

SFかどうかは、ちょっと疑問がありますが、少なくとも、非常に六〇年代的な作品であることは確実です。もちろん、一つの時代の中にくくられるべき作品ということではありませんよ。その現実認識の冷たさという感覚で、奇妙に六〇年代というイメージを与えてくれるように思うのです。六〇年代を支持するという意味でも、拒否するという意味で、でもです。レイモンド・M・オールダマンという評論家はその六〇年代アメリカ小説論『荒地の彼方』（評論社刊）で、ビーグルのこの作品に一章を設け、同時にそれを全体の一つの結論という形で置いています。ぼくは、この作品の中に明確な形での寓意を読みとろうとは思わないのです。登場人物たちが、あまりにも、自分たちの置かれた位置を知り過ぎています。だから全体が、いく層にも積み重ねられた虚構と現実とで構成され、とても、簡単な意味は見つけられそうにないと思うからです。

この『最後のユニコーン』が、いかにして書かれることになったか、ビーグルの言葉によれば、彼が十七歳のときに親類の画家からもらった絵に、ユニコーンが牡牛と戦っている姿が描かれていたのだそうです。そのイメージが一つ。そして六歳のときに、ユニコーンになってしまった野生の馬を連れて帰ってきた少女の物語を読んだのが、ずっと心に残っていたのが一つ。その他いくつかの記憶とイメージが合わさったのが『最後のユニコーン』という形になったということです。この作品の中には、いくつも民話や、ファンタジイのエピソードが、織り込まれているのを感じます。ビーグルによれば、この作品に影響を与えているのは、*The Crock of Gold* という風変わりなファンタジイを書いたジェイムズ・スティーヴンスというアイルランドの民族主義者、ジェイムズ・サーバー、T・H・ホワイト、それにロード・ダンセイニなのだそうです。でも、それでは何も言わないのと同じ。なるほどと思うのと同時に、そのどれとも異なっているのは明らかだからです。

民話やファンタジイのソースについても同じかもしれません。いかにもと思われるところのほとんどは、ビーグル自身の創造の産物なのだそうです。それは、図書館で、この作品を書いていたときに良い参考文献が見当らなかったから、という話ですが、どうでしょう。そう言えば、この作品の献辞に出てくる二人の人物。ロバート・ネイサンは、わかりますね。もう一人の博士の方。この人のことは、ある百科事典に「野生のユニコーンを見た」と出ていたのだそうです。

「見たという」ではありません。そう断言されているのが、面白くて、献辞をささげたということです。

ちょっと、翻訳のことに、話を移します。訳注は、まったくありません。付けるべきところが、いくつもあるように思いますが、付けませんでした。だから、少々、無理したところもありますが、やっぱり、ぼくは、訳注などない方がいいように思ったのです。それに、付け出すと、切りがないような気もしますからね。たとえば、この中から、『不思議の国のアリス』に出てきた言葉を探す、あるいは民謡収集家のチャイルド氏のことを調べるなんてのも、楽しみ方の一つじゃありませんか。誤訳を探すのも、楽しみだって？ それは、あまり楽しめないことを、願いたいですが、ね。

さてと、この『最後のユニコーン』を、長篇の第二作としておきましたが、実は、未発表の長篇が、その前に一つ書かれているのだそうです。それはファンタジイではなく、リアルな作品ということですが、残念ながら、読むことはできそうもありません。ビーグル自身が、憧れているというガルシア・マルケス風の作品という噂もあるのですが、ただ、残念というだけです。

『最後のユニコーン』以後、一九六九年に「ファレルとリラ」“Farrel and Lila the Werewolf”という中篇を発表しています。これは来るべき長篇の一部ということだったのですが、結局その長篇は、いまだに書かれておらず、この中篇はほとんどそのままの形で、“Lila the Werewolf”と改題され、薄いペーパーバウンドの本として一九七四年に出版されてしまいました。これに一九六三年に発表された「死の舞踏」（「死神よ来たれ」）“Come Lady Death”（この年のO・ヘンリー賞でした）という短篇をたすと、ビーグルの小説は全部のはずです。つい最近出版された『ピーター・S・ビーグルのファンタジイ世界』

The Fantasy World of Peter S. Beagle というハード・カバーにも、この四つの作品が収められているだけです。

現在 *The Knight of Ghosts And Shadows* というタイトルの長篇を書いているという噂も聞きましたが、「ファレルとリラ」の例もあります。期待すると同時に、がっかりさせられないようにして、待つよりないということでしょう。とにかく、ビーグルの四つしかない作品のうちの三つまで、訳すことができたのですから、ぼくとしては、もう何も言うことはありません。

最後になりましたが、早川書房副社長早川浩氏、SFマガジンの今岡清さん、そして編集部の引田直巳さん、本当に御迷惑をかけました。ごめんなさい。それから、ビーグル・ファンの皆さんにも、遅れて、ごめんなさい、そしてありがとうと言わせて下さい。

以下に、わかっているかぎりのビーグルの著作リストを付けておきます。年号は、アメリカでの発行年です。

一九七九年　十月

小説

A Fine & Private Place（1960）『心地よく秘密めいたところ』山崎淳訳／創元推理文庫

The Last Unicorn（1968）本書

The Folk of the Air（1977）『風のガリアード』山田順子訳／ハヤカワ文庫ＦＴ

The Innkeeper's Song（1993）未訳

The Unicorn Sonata（1996）『ユニコーン・ソナタ』井辻朱美訳／早川書房

Tamsin（1999）未訳

Summerlong（2016）未訳

中・短篇（既訳の作品のみ）

Lila the Werewolf「ファレルとリラ」鏡明訳／ＳＦマガジン一九七六年十二月号

Come Lady Death（1963）「死の舞踏」鏡明訳／幻想と怪奇 No.10（「死神よ来たれ」伊藤典夫訳／『ファンタジーへの誘い：海外ＳＦ傑作選』講談社文庫）

Professor Gottesman and the Indian Rhinoceros（1995）「ゴッテスマン教授とインドサイ」井辻朱美訳／ＳＦマガジン二〇〇二月十二月号

Two Hearts（2005）（「ふたつの心臓」金原瑞人訳／『完全版・最後のユニコーン』学研

プラス）

ノンフィクション（すべて未訳）

I See by My Outfit（1965）旅行記
The California Feeling（1969）旅行記
American Denim : A New Folk Art（1975）ジーンズの本
The Lady and Her Tiger（1976）
The Garden of Earthly Delights（1982）
In the Presence of Elephants（1995）

＊この著作リストは二〇二三年七月現在のものです。

解説

魂で読むしかないの

ファンタジイ小説家
乾石智子

『最後のユニコーン』の解説を、と打診されたとき、ああ、若かりし日に読んだっけ、と気軽にひきうけたのは、本来うすらぼんやりの私、その内容をすっかり忘れはてていたからなのです。読了したときの印象だけは残っていて、ごめんなさい、正直に申します、「話がなかなか進まない、なんだか苛々させられる」でした。言い訳すれば、当時は、世の中のことなどこれっぽっちもわかっていないお子様だったんです。性急で、傲慢で、直情的で、勧善懲悪大好きな。ああ、恥ずかし。

それでですね、今回も、タカをくって再読をはじめたのです。

ところが。

数行で、

「しまったあ！　ひきうけるんじゃなかったあ！」

……臍《ほぞ》を嚙む思い、とはこのこと。

あああ。これぞ、真のファンタジイ。今だからわかるその真価……って、ピーター・S・ビーグル氏、一体何歳でこれ書いたの？　人生への洞察の深さよ。仙人？

鏡明先生が訳者あとがきで、「とにかく、読んでこらんなさいよ」と書かれたわけが、ようやく腑に落ちたときにはすでに遅し。「ひきうけた以上は、とにかく解説書かなきゃね」と、鉄の檻が落ちてきて、どんどん狭まってくるではないですか。どこにも逃げ場がないじゃないの。いや、一か所だけある。足元掘っていくしかないらしい。……墓穴を掘る、という、掘らざるを得ない、という……。


本書のあらすじはいたってシンプルです。

世界でたった独りになってしまったと気がついたユニコーンが、仲間を求めて自分の森から歩みだし、魔術師シュメンドリックと盗賊の一味であったモリーの二人を旅の道連れに、仲間を追いたてていったハガード王の邪悪な赤い牡牛と対決する、というものです。

さあ、皆さん、結末を想像してください。

いろいろな試練を乗りこえたユニコーンと二人の人間は、このラスボスをやっつけて、仲間を見事に助けだし、めでたしめでたし。定番ですね。

でも、そうはならない。

ならないのは、この物語が、「本物の、真の、ファンタジイ」だからです。

本物の、真の、ファンタジイとは何か。

おこがましくも、あえてここでそれを唱えるのは、巷にあふれている「ファンタジイ」と称される小説、漫画、ゲーム、ドラマや映画の中で、本当のそれがどれだけあるのだろう、と原点回帰を試みたときに、大きな危惧を感じたからです。

真のファンタジイとは。

まず、随所に象徴性がひそんでいること、ではないでしょうか。

本書では、ユニコーンはもとより、赤い牡牛や登場人物一人ひとりが、複数の象徴を背負っていますね。そうして、出来事の一つ一つにさえも、真実がたくさん隠されています。さりげない平易な言葉で示されていますが、読み解くのは難しく、くたびれる作業になります。もうね、ただ飲みこんで、無意識に預けて、楽しむのがいいのかも。

二つめは、善《よ》きものと悪《あ》しきものが隔てられていること、でしょうか。何が善であり、何が悪であるのかを、筆者がまちがっていないこと。

例えばですね。『ロード・オブ・ザ・リング』のサウロンの最期をごらんなさいな。

『妖女サイベルの呼び声』で、ドリード王の軍隊がどのようにして消えたか。あるいは、『チャリオンの影』で、ジロナル兄弟を滅ぼしたのは何であったのか。『鋼の錬金術師』だって、一見、主人公がラスボスを倒したように見えますが、本当にフラスコの中の小人が消滅したのは、エドの拳によってではなかったのを、皆さんもう御存知でしょう。（意図的にまったく翻《ひるがえ》って、善悪を混沌に置いてみせたダークファンタジイというジャンルもあります。『ゲーム・オブ・スローンズ』、『ウェンズデー』、『バットマン』などなど。それでも、命題は同じです。善とは何か、悪とは何か……）このことについては、「ファンタジイってね」と、先達もくりかえし訴えていらっしゃいます。アーシュラ・K・ル・グィン女史、マーヒー女史、河合隼雄氏、脇明子先生……。

三つめの条件は、魔法が高処に座していること、でしょうか。

シュメンドリックがなかなか魔法を使えないことに、苛々させられますよね。彼の魔法が発動するのは、彼の内側で何かが変化したときです。まるで化学反応のようにそれは起きます。意図しないところで、万華鏡さながらに花ひらいていきます。これぞ、真の魔法。呪文一つで思いどおりに事をなす魔法は、しょせん、道具としての魔法でしかありません。シュメンドリックが思ったときに発動してくれないのは、魔力というものが、運命と手をとりあっていて、彼の深い部分で何かが気づきを持たない限り、目覚めてくれないからでしょう。読んでいるほうは、貧乏ゆすりをしたくなりますけれどね。

四つめは、運命の反転があること。

人間万事塞翁《さいおう》が馬、禍福は糾《あざな》える縄の如し。「最悪～」と思っていた出来事があったからこそ、起死回生のチャンスが巡ってきた。逆に、「よし、やった！」と思ったらそれが原因となって足元をすくわれる、などということはよくあるものです。こうした運命の反転が、重要な場面で示されると、わたしたちは深く感動しますね。『最後のユニコーン』でも、ちゃんと伏線が二重三重に敷かれたうえに、それが訪れます。

そうして、これら四つの条件を網羅しながら、言葉の魔力でしっかり全体がまとめあげられているのが本書なのです。

とある言葉ととある言葉が組み合わさると、赤と赤の星がぶつかりあって銀の星に変質します。そしてその銀の星が自ら爆発して周囲の星々をまきこみ、めいめいに輝きだし、あるいはぶつかりあい、あるいは融合してそこここに光をまきちらし、また別の星は流れていき、衝突し、球になって近くのものを次々に破裂させ……、理屈も大切なのですが、こうなると最後にはもう、魂で読むしかなくなっていきます。

……この言葉の星々の中でこちらが溺れかけている、その一枚外側で、ピーグル氏は、訳知り顔で微笑を浮かべているような気がするのです。参りました。

さて、こうして墓穴を掘ったので、私は静かにその穴に身をひそめることにします。上から土をかぶせたりしないでください。

寡作で知られているビーグル氏ですが、本書の続篇“Two Hearts”で、ヒューゴー賞・ネビュラ賞をダブル受賞しています。――私に言わせると、これ、多分、『最後のユニコーン』の真価に遅まきながら気づいた授与者たちが、そのかわりとして、“Two Hearts”に……ごにょごにょ。ともあれ、才能にあふれた息の長い作家さんです。

十月にはハヤカワ文庫ＦＴから、この続篇とさらなる続篇 *Sooz* の二篇をあわせた新刊が、井辻朱美先生訳（！）で刊行される予定だそうです。どんなお話が展開していくのか、どうぞお楽しみに！

本書は一九七九年十月にハヤカワ文庫ＦＴから
刊行された作品の新版です。

アトラス6（上・下）

THE ATLAS SIX

オリヴィー・ブレイク

佐田千織訳

選ばれし魔法使いたちが世界中の蔵書を守護する組織〈アレクサンドリアン協会〉。十年に一度〈協会〉により六人の候補者が選ばれ、そのうち五人が入会を果たす。入会者には富と名声が約束されていた。そしてまた六人の候補者が選ばれた——彼らのうち選ばれるのは五人だけ！　謎と危険に満ちたゲームが開幕した

ハヤカワ文庫

訳者略歴　1948年生，1971年早稲田大学文学部卒，作家・評論家・翻訳家　著書『ずっとこの雑誌のことを書こうと思っていた』他多数　訳書『蜃気楼の戦士』メリット，『風雲児コナン』『狂戦士コナン』ハワード（以上早川書房刊）他多数

HM=Hayakawa Mystery
SF=Science Fiction
JA=Japanese Author
NV=Novel
NF=Nonfiction
FT=Fantasy

最後《さいご》のユニコーン
〔新版〕

〈FT620〉

二〇二三年八月二十日　印刷
二〇二三年八月二十五日　発行
（定価はカバーに表示してあります）

著者　ピーター・S・ビーグル
訳者　鏡《かがみ》明《あきら》

発行者　早川浩
発行所　株式会社　早川書房
郵便番号　一〇一 - 〇〇四六
東京都千代田区神田多町二ノ二
電話　〇三 - 三二五二 - 三一一一
振替　〇〇一六〇 - 三 - 四七七九九
https://www.hayakawa-online.co.jp
乱丁・落丁本は小社制作部宛お送り下さい。
送料小社負担にてお取りかえいたします。

印刷・精文堂印刷株式会社　製本・株式会社フォーネット社
Printed and bound in Japan
ISBN978-4-15-020620-8 C0197

本書は活字が大きく読みやすい〈トールサイズ〉です。